사람을 배우다

가슴 따뜻해지는 소통을 위한 마음 치유법

사람을 배우다

· 권시우 지음 ·

미래북
miraebook

아프고 외로워서

　인생이란 길이 끝나고 여행이 다시 시작되는 것이다. 대부분의 사람들처럼 나의 은퇴 후의 첫출발도 여행으로 시작되었다. 다만 나의 여행은 좀 길었을 뿐이다. 여행 중에 모두들 아파하고 외로워한다는 사실을 발견했다. 사실은 나도 아프고 외로웠는데, 오히려 내가 위로를 받고 돌아오곤 했다.

　그 후에도 길 위의 사색이 계속되었다. 사람마다 왜 아프고 외로운 것일까? 아프니까 외롭겠지, 혹은 외로우니까 아프겠지. 이렇게 단순하게만 생각했었다. 놀랍게도 사람들의 아픔과 외로움 속에는 타인의 그림자가 드리워져 있었다. 가까운 타인의 그림자라고 해야 옳을 듯하다. 나도 마찬가지였다. 내 아픔과 외로움의 가장 큰 그림자는 파랑새처럼 날아가 버린 아들이었다.

　'저는 죽음 너머로 떠나갑니다.'

　이 한마디는 아직까지도 녀석의 최후의 말로 남아 있다. 어렵게 들어간 대학의 교양학부를 마치고 전공 공부를 막 시작하던 해 삼월이었다. 아무리 불면의 밤을 지새워도 서랍 속에 잠든 녀석의 삐삐에서는 호출음이 들리지 않는다. 앳된 청년의 얼굴로 사진 속에 남아, 눈 감으면 희끗희끗 날갯짓으로만 소환되고 있다.

아들의 길을 찾는 삶에서 내 자신의 삶의 길로 들어선 것은 그로부터 십수 년이 지나고 나서였다. 아주 우연찮은 산책길에서 예사롭지 않은 메시지가 환청처럼 들려왔다. '그대는 아들 때문에 아프고 외롭다고 핑계대고 있소.' 이 말은 단숨에 내 영혼을 사로잡았다. 내가 가야 할 길에 대한 해답을 얻었다.

'아들 때문에 아파하고 외로워하는 것은 아들의 인생을 사는 것이지 내 인생을 사는 것이 아니야. 나처럼 아프고 외로운 사람의 마음을 어루만져 주는 일을 하면 아들도 좋아하겠지. 세상엔 아프고 외로운 사람 뿐이니 세상이 꼭 필요로 하는 가치 있는 일이잖아.'

아들에 대한 의미 부여는 곧 나의 변화된 삶에 대한 의미 부여였다. 이 의미 부여는 마음 치유에 관한 공부와 콘텐츠를 만드는 데 결정적인 동기가 되었다. 보이지 않는 길을 가는 고독감은 있었지만, 새로운 길을 낸다는 설렘도 이만저만이 아니었다. 삶을 바꾸는 주제를 열세 가지로 정하고 다른 자기 계발서와의 차별성을 갖기 위해 문학적 접근을 시도했다. 신화, 전설, 시, 소설, 수필, 경전, 신문 기사는 물론 소설보다도 더 소설적인 현장의 이야기까지 모두를 치유 텍스트로 삼았다.

'문학을 통한 치유와 소통'이라는 표제를 걸고 지역 문화센터에 의뢰해서 강의를 개설했다. 첫 학기 강의는 그냥저냥 넘어갔나 싶었는데, 두 학기째 강의는 절망에 빠지고 말았다. 4명이 신청했는데 개강 전날 3명이 수강을 취소하고 한 명만 남았다. 그런데 정작 개강 날 아무리 기다려도 그 한 명마저 나타나지 않았다. 그때 내가 유일하게 할 수 있는 일은 후들거리는 다리를 달래가며 집까지 터벅터벅 걷는 일이었다.

"저희 센터에서 강의를 개설해보시지 않겠습니까?"

송재봉 충북시민재단 NGO센터장의 권유가 없었더라면, 나는 내가 강의하는 콘텐츠의 부실함을 발견하지 못했을지도 모른다. 내용의 함량은 넘쳐서 문제였지만, 지나치게 설명에 의존한 전달방식에 더 문제가 있었다. 가능한 한 설명을 줄이고 이야기 형식으로 고쳐나갔다. 그리고 나서야 강의를 개설할 용기를 냈는데, 어느덧 6회 졸업생까지 배출했다.

첫 학기에 오셔서 내가 써 간 글을 읽다가 울음보를 터뜨려 주신 이재윤 목사님께 감사드린다. 그 눈물의 힘으로 매 학기마다 사람을 배우는 공부를 감동적으로 마칠 수 있었다. 아픔도 꺼내면 기부가 된다는 사실을 깨우쳐 주신 한옥례 씨에게 감사드린다. 불편한 몸으로 불편하지 않은 사람보다 더 실천적인 유해원(유 브이치)님에게도 감사드린다. 그리고 타 지역에 치유커뮤니티를 개설한 김향숙·노재조 씨의 열정과 함께 울고 웃던 동료 한 분 한 분의 새로운 발길에 힘찬 박수를 보낸다.

이재선 피디님은 우리 커뮤니티 활동을 유심히 보시고 다큐로 제작하여 감동의 진폭을 전국으로 확장시켜 주셨다. 책으로 내서 독자들을 만나보라는 용기도 주셨다. 그 용기를 현실로 실현시켜 주신 미래북 임종관 대표님께 심심한 감사의 인사를 드리는 바이다.

사람이 살아 있어서 좋은 건
다시 배울 수 있기 때문이다.

– 권시우·문학테라피스트

Contents

들어가는 글 _ 아프고 외로워서 … 5

PART 1

#사랑 #스킨십

최고의 사랑 … *18*

지칠 줄 모르는 사랑의 속삭임 … *21*

내려갈 때 보이는 꽃 … *24*

우주보다 더 큰 어머니의 사랑 … *27*

영원히 변치 않는 현재의 빛 … *30*

사랑의 손길로 터치할 때 … *33*

다시 사랑의 지름길 … *36*

잘 자요 키스, 감사합니다 뽀뽀 … *39*

완전한 스킨십 … *43*

만인이여 포옹하라 … *48*

꿈틀거리는 눈썹 … *50*

강물을 거슬러 오르는 연어처럼 … *53*

PART 2

#말하기 #듣기 #관계

세헤라자데의 이야기 방식 ··· 58

버러지 씨의 중얼거림 ··· 62

제발 말 좀 하게 해 주세요 ··· 66

선생님, 그건 과장법인데요 ··· 69

'너' 전달법에서 '나' 전달법으로 ··· 72

부디 지난날의 회한에 물들지 마오 ··· 76

갈매기 공감 대화법 ··· 79

공작새 공감 대화법 ··· 82

제발 내 말 좀 들어 주세요 ··· 84

임금님, 산 아이를 저 여자에게 주십시오 ··· 88

천 일 동안 들어 줄게 ··· 91

나 이제 죽어도 여한이 없습니다 ··· 97

하늘색 가을 점퍼 ··· 100

경청자가 되어 주자 ··· 104

아버지와 아들의 어긋난 운명 ··· 106

차이 인정하며 함께하기 ··· 110

부부 싸움의 3단계 ··· 114

따로 또 같이 ··· 119

금란지교金蘭之交냐 누란지위累卵之危냐 ··· 121

나 자신과의 관계 ··· 125

PART 3
#내려놓기 #받아들임 #배려

방하착放下着 … *134*

언젠가는 죽는다 … *139*

시간은 쏜살같이 지나간다 … *142*

나무가 꽃을 버려야 할 때 … *148*

끌어내야 할 내 안의 소牛 … *151*

그럼에도 불구하고 … *153*

근본적인 받아들임 … *157*

남아 있는 자원 찾기 … *161*

실패자의 승리 … *166*

절망의 연금술 … *170*

그저 나아갈 뿐 … *173*

꽃을 집어 들고 미소를 짓다 … *176*

봄이 와도 꽃을 볼 수 없는 … *178*

짜짜짜 할머니 좀 참으세요 … *182*

여편네가 왜 이렇게 많이 싸 준담 … *186*

아버지와 아들이 외나무다리를 건너는 법 … *189*

한 사람의 생각이 세상을 바꾼다 … *194*

자연은 인류의 마지막 스승 … *197*

PART 4

#분노 #트라우마 #용서

평생 학습해야 할 마음 다스림 … 202

태양 빛이 너무 따가워서 … 205

차곡차곡 분노를 쌓아가는 가족 … 212

부정적인 에너지를 긍정적인 에너지로 … 218

목숨보다 귀한 사랑 … 220

아픈 곳이 중심이다 … 223

새로이 나의 눈물을 지어 주시다 … 226

내 안에 울고 있는 아이 … 230

돌처럼 굳은 상처 … 234

나 다시 돌아갈래 … 241

트라우마는 존재하지 않는다 … 246

여보 미안해, 내가 잘못했어 … 248

알암이 엄마는 왜 머리를 잘랐을까? … 250

여보, 나 한 번만 용서해 주면 안 돼? … 254

아버지, 저 사람들을 용서해 주십시오 … 258

이 아이를 죽이면 내 아들들의 죽음이 헛된 것이 됩니다 … 260

PART 5
#자존감 #희망

성공 경험을 자주 가지면 … 266

독서는 열등감 극복의 길 … 269

실패한 자식에게 잔치를 베풀라 … 272

성민이만의 선생님 … 276

당신을 도울 사람은 당신 뿐입니다 … 280

자존감이 높아야 거절을 잘한다 … 282

자기 주도적인 삶이라야 행복하다 … 285

내가 변해야 세상이 변한다 … 289

희망의 물결을 잡는 한 … 292

희망은 절망 속에서 피는 꽃 … 294

희망을 버리는 것은 죄악이다 … 296

희망은 신의 마지막 선물 … 298

마치는 글 _지금은 '나'를 바꿀 최적의 시간이다 … 301

봄

시련이
클수록
꽃은
화려하다

몸의
소통 형식

최고의
사랑

이 세상의 중심에 놓인 사랑은 부부 사랑이다. 부부 사랑은
가까운 만큼 깨지기도 쉽다. 그래서 늘 세심한 관심이 요구된다. 대부
분의 부부가 결혼할 때는 당신 아니면 못 산다 하다가, 얼마쯤 살다가
는 당신 때문에 못 살겠다고 한다. 이런 위기를 수도 없이 겪으면서
'다시 사랑을 찾는 것', 그것이 나는 '최고의 사랑'이라 생각한다. 두 사
람 사이를 이어주는 끈은 한마디 다정한 말로부터 시작된다.

아내가 식탁에 메모 한 장을 놓고 외출했다.

당신에게 바라는 점

● 외출 중에는 두 번 이상 사랑한다고 전화하기

● 멀리 출장 갔을 때에는 아침저녁으로 전화하기

아내와의 전화는 힘에 부친다. 미주알고주알 다 말하니까 듣기 힘들다. 그런데 하루에 두 번씩이나 전화하라니. 부부가 오래 살다 보면 정으로 사는 거지 꼭 사랑한다는 말을 해야 하나. 아내의 일방적인 요구에 은근히 부아도 나고, 사랑한다는 말을 입 밖으로 낸다는 게 아무래도 닭살스럽다. 이보다 더 큰 형벌은 없는 듯싶었다. 무시해 버릴까 하다가 왠지 찜찜해서 메모지를 주머니 속에 넣고 밖으로 나갔다.

자꾸 주머니 속이 궁금해진다. 전철 안에서 메모를 다시 읽어보았다. 꾹꾹 눌러 정성스럽게 쓴 글씨였지만 내려 그은 선 몇 개가 살짝 흔들렸다. 외로운가 보다. 어딘지 모르게 간절한 마음이 담긴 것 같았다. 언젠가 아내가 했던 말이 생각났다.

"사람은 아파서 죽는 게 아니라 외로워서 죽는대."

가슴이 조금씩 아려왔다. 내가 너무 무심한 건 아닐까. 타인은 가까운 사람처럼 여기고 정작 가까운 아내는 타인처럼 여겨온 것이 아닐까. 차라리 이러저러해서 당신과는 더 이상 못 살겠다고 써 놓았으면 아린 가슴앓이는 하지 않아도 될 텐데. 생각이 여기까지 미치자 아내에 대한 연민의 마음이 생겼다.

사랑한다는 말을 하던 첫날은 얼마나 힘들었던지. 몇 번이고 호흡을 가다듬고 모기만 한 소리를 내는 데도 식은땀이 흘렀다. 며칠 후 또 아내의 메모가 식탁에 놓여 있었다. 이번 메모는 문장이 좀 보태졌다.

"사랑한다는 말을 들으니까 마음이 편안해져. 그런데 나는 당신이 전화 끊을 때도 '사랑해' 하고 끊었으면 좋겠어."

'마음이 편안해져'라는 글귀를 보니까 내 마음도 편안해졌다. 한데 꼬리가 붙어 있어서 부담스러웠다. 전화할 때마다 '사랑해'라는 말을 두 번씩 하라는 뜻이다. 그래도 내친김이니 계속 하기는 해 봐야지. 젖먹던 힘을 다해 매일 전화할 때마다 그 긴 이야기를 다 듣고 나서 "사랑해" 하고 끊었다. 며칠 후, 메모장에는 꼬리가 더 붙었다.

"'사랑해' 하고 그냥 끊지 말고, '끊어요' 하고 끊으면 어떨까?"

'어쭈, 갈수록 태산이네.' 이러다가 한도 끝도 없이 꼬리가 붙을 것 같은 불길한 예감이 들었다. 내 마음은 오기와 반항심으로 들끓었다. 그래서 딱딱 끊기는 목소리로 '사랑해, 끊어' 하고 통화를 마치곤 했다. 며칠 후에 적힌 메모는 아내가 마치 내 안에 있는 것 같은 느낌을 주었다.

"끊어요, 나는 이 소리가 제일 듣기 좋더라."

습관은 참 편하기도 하지만 무섭기도 하다. 아내와 전화로 밀고 당기는 사이 조금씩 아내에게 길들여져 갔다. 좋은 습관은 라이프스타일을 긍정적으로 바꾼다. 아내가 시시콜콜 하는 말이 점차 시냇물처럼 리듬감 있는 소리로 흘러들었다. 결혼하고 40년 만에 처음 느끼는 감정이었다. 그런 날이 100일째 되는 날, 메모에는 이렇게 적혀 있었다.

"립서비스라도 괜찮아요. 사랑해요."

똑같은 말을 반복하다 보니 기계적으로 전달되었던 모양이다. 픔하고 웃음이 나왔지만, 한편으론 나쁜 일을 하다가 들킨 사람처럼 얼굴이 화끈거렸다. 부끄럽기도 하고 쑥스럽기도 하고 자존심에 금이 가는 듯도 했다.

여자는 사랑한다는 말을 가장 듣고 싶어 하고, 남자는 자신을 인정해 주는 말을 가장 듣고 싶어 한다고 한다. 아내의 속마음을 읽었으니, 아내로부터 인정받을 때까지 사랑한다는 말을 해야겠다. 사랑은 표현이니까.

#사랑
시련이 클수록
꽃은
화려하다

지칠 줄
모르는
사랑의
속삭임

사랑은 소금과 같다. 모든 음식에 소금 간을 맞추듯, 세상 어디에서든 사랑이 있어야 맛이 난다. 세상의 어떤 이야기든 사랑이 빠지면 재미없다. 사랑은 관계를 시들지 않게 하고, 사랑은 사람을 부패시키지 않는다. 소금이 바다의 생명을 품고 키워 간다면, 사랑은 사람을 품고 사람을 키워 낸다. 어떤 음식이든 소금으로 간을 맞추듯 어떤 이야기도 사랑이 빠지면 싱거워진다. 에덴의 동쪽에서 서쪽 끝까지, 요람에서 무덤까지, 왕자에서 거지까지 소금 같은 사랑으로 채워져 있어 세상은 아름답다. 사랑은 플랫폼에서도 보이고 벤치에서도 보이고 뱃전에서도 보인다. 앳된 소년 소녀의 가슴에서도 보이고, 할머니의 가슴속에서도 보이고, 산속에서 혼자 사는 목동의 가슴속에도 보인다. 그런 사랑을 볼 때면 괜히 내 가슴도 설렌다.

알프스 산속에서 양을 돌보는 목동은 마을에서 일어난 일이 궁금하다. 그중에서도 사방 백리에서 가장 예쁘다는 주인집 스테파네트 아가씨가 어느 축제에 가서 누구하고 춤을 추었는지가 제일 궁금하다. 일개 목동인 네가 주인집 아가씨의 행동을 왜 그토록 궁금해 하느냐고 누가 묻는다면 나는 지금도 할 말이 있다. 그때 내 나이 스무 살이었다고.

알퐁스 도데, 《별》

전철 안에서 사람들이 시끄럽게 떠들어도 사랑 이야기를 할 때는 깨소금처럼 재미있다. 어느 부인이 친구에게 자기 남편 바람피우는 얘기를 할 때는 결말이 궁금하여 끝까지 듣고 싶어진다. 타인의 사랑 이야기는 파국의 강도가 심할수록 재미있다. 마치 듣고 있는 사람이 몰래 사랑하는 것처럼 엔도르핀이 솟아 나온다. 간이 잘 배인 사랑 이야기는 언제 들어도 간고등어처럼 맛있다.

"달밤에는 그런 이야기가 격에 맞거든."
조선달 편을 바라는 보았으나 물론 미안해서가 아니라 달밤에 감동하여서였다. 이지러는 졌으나 보름을 갓 지난 달은 부드러운 빛을 흐뭇이 흘리고 있다. 대화까지는 팔십 리의 밤길, 고개를 둘이나 넘고 개울을 하나 건너고 벌판과 산길을 걸어야 된다. 길은 지금 긴 산허리에 걸려 있다. 밤중을 지난 무렵인지 죽은 듯이 고요한 속에서 짐승 같은 달의 숨소리가 손에 잡힐 듯이 들리며, 콩 포기와 옥수수 잎새가 한층 달에 푸르게 젖었다. 산허리는 온통 메밀밭이어서 피기 시작한 꽃이

소금을 뿌린 듯이 흐뭇한 달빛에 숨이 막힐 지경이다. 붉은 대
공이 향기같이 애잔하고 나귀들의 걸음도 시원하다. 길이 좁
은 까닭에 세 사람은 나귀를 타고 외줄로 늘어섰다. 방울소리
가 시원스럽게 딸랑딸랑 메밀밭께로 흘러간다. 앞장선 허생
원의 이야기 소리는 꽁무니에 선 동이에게는 확적히는 안 들
렸으나, 그는 그대로 개운한 제멋에 적적하지는 않았다.

이효석,《메밀꽃 필 무렵》

장돌뱅이 허생원이 은은한 달빛 아래 물레방앗간에서 울고 있는 성
서방네 처녀를 만났던 것인데 이십 년 동안 그를 길 위에서 버티게 한
힘은 단 하룻밤의 사랑이었던 것이다. 옛 사랑의 추억 때문일까. 해마
다 메밀꽃 필 무렵이면 메밀꽃처럼 수많은 사람들이 봉평을 찾는다.
민들레 홀씨처럼 날아간 꿈같은 사랑이 허생원 일행의 달빛 공간에서
다시 호출되기를 바라면서. 그 사랑의 기억 달빛에 베이지 않기를 기
대하면서. 소금을 뿌려놓은 듯이 숱한 사랑은 이 광막한 세상을 살맛
나게 한다. 밤하늘에 반짝이는 수많은 별들이 새벽녘까지 속삭이듯,
사랑하는 사람들의 지칠 줄 모르는 속삭임은 '모차르트보다 아름답다
(이상의《날개》에 나오는 구절).' 참기름을 바르고 소금을 뿌려 갓 구워
내는 김처럼 고소하고 짭조름하다. 이런 속삭임이 그치지 않아 세상
은 썩지 않는다.

내려갈 때
보이는
꽃

하버드 대학 교수였던 헨리 나우웬 박사가 갑자기 교수직을 사임한다. 그는 세계적으로 가장 명성 있는 신학자이며 학생들에게 존경을 받던 학자였다. 그의 저서 20여 권은 모두 베스트셀러였다. 그는 높은 보수와 명예를 보장하는 하버드 대학 교수직을 버리고 정신박약아 시설에 가서 그들의 용변을 치우고 목욕을 시키고 식사를 돕고 행동 교정을 돌보았다. 구질구질한 일을 기쁜 마음으로 하고 어떤 고생도 즐겁게 했다. 생계유지에도 어려울 정도의 낮은 보수에 만족했다. 모두들 '왜 그러느냐'고 물었을 때, 그는 몇 개월 동안 침묵을 지키고 있다가《예수님의 이름으로》라는 책으로 대답했다.

그동안 나는 올라가는 길만을 추구했다. 어려서부터 공부를 잘해 신동이라고 추앙되고 하버드 대학 교수에까지 올라왔다. 나의 저서 20여 권은 뭇사람들의 인기를 얻었다. 그러나 어느 날 정신박약아 아담 군을 만났을 때, 인간의 고통에 동참하는 내리막길을 통하여 예수를 바로 알 수 있다는 것을 깨달았다. 오르막길에서는 예수가 보이지 않았지만 내리막길에서는 복음서에 나타난 진정한 예수를 만날 수 있었다.

《그 말씀》, 1996년 2월호

내려갈 때 보았네
올라갈 때 보지 못한
그 꽃

고은, 《그 꽃》

소외받고 부족하고 고통받는 이들과 함께 하는 삶은 언제나 감동적이다. 시선을 낮은 곳에 두고 실천하기 때문에 생기 넘치는 건강성을 지닌다. 내리막길에서 예수를 보았다는 헨리 누엔 박사의 사랑은 겸손의 극치를 넘어서는 참사랑이다.

을지문덕은 고구려 시대의 유명한 재상이며 장군이었다. 한국 역사상 빛나는 장군으로 초등학교 학생들도 그의 이름을 외우고 있을 정도이다. 그가 살수에서 수나라의 백만 대군을 물리치고 대승하며 평양으로 개선장군이 되어 돌아올 때 영양왕은 친히 성밖의 들판까지 마중을 나갔었다. 그리고 왕은 친히 꽃가지를 그의 투구에 꽂아 주며

금은보화를 하사했다. 신하로서 그보다 더 큰 영광은 없었을 것이다. 그러나 을지문덕 장군은 그와 같은 영광을 사양하고 울기만 했다. 그는 왕 앞에 엎드려 무릎을 꿇고 사죄하는 것이었다.

"상감마마의 귀중한 백성이요, 또 여러분의 소중한 아들이요, 남편인 고구려의 청년들을 수없이 전장에서 전사시키고 얻은 승리를 나 개인의 공으로 돌릴 수 없습니다. 이 나라의 진정한 영웅은 여기에 살아서 돌아오는 을지문덕이 아니라 어딘지 모르는 산과 들의 풀숲 사이에 쓰러져 돌아오지 못하는 용사들인 것입니다."

을지문덕 장군은 평양에 돌아오자 즉시로 왕에게 인사를 올리고 고향인 증산으로 돌아가 베옷을 입고 여생을 근신하면서 지냈다.

전쟁에서 승리한 용맹성보다 승전 후의 겸손한 삶이 발효된 음식처럼 더 향기롭다. 적군과의 싸움에서 승리하여 나라를 구하고도, 부하들의 죽음을 더 애통해하는 연민의 마음이 더욱 숭고하다. 승리의 순간에 자신을 낮추기는 참 어려운 일이다. 물론 아무나 할 수 있는 일도 아니다. 을지문덕 장군처럼 겸손한 마음이 배어 있지 않으면 불가능한 사랑이다.

우주보다
더 큰
어머니의
사랑

바다는 소금이 있어 보존되고 인간 사회는 어머니가 있어
보존된다. 소금의 헌신처럼 자신을 온전히 헌신하는 사람이 각 가정
마다 존재한다. 이름하여 어머니이다. 하느님이 각 가정마다 다 갈 수
없어 어머니를 파견했다는 말이 있다. 그래서 세상의 모든 말 중 엄마,
어머니라는 말이 가장 치유력이 높은 말이라고 하지 않는가. 자식을
위해서, 가족을 위해서 온전히 헌신하는 사랑 때문일 것이다.

한국 전쟁 때였다. 혹독한 겨울, 미국인 선교사도 피란의 행렬을 따
라갔다. 자동차가 고장 나 다리 위에 멈춰 섰다. 다리 밑에서 아기 울음
소리가 들렸다. 그곳에 가 보니 어떤 여성이 발가벗은 채 얼어 죽어 있
었다. 여성의 품 안에는 갓 태어난 아기가 울고 있었다. 피란 가던 여

성이 홀로 해산한 것이다. 어머니는 아기를 살리고자 자신의 옷을 모두 벗어 아이를 감싸 안았다. 선교사는 아기를 데리고 미국으로 떠났다. 그 아기가 자라서 대학생이 되었을 때, 선교사는 자기가 입양할 수밖에 없었던 내력을 상세히 들려주었다. 추운 겨울이 오자 아들은 '그 자리에 저를 데려다 달라'고 부탁했다. 선교사와 아들은 그 다리 밑을 찾아갔다. 아들은 자신의 옷을 벗어서 어머니가 죽었던 자리에 놓고 엎드려 울부짖었다. '어머니, 그날 얼마나 추웠을까요, 저를 살리려고 어머니가 죽었습니다. 저는 어머니를 위해서 무엇을 어떻게 해야 합니까?' 아들의 애끊는 듯한 울음이 우리들의 목울대를 자극한다. 어머니의 헌신이 열매를 맺은 것일까. 자식을 위해 목숨까지 내어준 어머니와 선교사의 구원의 손길 그리고 성장한 아들의 비통한 울음이 잘 갈무리된 흑백영화 같다. 인간이 도달할 수 있는 최고의 휴머니즘 영화 말이다. 이 영화의 주제 또한 선명하다. 사랑이란 발가벗고 내어주는 것이며, 목숨까지 내어주는 것이며, 타인의 불행을 나의 불행으로 껴안는 것이다. 박노해 시인이 출옥하자마자 했던 말이 아직도 귓전에 맴돈다.

> "감옥에 있으면서 인간에게 소중한 존재가 둘 있음을 알았습니다. 죄를 짓고 들어온 사람들 한테도 꼬박꼬박 밥이 나오더군요. 컴퓨터 없이는 살 수 있지만, 쌀이 없으면 살 수 없겠다는 생각을 했습니다. 또 하나는 어머니였어요. 사람의 발길이 다 끊어졌는데 꼭 찾아오는 한 사람이 있었어요. 그분이 바로 어머니더군요. 대통령은 없어도 살 수 있지만 어머니가 없으면 못 살겠다는 생각이 들었죠."

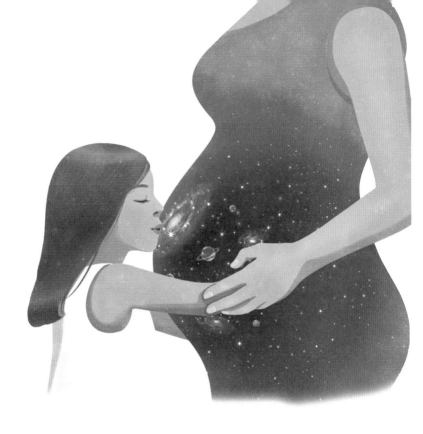

이 세상에서 '가장 귀중한 사랑의 가치는 희생과 헌신이다(그라시아)', '저울 한쪽 편에 세계를 얹어놓고 다른 한편에 어머니를 실어놓으면 세계를 얹어놓은 편이 훨씬 가벼울 것이다(랑구랄)'라고 했다. 가장 귀중한 사랑의 가치를 가진 사람이 어머니이다. 어머니의 그 큰 희생과 헌신의 값은 우주 전체보다도 클 수 있겠다.

#사랑
시련이 클수록
꽃은
화려하다

영원히
변치 않는
현재의
빛

싯다르타의 〈나의 사랑하는 보살들이여!〉는 은폐된 사랑의 의미를 햇빛 가운데로 꺼내낸 시적 진술이다. 단순한 비유적 수사로 표현되었지만, 사랑의 본질이 영원한 진리임을 선명하게 파헤쳐 보여 주고 있다.

그는 나를 욕하고 때렸다
그는 나를 굴복시키고 강탈했다
이런 생각을 마음에 새기면 미움 속에 살게 된다
……
그는 나를 욕하고 때렸다
그는 나를 굴복시키고 강탈했다

이런 생각을 버리면 사랑 속에 살게 된다

……

이 세상에서는

미움으로 미움을 몰아낼 수 없다

오직 사랑만이 미움을 물리치나니

이것이 영원히 변치 않는 법이다

　어둠은 과거 또는 미래와 더불어 존재한다. 미움도 마찬가지이다. 과거를 회상할 때만 가능하다. '어제 네가 내 연구실 문을 발로 걷어차고 지나갔지' 하고 기억할 때 미움이 생긴다. '십 년이 지나도 너는 나를 보고 못 본 체하고 지나갈 거야. 그리고 또 내 연구실을 걷어차고 지나갈 거야'라고 미래를 끌어당겨 생각할 때 미워지고 관계가 소원하게 된다. 누군가를 미워한다는 것은 가슴속에 미움을 쌓고 있기 때문이다. 과거나 미래와 연관 짓지 않는다면 '이 사람은 지금 나에게 아무것도 하지 않았으며, 앞으로도 그럴 것이고, 다만 자신의 삶을 살고 있을 뿐이다.' 그런데 왜 지금 가만히 있는 그를 미워하는가. 과거와 미래를 연관 지어 미워하면 과거의 노예 그리고 그의 노예로 사는 것이나 마찬가지다. 어둠은 어둠으로 물리칠 수 없고 빛으로만 물리칠 수 있듯이, 미움은 미움으로 물리칠 수 없고 오직 사랑으로만 물리칠 수 있다.

　　사랑은 빛이며 언제나 현재에 가능하다. 과거와 미래의 참고 사항이 필요치 않다. 그것이 사랑의 아름다움이며, 사랑의 자유로움이다. 사랑의 아름다움은 아무런 조건이 없다. 사랑에

조건을 달면 미움의 다른 측면이다. 이것은 사랑이 아니다. 아무 이유 없이 우리를 찾아오는 것이며, 아무 이유 없이 가슴으로 나누어 주는 것이다. 무조건 나누어 주는 것이다. 나누어 주는 것을 목적으로 삼아야지 이유를 달면 사랑이 아니다.

오쇼 라즈니쉬,《법구경》

　사랑은 어둠과 싸우지 않고 빛을 밝히는 일이다. 삶의 아름다움과 자유를 얻는 일이고, 지구를 낙원으로 만들어 가는 일이다. 과거를 기억하면 상처에 얽매이게 되지만, 과거를 잊으면 현재의 빛으로 새로운 사랑이 가능해지기 때문이다. 사랑이란 우리의 눈에서 미움이라는 장애물을 제거하는 것이다. 죽음을 두려워하는 마음을 제거하는 것이며, 욕망으로 가려지지 않는 밝은 눈으로 세상을 보는 것이다. 지금 여기에서 직면하는 대상에 몰두하므로 행복하고, 세상 어디에도 갇히지 않는 자유인의 영혼을 얻는다. 산다는 것은 상처를 쌓아가는 일이다. 상처에서 자라는 미움의 싹을 사랑의 낫으로 잘라 버리자. 상처로 가는 길도 지워 버리자. 상처를 미움으로 기억하는 어둠이 아니라 미움을 현재의 빛으로 몰아내고 다시 사랑해보면 어떨까. 산다는 것은 사랑, 그거 하나로 충분하니까. 하루하루의 삶은 모두 잊히지만, 사랑의 순간만은 영원히 기억될 테니까.

사랑의
손길로
터치할
때

　　스킨십은 예술적 터치이고 치유의 연결이다. 길가의 돌멩이도 사람의 손길이 닿으면 예술이 된다. 스킨십을 자주 하면 둘 사이가 친밀해진다. 사랑이 담긴 눈빛은 그윽하고, 사랑이 담긴 입술은 달콤하다. 키스도 자주 하고 포옹도 자주 하자. 포옹을 할 때는 상대의 뛰는 심장을 확인하고 포옹을 푸는 게 좋다. 손끝에 분노가 실리면 폭력이 되지만, 손끝에 사랑이 실리면 악기를 켜는 활이 된다. 사랑의 손길로 터치할 때, 몸도 마음도 아름다운 소리를 내는 악기가 된다. 어떤 부부든 살다 보면 위기를 맞게 된다. 그때 사랑의 마음을 담은 스킨십은 위기를 극복하는 지름길이다. 스킨십을 통해 사랑하고 화해하고 용서하는 부부로 거듭난다.

아내는 드라마를 좋아했다네. 허구한 날 화면 속의 이야기에
만 빠져 있었지. 밖에서 들어와 그 모습을 볼 때면 텔레비전을
부수고 싶더라고. 몇 년 동안 그렇게 서로 마음속에 분노를 키
우면서 산 것 같아. 그러던 어느 날이었어. 아내는 거실에 누워
서 드라마를 보고 있고, 나는 소파에 앉아서 드라마와 아내를
번갈아 바라보았어. 한참을 가만히 보고 있는데 운명처럼 어
떤 속삭임이 들리는 거야. 지금 생각해보면 그 속삭임의 주인
공은 익명匿名으로 떠돌던 신神이었다는 생각이 들어.

"이 바보야, 자존심을 내려놓아."

어차피 같이 살 거라면 자존심을 머리에서 가슴으로 내려놓
으라는 말인 것 같더라고. 한참을 망설이다가 아내에게로 다
가갔지. "여보, 내가 마사지 좀 해 줄까?"

아내는 심드렁한 표정을 짓더니, '됐어' 하고는 다시 화면만
응시하고 있었어. 나는 아주 큰 결심을 굽히지 않는 사람처럼
아내의 팔을 주무르기 시작했어. '저리 비켜' 하고 소리칠 줄
알았는데 말이 없었어. 참 희한하게도 처음엔 서먹서먹하더
니 점차 마음이 가라앉았어. 다음 날도 그다음 날도 똑같이 해
봤지. 며칠이 지나니까 똑바로 누우라면 똑바로 눕고 엎드려
누우라면 엎드려 눕더라고. 그런 날이 반복될수록 귀가하는
나의 발걸음이 가벼워지고 집이 가까워질수록 가빴던 호흡도
가벼워졌어. 어떤 때는 미운 생각에 힘을 주어서 아프게 누르
고 싶은 생각이 들었지만 속생각과는 반대로 말을 걸었어.
"여긴 어때? 좀 시원하지?" 아내는 긍정도 부정도 하진 않았
지만 표정은 훨씬 부드러워졌어. 열흘 정도 지났을까. 아내의

몸을 여기저기 만져보고 있는데 근육은 하나도 없고 뼈만 앙상하게 남았다고 느껴진 거야. 내가 울고 있었나 봐. 눈물은 감염 속도가 빠르더라고. 아내는 어깨를 들썩이며 울었어. 그날 이후로 뻣뻣했던 아내가 부드러워지기 시작했어. 내 가슴에 켜켜이 쌓인 미움도 사라졌어. 마치 전등 스위치를 올리자 새까만 어둠이 일거에 물러가는 것 같았어. 한 달 정도 지나니까 아내의 몸 구석구석을 알게 됐지. 덜 아프고 더 아픈 곳만 있을 뿐이지 안 아픈 곳이 없는 게 아내의 몸이었다네. 마사지하면서 농담도 하고 결혼 전의 낭만과 아이 낳고 기를 때의 행복감 등을 주고받게 되었어. 아내는 며칠 하다 그만두겠지 하고 생각했나봐.

"나이 육십이 넘어서야 철드네."

"그렇지? 내가 원래 대기만성형大器晩成形이잖아."

아내의 입술 사이에서 '피' 하고 아주 묘한 감탄사가 튀어나왔어. 나는 그 짧은 감탄사에서 자신이 사랑받고 있다는 느낌을 읽었지. 그리고 나와 아내가 원래의 부부의 관계로 되돌아왔다는 느낌을 받았지.

맞벌이 부부가 은퇴해서 경험했던 이야기이다. 참 현명하게 위기를 극복했다 싶어진다. 부부란 스킨십이 멀어지면 관계가 멀어진다. 이 자명한 이치를 깨달아 다시 사랑의 길을 멋지게 걷게 된 부부에게 박수를 보낸다.

다시
사랑의
지름길

"인간은 늘 연결을 그리워하는 존재이다. 그렇기에 인간은 강력한 접촉 욕구를 갖고 있다. 섹스조차 그러한 욕구의 일부이다. 즉, 인간의 섹스에는 번식의 의미도 있지만 심리적 연결과 교감의 의미가 있다."

문요한 외, 《치유의 인문학》

그리스 신화에 이런 이야기가 전해져 내려온다.

올림퍼스 산에 신들이 거처하고 있었다. 신들의 신 제우스가 인간들이 어떻게 사는지 궁금해서 신하들을 인간 세계에 보냈다. 신하들이 돌아와 다음과 같이 보고한다.

"인간은 남녀가 합해져 완전한 몸이 되었습니다."

36

제우스는 부하들에게 칼을 내 주면서 인간을 둘로 갈라놓으라고 명령한다. 제우스의 부하들이 사람을 둘로 가르다가 배꼽 아래에서 그만 삐끗하고 말았다. 그리하여 남자는 배꼽 아래가 툭 튀어나오고, 여자는 배꼽 아래가 쑥 들어갔다고 한다.

이 이야기는 인간이 반쪽이 결핍되어 반쪽만의 가치를 지닌 존재임을 상징하는 말이다. 그리고 부부는 본래 한 몸이었는데 신의 질투로 반쪽을 잃었음을 상징하는 이야기이기도 하다. 반쪽의 몸이니 나로부터 떨어져 나간 반쪽이 그리운 것이다. 결혼은 그 반쪽을 찾아 하나로 결합하기 위해 하는 것이다. 그런데 나의 반쪽을 찾기란 여간 어려운 게 아니다. 나는 화성에서 왔는데 상대는 금성에서 왔기 때문이다. 운명적인 만남이라 여겨 결혼을 했는데도, 막상 결혼하고 나면 서로 다른 점만 보이는 것은 상대가 나로부터 떨어져 나간 진정한 나의 반쪽이 아니기 때문이다. 서로 다른 사람끼리 만나서 살아가야 하니 결혼 생활이 득도得道하기보다 어려운 거다.

> "우리는 잘 모르는 사람을 칭찬하고 뜨내기손님을 즐겁게 해 주지만, 정작 사랑하는 사람에게는 생각 없이 무수히 많은 상처를 입힌다."
>
> 엘라 휠라 윌콕스

상처가 커지면 미움도 커진다. 미움이 커질수록 말하는 것 먹는 것 숨 쉬는 것까지 미워진다. 하찮은 일에도 감정이 폭발하고 과거의 나쁜 기억과 캄캄한 미래에 얽매이게 된다. 그러면 부부 관계는 물론 가정생활이 지옥에서 살고 있는 것처럼 절망적이다. 불편한 부부 관계가 지속되면 같은 집에서도 서로 갈라져서 잠을 잔다. 급기야는 누군가 먼저 병석에 눕게 된다. 이런 상황에까지 도달하지 않도록 해야겠지만, 대부분의 부부는 이런 상황에 직면한다. 불행에 닥쳐서야 서로가 화성에서 온 남자와 금성에서 온 여자가 만나서 살게 되었음을 깨닫는다. 그러나 이때에라도 서로 가까워지려는 노력을 해야 한다. 그 노력이 다시 사랑의 시작이고, 스킨십은 다시 사랑의 지름길이다. 손에 악감정을 실어 터치하면 폭력이 되지만, 사랑의 감정을 실어 터치하면 약손이 된다. 부부간에 배를 문질러 주고 등을 긁어 주면 그 횟수만큼 사랑이 깊어진다. 아무리 단단한 배라 할지라도 문지르고 문지르면 어느 순간에 배가 부드러워진다. 등을 부드럽게 마사지하듯이 긁어 주어 보라. 머지않아 등에 땀이 촉촉하게 배는 것을 느끼게 될 것이다. 아직 해가 많이 남았다. 인생에 늦은 때란 없는 법이다. 그 노력은 멀어진 몸을 먼저 가까이하는 데서부터 시작하는 게 좋다. 마음이 멀어졌는데 어떻게 몸이 가까워질 수 있느냐고 물으면, 사람 배우기의 참된 공부는 여기에서 끝난다. 내가 변해야 상대가 변하고 주위가 변하고 세상이 변한다.

상대방이 변하지 않는다고 화내지 말고 한 발만 더 나아가자.

한 번만 더 하는 사람으로 변해 보자. 그러면서 원래 한 몸이었던 상태로 조금씩 가까이 가보도록 노력하자. 가까이 가기 위하여 손잡기, 어루만지기, 포옹, 키스 등 모든 스킨십을 동원해 보자. 가까이 가는 데 비례해서 치유의 강도는 더 높아질 것이다.

잘 자요
키스,
감사합니다
뽀뽀

입맞춤(키스)은 관계를 황홀하게 하는 스킨십이다. 서로 입이 부딪쳐서 말을 할 수 없지만, 말로 하는 표현보다 몇 천 배 만 배 많고 많은 언어들을 주고받는다. '키스는 우리에게 남겨진 천국의 언어(조지프 콘래드)'라고 할 수 있다.

'날카로운 첫 키스의 추억은 나의 운명의 지침을 돌려놓고 뒷걸음 쳐서 달아났습니다.' 이는 만해 한용운의 대표작인 〈님의 침묵〉에 나오는 한 구절이다. 시 전체에서 해석의 전환점을 이루는 부분이 '날카로운 첫 키스'이다. 님과의 첫 키스(만남)가 얼마나 황홀했으면 자신의 운명의 시곗바늘을 바꾸어놓았을까. 그런 탓인지 이미 수많은 연구자들은 끊임없이 키스 스킨십의 효능을 밝혀내고 있다.

젊은 시절 연인들은 끊임없이 어루만지고 키스를 하곤 한다. 그러나 세월이 흐르면서 두 사람의 관계에서 이런 부드러움은 대부분 사라지고, 무엇을 샀고, 무슨 일을 해결했고, 무엇을 고쳐야 하는지에 대해서만 이야기하게 된다. 아니면 최근의 정치 발전에 대한 생각을 나누고 지난 선거에 대한 의견을 교환하며 잠자기 전, 텔레비전에서 본 영화에 대해 이야기할 것이다. 하지만 이런 일상적인 것을 전부 뒤로하고 한 번쯤은 천국의 언어를 떠올려야 할 것이다. 지금부터라도 조심스레 자기 전 '잘 자요 키스'를 해보면 어떨까?

크리스타 슈필링-뇌커의 《행복한 부부가 사는 방법 49가지》에 나오는 글이다. 문장과 문장의 연결이 자연스럽다. 문장마다 사랑이 잔잔하게 배어 있다. 자칫 저렴한 에로티시즘에 빠질 우려가 있는 침상에서의 키스 스킨십을 잔잔한 문체에 사랑을 담아서 전달하니까 독자의 가슴에 잔잔한 감동의 파장이 일어난다. 이 세상의 모든 부부가 '잘 자요 키스'를 꼭 기억했으면 좋겠다. 노트커 볼프는 《행복의 일곱 기둥》이라는 책에서 '만인이여 포옹하라' 했는데, 이제는 '만인이여 잘 자요 키스를 하십시오'라고 한마디 더 덧붙여야 할 듯싶다.

얼마 전 아들과 다섯 살 난 손자와 나 이렇게 삼대가 마트에 들른 적이 있다. 서로 떨어져 살아서 우리 삼대가 마트에 간 적은 처음이지 싶다. 일주일치의 먹을거리를 사서 계산대로 향하는데, 손자는 쇼핑 카트의 방향을 장난감 코너 쪽으로 돌린다. 아들은 손자를 달랬으나 손자의 바람은 완강했다. 할아버지인 내가 손자의 손을 들어 주어 장난감 코너에 들렀다. 그런데 요즘 장난감들이 정말 장난 아니다. 값도 값이거니와 모양이나 기능도 놀라울 정도로 복잡했다. 손자가 이것저것 다 만지작거리며 호기심을 보이는 모습을 보니, 서점에 들러 이 책 저 책 다 사고 싶어 하는 내 모습과 닮았다는 생각이 들었다. 한참 후에 손자가 하나를 골랐다. 아들이 손자가 고른 가격표를 보여준다. "이것 봐라. 3자 2자 그리고 0이 세 개나 있잖아." 아마 둘 사이에 3만 2천 원 이상 되는 장난감은 사지 않기로 묵계가 되어 있었던 모양이다. 손자는 장난감을 힘없이 진열대에 올려놓았다. 아들이 가격이 좀 싼 장난감을 들어 보였지만, 손자는 영 탐탁지 않은 기색이다. 아들과 손자 사이에 묘한 감정의 끈이 이어져 있는 듯 보였다. 나는 잠시 갈등을 겪었다. '부자간의 약속이니까 내가 냉정해야지.' 그러나 다른 한편으로는 할아버지이기 때문에 일탈도 가능한 게 아닐까. 삼대가 무심히 쇼핑 카트만 끌며 장난감 코너를 몇 바퀴 돌았다. 그러다가 내가 슬며시 손자가 원하는 장난감을 쇼핑 카트에 집어넣었다. 그 후 계산대에서 마트 지하 주차장을 거쳐 집으로 돌아오는 큰길에 이르기까지 아무도 말을 하지 않았다. 나는 은근히 걱정이 되기도 했다. 아들네 삶에 내가 너무 끼어드는 것은 아닐까. 그러다가는 '아냐 때로는 규칙도 깰 줄 알아야 해.' 혼자 이런저런 생각을 하는 중에 차가 아파트 주차장에 이르렀다. 그때였다. 할아버지 하더니 손자가 두 손으로 내 양볼을 잡고는 입술에 뽀뽀를 하면서 '감사합니다' 하고 속삭이는 것이 아닌가. 갑자기 차내의 공기가 따뜻해졌다.

지난 일이지만 그 일을 생각할 적마다 두고두고 나는 수많은 말이 떠오른다. 그때마다 엔도르핀보다 5천 배는 더 효능이 있다는 다이도르핀이 팍팍 솟아난다. 저절로 미소가 지어지고 저절로 즐거운 마음이 들고 저절로 몸이 가벼워진다. 생각만으로도 삶에 활력이 넘쳐난다. 그래서 나는 될 수 있는 대로 '손자의 감사합니다 뽀뽀'를 자주 기억하려고 노력한다. 언짢은 일이 있어도 손자의 촉감을 떠올리면 금세 마음이 풀리기 때문이다.

완전한
스킨십

열등감에 빠진 사람에게 베푸는 스킨십은 신뢰감과 자신감
을 갖게 해 준다. 그로 말미암아 공동체는 더 나은 공동체로 발전한다.

지킬 로빈슨은 1947년 최초로 메이저리그에 입성한 흑인 야구 선
수이다. 백인 선수들은 그를 외면하고 모욕을 주었다. 그는 주눅이 들
어서 수비도 실수하고 공격도 제대로 못했다. 야구를 포기하고 싶은
생각으로 시즌의 반을 보냈다. 그러던 어느 날 헛스윙을 하고 덕아웃
에 들어갔을 때 주장이 와서 슬며시 어깨를 감싸 주었다. 그 후로 그는
거짓말같이 수비도 공격도 잘하는 선수로 변했다.

그는 훗날 주장의 그 간단한 손짓 하나가 자신이 팀의 일원임을 일
깨워 주었으며, 자신을 새로운 사람으로 거듭나게 했다고 회고한다.

야구는 흐름의 경기이다. 주장 선수의 작은 배려가 흑인 선수의 자존감을 키워 주면서 그 팀을 더 나은 팀으로 흐름을 변화시키는 데 결정적인 역할을 했다. 야구가 흐름의 경기이듯 인생도 흐름의 과정에 있다. 오르막길과 내리막길이 연속되는 길이 삶의 과정이다. 내리막길에서 열등감에 사로잡혀 있을 때, 우울감에 빠져 터널 시야에 갇혀 있을 때, 누군가 어깨에 손을 올려 주거나 두 손을 맞잡아 준다면 다시 살아갈 힘을 얻게 될 것이다. 비주류로 살아가는 사람들에게, 을로 살아가는 사람들에게, 뿌리 뽑힌 사람들에게, 손을 잡아 주거나 어깨에 손을 올려 주거나 등을 내밀어 주는 사람이라면 더욱 좋겠다.

　예수는 터치 테라피의 1인자이다. 병자가 예수의 옷자락을 터치해도 치유되고, 예수가 병자의 몸을 터치해도 치유된다. 그는 몸의 터치로 치유하기도 하지만 말의 터치로 치유하기도 한다. 말의 터치로 병자를 치유시켜 주기도 하지만 귀신을 쫓아내기도 한다. 이렇게 예수를 치유의 사람으로 만들어 놓는 존재는 예수의 아바타로 함께 하는 '완전한 사랑' 때문이다. 사랑은 예수가 요한에게 세례를 받을 때부터, 사울을 진정한 후계자로 삼는 과정을 거쳐, 예수가 십자가에 매달려 죽은 이후에도 어느 곳에서나 누구에게나 예수의 이름으로 치유되기를 간절히 원하는 이에게 치유의 협조자로 등장한다. 이 협조자의 터치, 즉 사랑 터치가 바로 완전한 터치이다.

> 예수께서 바리사이파 사람의 집에서 식사하는 것을 보시고 죄 많은 여인이 향유를 담은 옥합을 가지고 와서 예수의 곁에서 울며 눈물로 예수의 발을 적셨습니다. 그리고 머리카락으로 닦고 예수의 발에 입맞추며 향유를 발랐습니다. 예수를 초

대한 바리사이파 사람이 이것을 보고, 이 사람이 참 예언자라면 자기를 만지는 저 여인이 누구며 어떠한 사람인지 알았을 터인데! 그는 죄인인데! 하고 혼자 말했습니다.

루가7:36-39

죄 많은 여인은 참으로 고독했을 것이다. 모두 다 손가락질만 할 뿐 자기 편은 없었을 것이다. 철저히 아웃사이더로 살면서 감내하지 못할 만큼의 고독 가운데 있었을 것이다. 그런 중에 늘 스스럼없이 룸펜 프롤레타리아(창녀, 거렁뱅이 등 가장 낮고 천히 여기는 계층)와 함께하는 선생이 마을에 나타났다 하니 얼마나 기뻤을까. 삶의 희망, 희망의 불빛이 비치기 시작한 것이다. 그리하여 여인은 몸을 다하고 마음을 다하고 생각을 다하여 스킨십을 하게 된 것이리라. 예수의 발을 눈물로 적시고, 머리카락으로 발에 적신 눈물을 닦고, 깨끗해진 예수의 발에 입을 맞추고 향유를 바른 것이리라. 이렇게 혼신의 힘을 다하는 스킨십은 돌이킬 수 없는 숱한 죄에 대한 회개의 의미를 담고 있었으리라. 이 선생만은 나를 탓하지 않고 하나의 인간으로 봐 주기를 바라는 마음이었으리라.

예수께서 그 여인에게 말씀하셨습니다. 네 믿음이 너를 구원했다. 평안히 가라.

루가7:50

예수의 치유 능력은 사랑에서 나온다. 그의 사랑은 언제나 현재의 빛이다. 과거를 묻지 않는다. 미래를 염려하지 않는다. 과거에 무슨 일을 했느냐가 중요한 것이 아니라, 지금 회개하느냐가 판단 기준이다. 뿐만 아니라 죄인이든 병자든 훗날로 미루지 않고 그 자리에서 즉각 회개시키고 그 자리에서 즉각 병을 고쳐주되 대가를 바라지 않는다. 그러고는 네 믿음이 너를 구했다며 상대에게 공을 돌린다. '네가 구원을 받았다'라는 말은 여인이 간절히 듣고 싶어 한 말이다. 그 말은 예수께 회개하고 죄를 씻어 깨끗해졌다는 의미이다. 예수로부터 그 말을 들었을 때, 그녀는 예수와 자신이 하나로 연결되었음을 깨달았을 것이다. 예수와의 연결은 온 세상과의 연결이므로 자존감을 얻고 새롭게 살아갈 희망의 통로인 셈이다. 이와 같은 사랑 터치는 꼭 기독교인이 아닌 사람 사이의 관계 속에서도 일어날 수 있다.

시어머니께서 돌아가시기 전에 병상에 누워계셨어요. 침대 밑에 현금 한 뭉치가 보이더라구요. 언젠가는 나에게 주시리라 믿었어요. 그런데 내가 잠깐 나간 사이에 손아래 동서에게

그 돈을 주었나 봐요. 내가 들어오자 간병인 아줌마가 어머님께 "할머니, 왜 맨날 보살펴 주는 큰며느리한테는 돈을 안 주세요?" 그때 어머님의 말씀이 저를 울렸어요. "쟤는 내 식구잖니!" 어머님의 그 말씀 한마디로 가슴속에 웅크리고 있던 모든 미움과 설움이 한꺼번에 다 풀렸어요. 어머님 가슴속 깊이에 늘 저에 대한 믿음이 있었다는 걸 느끼게 되었어요.

'쟤는 내 식구니까'라는 시어머니의 한마디는 며느리가 간절히 듣고 싶어 했던 말이다. 네 믿음이 너를 구했다는 예수의 한마디와 마찬가지로 상대방과 가지는 깊은 내면의 대화이다. 두 사람을 내면 깊이 연결하는 공감의 대화이다. 그러므로 '쟤는 내 식구니까'라는 한마디의 말은 시어머니와 며느리, 즉 고부 사이의 관계를 원래의 상태로 회복시켜 놓은 사랑 터치 사랑 스킨십인 셈이다.

만인이여
포옹하라

포옹은 서로 상대의 심장을 맞대고 심장 소리를 확인한 다음 포옹을 푸는 방법이 효과적이다. 하버드 대학 연구팀은 포옹을 하면 좋은 점 세 가지를 밝혀내었다. 첫째, 사랑의 호르몬 옥시토신의 분비가 늘어 음식 섭취량이 줄어들면서 체중 감량의 효과가 있으며, 둘째, 정서적 유대감과 친밀감을 촉진시켜 심리적 안정감을 가져다 주는 것은 물론 우울증까지 예방하며 셋째, 코르티솔(만병의 근원인 스트레스 호르몬) 수치가 줄어들어 스트레스가 완화된다. 위 세 가지 외에도 포옹하면 좋은 점은 무수히 많다. 1. 기분 전환 2. 외로운 마음을 달래 줌 3. 두려움을 이기게 해 줌 4. 자부심을 갖게 함 5. 이웃을 사랑하게 함 6. 긴장을 풀어 줌 7. 불면증을 없애 줌 8. 근육을 튼튼하게 해 줌 9. 비만인의 식욕을 억제시킴 10. 승진이 빨라짐 11. 즐거움과 안정감을 줌 12. 배려심이 커짐 13. 타인을 관대하게 인정함 14. 용서하는 사람으로 성장함 등등. 아무리 강조해도 지나치지 않는 포옹은 부부가 침대에서 꺼안고 자는 포옹이다. 사랑 행위를 갖지 않아도 옆에 붙어 자는 것만으로도 1%의 체온이 오른다. 1%의 체온이 오르면 5배의 면역력이 증가한다. 그 까닭은 밤새 꺼안고 자는 동안 내장 기관의 온도가 오르기 때문이다.

만인이여, 포옹하라!

젊은이나 노인이나 세상의 모든 사람들이 영화의 연인들처럼 막 달려와서 포옹을 한다면 세상은 참으로 따뜻하고 건강한 사회로 변할 것이다.

꿈틀거리는
눈썹

동물이든 식물이든 사람이든 마음에 끌리면 만지고 싶어진다. 예쁘고 잘생긴 사람보다 매력 있는 사람에게 더 끌린다. 마음에 끌리면 만지고 싶어진다. 친밀감과 호감이 커질수록 몸의 접촉 부분이 확대된다. 손을 잡거나 팔짱을 끼거나 어깨동무를 하거나 머리를 쓰다듬거나 뽀뽀하거나 안아주고 싶어 한다.

키 큰 남자를 보면
가만히 팔 걸고 싶다
어린 날 오빠 팔에 매달리듯
그렇게 매달리고 싶다
나팔꽃이 되어도 좋을까

아니, 바람에 나부끼는
은사시나무에 올라가서
그의 눈썹을 만져보고 싶다
벌레처럼 꿈틀거리는
그의 눈썹에 한 개의 잎으로 매달려
푸른 하늘을 조금씩 갉아 먹고 싶다
누에처럼 긴 잠 들고 싶다
키 큰 남자를 보면

문정희, 《키 큰 남자를 보면》

키 큰 남자를 보면 깊이 숨겨둔 여자의 욕망이 다시 고개를 드는 것일까. 심장이 뛰듯 욕망이 경쾌하게 점핑한다. 여동생이었다가 나팔꽃이었다가 꿈틀거리는 벌레였다가 마침내 긴 잠 드는 누에가 되고 싶어 한다.

훤칠한 키에 가슴이 넓고 등과 어깨가 든든한 남자. 느티나무처럼 바람이 세차게 불어도 끄떡도 하지 않는 남자. 눈썹이 벌레처럼 꿈틀거리는 남자. 여자를 한 개의 잎새로 만들어 버리는 그런 남자.

이런 남자를 꿈꿔보지 않은 여자가 어디 있으리. 아무리 투정을 부려도 그저 다 받아 주고, 힘들고 어려울 때는 언제나 등과 어깨를 내어 주며 속삭여 주는, 수호천사처럼 그림자로 따라와 든든하게 지켜 주는, 미워하려야 미워할 수 없는 이런 남자가 한 생애 동안 한 번은 꼭 나타나리라는 꿈을 꾸면서 여자들은 살아가는 것이 아닐까.

오빠처럼 기대고 싶고, 나팔꽃이 되어 기어오르고 싶고, 나뭇잎처럼 가벼워지고 싶고, 허물을 벗기 위해 긴 잠을 준비하는 누에가 되어

야금야금 갉아먹고 싶은 남자는 도대체 어디에 숨어 있을까. 주위에 사람이 이렇게도 많은데 사는 게 외롭다고들 말한다. 그런 남자가 숨어 있어서 삶이 외로운 게 아닐까. 외로워서 꿈이라도 꾸어보는 것이 아닐까. 외롭지만 뭇사람들은 속 깊은 꿈의 발설을 꺼려한다. 하지만 시인은 당당하게 자신의 꿈을 발설한다. 뭇사람의 거울이 되는 통쾌한 발설이다.

언젠가 머리가 하얀 할머니가 약국 앞에 세워놓은 젊은 남자 배우 입간판을 뚫어지게 쳐다보는 장면을 목격한 적이 있다. 드라마 〈별에서 온 그대〉의 남주인공이 활짝 웃고 있는 모습이었다. 그때는 할머니의 발목을 붙잡아둔 까닭을 몰랐는데 이제야 알 것 같다. 할머니는 여자로 서 있었던 거다. 모르거니와 할머니는 여자로 서서 젊디젊은 남자를 꼭 안아보고 싶었는지 모른다. 키 큰 남자든 젊은 남자든 개성이 없으면 끌리지 않는다. 매력이 없기 때문이다. 시적 화자가 끌린다는 키 큰 남자나 할머니를 심쿵하게 만든 젊은 남자도 사실은 어떤 매력 때문에 끌리는 것이다. 두 남자의 매력의 포인트는 벌레처럼 꿈틀거리는 눈썹이 아닐까 하는 생각이 든다. 누구나 외모의 한 부분이든 내면의 한 단면이든 매력의 포인트를 지니고 있다. 그 포인트를 잘 살려야 개성이 드러난다. 그 개성이 상대방을 끌어당기는 힘이다.

강물을
거슬러
오르는
연어처럼

사람은 연결을 그리워한다. 몸의 연결을 그리워하고 마음의 연결을 그리워한다. 외로움과 쓸쓸함을 느끼는 것은 몸과 마음의 연결이 단절되었기 때문이다. 스킨십은 몸과 몸의 연결이고 마음과 마음의 연결이다. 사랑의 스킨십은 짧은 순간의 터치이지만 치유가 일어난다. 몸의 활력을 되살리고 마음을 안정시켜 면역력을 키우기 때문이다. 그리고 인간은 연어처럼 본향에 이르고 싶어 한다. 인간은 출생하기 이전에 엄마의 자궁 안에서 엄마와 탯줄로 연결된 상태에 있었다. 엄마의 자궁은 완벽한 평화의 공간인 에덴동산이었다. 그곳에서 10개월을 보내다가 '으앙' 하고 울면서 세상에 태어난다. 왜 웃으면서 태어나지 않고 울면서 태어날까? 엄마와의 연결이 끊어져 불안한 상태에서 황무지에 내던져지기 때문이다. 이렇듯 인간의 출발은 에덴동

산에서 쫓겨난 트라우마를 갖고 시작된다. 그래서 출생 이후에도 오랜 기간 부모의 돌봄이 필요하다. 특히 이 시기 어머니와의 스킨십이 부족하면 사도 세자와 같은 애착 손상을 갖게 된다. 영화 〈사도〉에서 세자의 어머니가 제가 젖을 먹이게 해 달라고 애원하는 장면이 나온다. 가슴 저린 기억의 한 컷이다. 유아기에 어머니와의 연결이 끊어진 상태에서 자란 사도는 애착 손상으로 말미암은 정서적 불안정으로 올바른 삶을 영위하지 못한다. 명절 때마다 연어의 회귀처럼 고향으로 향하는 발걸음은 잃어버린 에덴을 향한 발걸음이다. 엄마가 있어 고향으로 가는 길이 멀고 험하지만 그 길이 즐거운 것이다. 그곳은 연어가 냄새로 기억하는 원체험의 공간과 같은 곳이어서 타지에서 고되게 살아온 삶을 위로받는다. 자연의 품에 안길 때, 고향의 품에 안길 때, 어머니의 품에 안길 때, 얼마나 편안하고 안도감이 들고 평화로움이 드는지를, 고향을 떠나 본 사람은 안다. 잠시나마 에덴동산과 단절되었던 몸이 다시 에덴동산과 연결되었기 때문이다. 자연이, 고향이, 어머니가 나를 포근하게 안아 주기 때문이다. 이 안정감 평화로움이 허그 스킨십이 아닐까?

엄마가 있어 고향으로 가는 길이 멀고 험하지만
그 길이 즐거운 것이다.
자연의 품에 안길 때,
고향의 품에 안길 때,
어머니의 품에 안길 때,
얼마나
편안하고 안도감이 들고
평화로움이 드는지를.

여름

PART 2

#말하기 #듣기 #관계

꺼낼
용기

마음의
소리 듣기

따로
또 같이

세헤라자데의
이야기
방식

커튼을 젖히자 왕은 절대 보아서는 안 될 장면을 보고 말았다. 창문 밖 정원 분수대로 왕비를 중심으로 열 명의 시녀와 열 명의 남자가 나왔다. 가운을 벗자 모두 알몸이 되었다. 열 명의 시녀는 왕의 애첩이었으며 열 명의 남자는 왕의 충직한 신하였다. 그들은 짝을 지어 물속으로 들어갔다. 혼자 남은 왕비는 여기요! 하고 숲 쪽을 향해 소리쳤다. 건장한 흑인 남자가 나타나더니 왕비를 으스러지도록 안고는 물속으로 들어갔다. 그들은 단추 구멍에 단추를 꿰듯이 다리를 감았다. 해질녘에야 남자들은 여자 몸에서 떨어졌다.

왕은 분노를 참지 못했다. 왕비와 애첩들과 신하들의 목을 단칼에 베어 버렸다. 그래도 분이 풀리지 않았다. 매일 밤 처녀를 데려다가 밤새 농락하고는 날이 밝으면 죽여 버렸다. 과년한 딸을 둔 아비들은 모두 나라를 떠나고 민심은 날로 흉흉해져 갔다. 더 이상 바칠 처녀가 없게 된 채홍사는 죽을 처지에 놓였다. 이때 그의 큰딸 세헤라자데가 자기가 궁궐에 가겠다고 자청했다. 아버지가 아무리 말려도 고집을 꺾지 않았다. 왕은 크게 반겼다. 어둠이 깊어지자 왕은 그녀의 몸을 차지하기 시작했다. 세헤라자데의 꽃병이 깨질 무렵이었다. 세헤라자데는 재미있고 즐거운 이야기를 해 주겠다고 했다.

"그래 이야기를 해 보거라."

가슴을 두근거리며 세헤라자데는 이야기를 시작했다. 신드바드의 모험, 알라딘의 램프, 알리바바와 40인의 도둑 등의 이야기가 천 일 동안 계속됐다. 천 일째가 되는 날 밤 왕은 세헤라자데의 아버지를 불렀다.

"그대에게 알라의 비호를 기원하겠노라. 그대는 저 기품 높은 딸을 나에게 아내로 주었소. 그대의 딸 덕분에 내가 무고한 백성의 딸들을 죽이는 잘못을 깨닫고 후회하기에 이르렀소."

《천일야화》

말(언어)이란 본래 인간 사이에 의사소통의 수단이다. 말하는 이와 듣는 이를 이어주는 끈이다. 문제 해결을 위해 소통을 해야 한다면 먼저 어떻게 말할 것인가를 고민해야 한다. 문제 해결을 소통의 일차 목표로 두면 어떤 해결도 이루지 못한다. 그러나 어떻게 말할 것인가를 일차 목표로 둔다면 문제를 해결할 가능성과 희망이 생겨난다.

세헤라자데는 재미있는 이야기가 끝나면 다음 날 이야기가 궁금해지는 호기심의 지연 수법을 문제 해결의 일차 목표로 삼았다. 이 일차 목표가 천 일 동안 계속되는 사이 차츰차츰 왕의 분노는 가라앉았다. 분노한 왕을 치유시키고 아버지를 치유시켰으며 자신도 치유되고 온 나라를 치유시켰다. 소통의 능력은 인간의 가장 아름답고 강력한 은총임을 세헤라자데가 보여주고 있는 셈이다.

말이란 본래
인간 사이에 의사소통의 수단이다.
말하는 이와 듣는 이를 이어주는 끈이다.
문제 해결을 위해 소통을 해야 한다면
먼저 어떻게 말할 것인가를 고민해야 한다.

버러지
씨의
중얼거림

요즘 SNS에 남편들이 아내의 드라마 중독이나 쇼핑 중독에 대해 넋두리처럼 글을 올리는 경우를 종종 본다.

우리 아내는 TV에 붙어 있다시피 합니다. 일주일간의 모든 방송국 드라마를 다 꿰고 있습니다. 드라마가 끝나면 홈쇼핑으로 즉시 채널을 돌린답니다. 거실에는 물건 박스가 가득해요. 하루는 소리치고 싶은 마음을 꾹꾹 누르다가 화장실에 가서 '으이구 저 버러지' 하고 혼잣말로 중얼거렸습니다. 그러고 나서 잠시 후에 아내가 화장실에 있는 저를 향해 소리쳤습니다. "여보 당신 키 크는 신발 샀어. 사이즈가 260이지. 나 잘했지 버러지 씨."

이 부인은 재치 있는 감각을 그대로 가지고 있는 것으로 보아, 드라마와 홈쇼핑의 중독 증세가 심해 보이지는 않는다. 눈앞에 할 일을 미뤄두고 TV에 빠져 있다면 중독이 의심되지만 아직은 견딜 만한 수준이다.

아무튼 이 에피소드에서 보는 것처럼 말은 부메랑처럼 되돌아오는 속성이 있다. 스피드 시대라 그런지 부메랑이 되어 말한 이에게 되돌아오는 속도도 빠르다. 뿌린 대로 거둔다는 말처럼, 긍정의 말은 선한 열매를 맺고 부정의 말은 악한 열매를 맺는다.

자기가 무심코 뿌린 말의 씨를 두려운 마음으로 살피는 사람은 참으로 현명하고 지혜로운 사람이다. 선한 말을 하는 것은 선한 씨를 심는 것이고, 악한 말을 하는 것은 악한 씨를 심는 것이다.

'듣기는 자주하고 말하기는 더디 하라'는 성경 구절이나 '말로써 말 많으니 말을 말까 하노라'는 시조는 모두 말조심과 관련된 금언들이다. 말은 하되 상처가 되는 부정적인 말보다 치유가 되는 긍정적인 말을 자주 하라는 뜻도 되겠다.

긍정적인 말은 신神의 말씀으로 향하는 말이다. 지엄한 권위를 지녔으며, 상처를 싸매고 치유하고, 마음을 따뜻하게 한다. 자신감을 심어주고, 소통을 원활하게 하여 상생을 가져온다. 부정적인 말은 악마惡魔의 유혹으로 향하는 말이다. 악한 씨를 뿌려 상처를 입히고 덧나게 한다. 소통을 단절시키고 미움과 의심을 가득 차게 하여 영혼을 파괴시킨다. 특히 자기 성질에 못 이겨 툭 던지는 한 마디가 누군가에게는 마지막 말이 될 수 있다.

아나운서들이 한 달간 실험을 했다.

두 개의 유리병에 각각 밥을 넣고 한쪽에는 '고마워요'라고 쓰고 다른 한쪽에는 '짜증나'라고 써 붙인 다음 '고마워요 밥'에게는 온갖 긍정적인 말을 하고 '짜증나 밥'에게는 온갖 부정적인 말을 했다. 그랬더니 고마워요 밥은 뽀오얀 솜털 같은 곰팡이가 예쁘게 슬고, 짜증나 밥은 시커멓게 썩어 있었다.

말(언어)란 본래 인간 사이에 의사소통의 수단이다. 그런데 말이 물질과도 소통을 한다는 사실이 놀랍다. 긍정적인 말은 상대가 사람이든 동물이든 식물이든 물질이든 소통을 만들어 낸다. 어떤 대상이든 소통이 원활하면 조화와 화합을 이루어 상생을 가져온다. 그러나 부정적인 말은 소통이 막힌다. 어떤 대상이든 소통이 막히면 증오와 의심의 독이 쌓이게 되고 결국 갈등과 상처로 얼룩지게 된다.

부정적인 말도 조심해야 하지만, 습관적인 말도 조심해야 한다. 습관적인 말은 입에서 자동적으로 튀어나오는 말이다. 《말 잘하는 즐거움》의 저자 조지 톰슨은 우리에게 이렇게 권유한다. '입에서 습관적으로 튀어나오는 말을 절대로 쓰지 마라. 그것만 지킨다면 인생에서 후회할 일을 반쯤 줄이게 될 것이고, 훌륭한 언어 사용자가 될 것이다.' 그렇다. 발 없는 말이 천 리를 가고, 낮말은 새가 듣고 밤말은 쥐가 듣는다. 무심코 던진 한 마디가 어디선가 독나무로 자라 부메랑처럼 나에게 돌아온다. SNS에 습관적으로 하는 말도 누군가 지켜보고 있음에 유의해야 할 것이다.

습관적인 말의 결과도 이러하거늘, 홧김에 하는 말은 특히 조심해야 한다. 홧김에 하는 말은 상대에게 씻기 힘든 상처를 주고, 그 상처는 업장(카르마)이 되어 반드시 자신에게 돌아온다. 업장은 자신의 후손에게까지 이어진다는 점을 명심하자. 다시 조지 톰슨의 조언을 들어보자. '화가 치솟을 땐 감정이 시키는 반대로 하라. 만약 소리를 지르고 싶다면, 반대로 속삭이도록 하라. 때리고 싶은 마음이 생긴다면, 반대로 토닥여주라. 소리를 지르며 방에서 뛰쳐나오고 싶다면, 그 자리에 우뚝 멈춰 있으라.' 강하고 밝은 색으로 밑줄을 긋고 싶은 문장들이다.

절에서 예불을 드릴 때 입으로 지은 죄를 소멸해달라는 진언(수리수리 마하수리 수수리 마하바)으로부터 시작한다든가, 성당에서 미사를 드릴 때 생각과 말과 행위로 지은 죄를 용서해달라는 참회의 기도부터 시작하는데, 이는 모두 입으로 타인에게 상처를 준 죄를 용서해달라는 뜻이다.

독이 되는 부정적인 말을 버리고, 약이 되는 긍정적인 말을 습관화하면 좋겠다. 하루하루 나의 말버릇은 점점 좋아지고 있다는 말을 반복했으면 좋겠다. 나의 말버릇은 한 발짝 한 발짝 희망을 향하여 나아가고 있다고 믿었으면 좋겠다. 말은 곧 그 사람이다. 긍정적인 말의 습관은 행복에 이르는 길이다. 나를 행복하게 하고 타인을 행복하게 한다.

> 미안해요, 괜찮아요, 좋아요, 잘했어요, 훌륭해요, 고마워요, 사랑해요.

천국에서 가장 많이 쓰이는 일곱 가지 말이라고 한다. 우리의 영혼을 건강하게 이끌어 가는 말들이다. 듣는 사람의 영혼을 편안하게 해주는 말들이다. 그리고 말하는 이와 듣는 이 모두에게 평화의 마음을 갖게 한다. 그래서 천국의 말이라 명명했는지 모른다. 이 천국의 말을 말버릇처럼 일상화하면 뜻밖에 하는 일들이 잘 풀릴 수 있다. 말로써 좋은 씨를 뿌리는 일이기 때문이다. '나의 천국은 나의 말로써 만들 수 있다.'(윤치영,《마음을 움직이는 따뜻한 대화법》)고 하지 않는가.

제발
말 좀
하게
해 주세요

아픔은 밖으로 표현되는 순간 치유된다. 꺼낸 아픔은 더 이상 아픔이 아니다. 신라 경문왕 때의 이야기 〈임금님의 귀는 당나귀 귀〉는 바로 죽기를 각오하고 표현하여 치유 받은 대표적인 설화이다.

임금님의 귀는 당나귀 귀! 임금님의 수치스런 비밀을 지켜야만 하는 이발사의 고통은 이만저만이 아니었다. 누구에게도 털어놓지 못한 채 혼자서 고민하다가 병을 얻고 말았다. 그는 어느 날 대나무 숲에 가서 비밀을 속 시원히 털어놓았다. 바람이 불면 대나무 숲은 이상한 소리를 들려주었다. '임금님 귀는 당나귀 귀!' 이 소리는 메아리가 되어 임금님의 귀에까지 들어왔다. 임금은 수치스런 비밀을 백성들에게 털어놓았으며 비로소 당당한 임금의 모습을 되찾았다.

금기와 위반의 구조를 갖고 있으나 주제는 여러 가지로 도출해낼 수 있다. 낮말은 새가 듣고 밤말은 쥐가 듣는다. 비밀은 지켜질 수 없다. 자기표현 욕구는 인류 보편의 심리적 속성이다. 억눌린 감정은 독이 된다.

이 몇 가지의 주제 중 치유의 관점에서 보면, 억눌린 감정을 토해냄이라는 주제로 접근할 때 가장 적절해 보인다. 억눌린 내용은 내면에서 독이 되기 때문에 털어내지 않으면 병이 된다는 뜻일 터이다. 독이 된 말을 털어내지 않으면 몸을 상하게 하고 영혼을 갉아먹는다. 그러므로 현실에서 억눌려 독이 된 말을 털어내는 것이 가장 현명한 치유의 방법이 되겠다.

이발사는 가슴속의 응어리를 털어내어서 건강을 회복했다. 바람은 뭇백성에게 임금에게 이발사의 비밀을 알려주는 매개 역할을 했다. 임금은 이발사를 벌하지 않고 자신의 수치를 만천하에 공표하는 현명한 태도를 보인다. 그렇게 함으로써 응어리를 털어내고 자신의 건강을 회복하고 나라의 평정을 찾았다. 결국은 이발사가 죽기를 각오한 결단을 내렸기에 자신도 살고 왕도 살리고 나라의 평정도 찾을 수 있게 된 셈이다.

〈임금님의 귀는 당나귀 귀〉에서 우리는 아주 소중한 치유의 교훈을 얻었다. 속에 쌓인 말은 죽기를 각오하고 밖으로 드러내야 해결된다는 사실이다. 밖으로 드러난 문제는 더 이상 아픔이 아니다. 문제 해결을 목표로 두지 않고 밖으로 드러내는 것, 즉 표현하는 것을 목표로 한다면 문제를 해결할 가능성이 생겨난다. 내가 살기 위해 밖으로 드러내지만, 나와 관련된 모든 사람들이 치유된다.

누군가에게 하고 싶은 말을 속으로 담아놓고 말하지 못할 때가 가장 괴로운 법이다. 대체로 마음이 유약하거나 선천적으로 착한 사람은 자신의 속내를 제대로 표현하지 않아서 낭패를 당하는 경우가 허다하다. 상대가 강하거나 악하거나 할 때는 더욱 문제가 커진다. 이런 사람에게 이발사의 용기를 내라고 권하고 싶다.

이발사의 경우에서 보듯 한 사람이 억압된 감정을 털어내면 당사자는 물론 억압하는 자(임금) 그리고 주변 사람들(백성)까지 치유시켜 평정심을 찾게 된다. 가족이든 친구이든 스승이든 나의 독이 되어 버린 말을 털어놓을 대상을 찾아보자. 임금님처럼 큰 귀를 가진 사람이면 좋겠다. 아무렇게나 털어내도 그 순간에 오직 같은 감정으로 함께 머물러 줄 수 있는 그런 사람이라면 더욱 좋겠다. 자신이 그런 큰 귀를 가진 사람으로 변한다면, 미루지 말고 지금 이 순간에 변한다면, 그 순간부터 그의 역전 드라마는 다시 쓰일 것이다.

선생님,
그건
과장법
인데요

유머Humor는 다양한 의사소통 기술 중 인간만이 가지고 있는 독특한 형태의 표현 습관이다. 인간의 생각과 감정을 표현하는 수단으로 사회적으로 타인과의 관계의 질을 달리하는 데 영향을 주는 의사소통의 기술이다. 유머는 순진한 웃음을 유발시키며 한순간에 상황을 부드럽게 바꾼다.

사형장에 끌려가던 사형수가 발이 삐끗하자 하는 말이 '아이쿠 죽을 뻔했네.'였다.

초등학교 국어시간에 한 여선생님이 학생들에게 비유법에 대해 설명하고 있었다.

"예를 들면 '우리 담임 선생님은 수지처럼 예쁘다'는 바로 비유법이에요."
그러자 한 학생이 손을 번쩍 들며 말했다.
"선생님, 제가 알기로 그건 과장법인데요."

　이 기발한 유머를 접하는 사람은 어떤 암울한 상황에 있어도 웃음 짓게 되어 있다. 린위탕(중국 작가·문명 비평가)은 타인을 말 한 마디로 웃게 한다는 것은 창조주가 인간에게 내린 가장 특별한 선물이라고 했다. 웃음은 우울한 감정을 지워 버리는 효과가 있다. 웃는 순간 기쁨의 호르몬 엔도르핀이 분비되기 때문에, 말하는 사람도 듣는 사람도 모두 즐겁게 한다. 서로 다른 반쪽으로 만났기에 부부 사이의 갈등은 피할 수 없다. 갈등의 시초는 말로 비롯되고 말 때문에 커진다. 말로 만든 갈등이니 말로 풀어야 한다. 이때 갈등을 푸는 한 마디 유머러스한 말은 절망을 희망으로 바꾸는 연금술이다. 서먹서먹한 부부 간의 관계를 강화시킨다.

결혼한 지 10년 차 되는 부부가 집에서 심한 말다툼을 하고 외출을 하게 되었다. 아내가 종종걸음으로 앞서서 간다. 남편이 앞서가는 아내를 향해 '여보' 하고 부른다. 아내가 눈을 흘기며 홱 돌아본다. 남편이 웃는 얼굴로 한 마디 날린다. '당신이 촐랑촐랑 앞서가니까 귀엽잖아.' …… 토라졌던 아내의 마음이 순식간에 풀린다. '피이' 하고 웃으며 아내는 그 자리에 멈춰선다.

남편의 유머 한 마디에 부부 사이의 팽팽한 긴장감의 벽이 무너졌다. 아마 그 부부는 곧바로 연인처럼 친밀감을 갖고 함께 목적지에 도착했으리라. '친밀감은 상대와 얼마나 가까워질 수 있는지를 나타내는 척도가 된다.(조지 톰슨 외,《말 잘하는 즐거움》) 감정의 찌꺼기를 유머 한방에 날려 보낸 남편과 그리고 이를 못이기는 척 받아 주는 아내의 지혜로운 모습이 행복해 보인다. 행복한 부부가 되어가는 과정은 갈등을 피하는 부부가 아니라 갈등을 한 마디 유머로 해소하는 데서부터 시작된다는 사실을 기억하자.

'너'
전달법에서
'나'
전달법으로

'너' 전달법에서 '나' 전달법으로 말하는 습관을 고쳐 보자. 이 전달법의 변화는 단순히 주체를 변화시키는 전달법이지만, 치유의 효과는 아주 크다. 이 습관 하나만 고쳐도 자신의 존재 이유를 발견하게 되고, 자아의 신화를 구현할 수 있는 길이 열린다. '너' 전달법You Message은 너 혹은 당신으로 시작되는 말이다. 듣는 사람으로 하여금 공격 받는다는 느낌을 갖게 하여 더욱 방어적이 되게 만든다. 귀를 막아 버리거나, 자기변호에 급급하거나, 반박을 주로 하거나, 그 자리를 피해 버린다. 이런 사람은 자신의 눈에 있는 들보는 보지 않고 타인의 눈에 있는 티끌만 보기 때문에 지적하고 또 지적한다. 뿐만 아니라 나무라고 질책한다. 문제가 생기면 끊임없이 남의 탓을 한다. 언제든지 명령할 준비가 되어 있는 사람이다. 과거형의 사람과 이기적인 사람과 부정적인 사람이 이 전달법을 주로 쓴다(마르틴 파도바니,《상처입은 관계의 치유》). 잔소리와 궁싯거리는 말은 100% 너 전달법이다.

너 전달법의 예(과거형)

- 어린이집에 다녀왔으면 손을 깨끗하게 씻어야 해. 손에는 세균이 많다고 했잖아. 빨리 화장실 가서 손 씻어. 아니면 간식 안 줄 거야!
- 전화 받을 줄 몰라? 왜 전화를 안 받아! 귓구멍이 막혔어?
- 담배 좀 피우지 마. 당신 때문에 온 집안이 담배 냄새야. 간접흡연이 더 나쁘다잖아.
- 술 마시고 집에 들어올 생각도 하지 마. 그만 좀 마셔(웬수야).
- 이 멍청아, 맨날 아프다고 하지만 말고 병원에 가봐.
- 으유, 내가 못살아. 당신만 들어갔다 나오면 화장실이 더러워.
- 말 좀 끊지 마. 혹은 침묵(지옥)
- 게임 당장 멈추지 못해? 꼭 미친놈 같아. 당장 컴퓨터 꺼, 끄라고.

'나' 전달법I Message은 나로 시작되는 말이다. 나의 생각과 느낌을 상대방이 감지할 수 있다는 장점이 있다. 상대가 내 말에 동의하고 말고는 큰 문제가 안 된다. 그가 내 생각과 감정을 아는 것이 중요하다. 나로 이야기를 시작하면 나의 정체성을 드러내며, 나 자신을 통제하고, 내가 표현하고 느끼는 것에 책임을 지겠다는 마음을 의미한다. 자부심, 자신감, 자존감을 전달하는 방식이다. 듣는 사람으로 하여금 변명

거리를 찾게 만들기보다는 내 말을 더 열심히 듣게 만드는 효과를 낳는다. 나로 시작하는 표현이 덜 위협적으로 느껴지기 때문이다. 현재형의 사람, 배려심이 깊은 사람, 긍정적인 사람이 이 전달법을 주로 쓴다(마르틴 파도바니,《상처입은 관계의 치유》). 겸손한 마음으로 뉘우치고 감사하는 마음으로 드리는 기도는 100% 나 전달법이다.

- '나' 전달법의 공식
  행동 서술 : 나에게 방해가 되는 행동을 말한다.
  느낌 서술 : 행동의 결과로 생긴 나의 느낌과 생각을 말한다.
  결과 서술 : 결과를 청유형으로 말한다.

나 전달법의 예(현재형)

- 어린이집에 다녀왔으니까 손을 깨끗이 씻어야지(행동). 나쁜 세균이 몸에 들어와서 우리 선영이를 아프게 할까 봐(영향) 할머니는 너무 걱정 돼(감정). 그러니까 어린이집에 다녀와서는 손을 꼭 씻자(결과).
- 무슨 일이 있었어? 몇 번 통화를 시도했어. 통화가 안 되니 답답하더라. 갑작스럽게 안 좋은 일이 생겼는지 걱정도 되고.
- 나는 당신 입에서 담배 냄새를 맡을 때마다 당신 건강이 걱정 돼요. 운동도 좋고 보약 먹는 것도 좋지만 무엇보다 시급한 건 금연인 것 같아. 당신은 할 수 있어. 남달리 의지가 강하잖아.
- 술을 많이 마신 모양이네, 꿀물 좀 타 줄까? 술에는 장사가

없다고 했어요. 당신은 가족을 위해서 술을 마신다고 하지만, 여보 나는 당신이 매일 술을 마시니 당신 건강이 더 염려가 돼요.

- 어디 어디가 아파 힘들겠네. 일을 너무 세게 한 것 같아. 괜찮아질 거야.

- 당신의 소변이 변기에 묻어 있으니까 좀 불편해. 당신이 소변 누는 방식을 좀 바꾸거나 집중해서 소변을 봤으면 좋겠어. 그래야 다른 가족도 기분 좋게 화장실을 사용할 수 있지 않을까.

- 내가 말할 때 당신이 말을 끊으면 우리 사이에 단단한 벽이 쳐진 것 같아요. 나는 당신이 내 이야기를 끝까지 잘 들어주었으면 좋겠어요.

- 네가 게임만 하고 있으니 엄마 마음은 안타깝고 답답하고 슬프구나. 너는 할 수 있어. 게임하는 시간을 줄이고 운동을 좀 해 보는 게 어떻겠니?

부디
지난날의
회한에
물들지 마오

오늘은 그대 남은 날들의 첫날

부디 지난날의 회한에 물들지 마오

추억은 손가락 사이로 빠져나가는 눈꽃

결코 잡히지 않는, 내일을 근심치 마오

희망은 숨어 있는 것

다가서면 멀어지는 신기루

추억은 깃털에 묻고

희망은 별빛에 묻고

밤새워 한뎃잠을 자고 나온 아침 까치처럼

겁도 없이 인가에 내려앉는 저 황홀한 가벼움을

오늘도 반가로이 맞이하시라
오오, 오늘은 그대 남은 날들의 첫날

권희돈, 《첫날》

    몇 해 전 3월 첫 강의에 〈첫날〉을 학생들과 같이 공부한 적이 있었다. 그다음 주 강의가 끝나자 한 여학생이 나를 따라오며 고맙다는 인사를 한다. 고마운 게 뭐냐고 물었다.

    "첫사랑의 시련 때문에 학교도 포기하고 학교가 있는 도시도 싫다며 집으로 가서 방 속에 갇혀 사는 친구에게 교수님 시의 첫 두 문장

을 문자로 날렸어요. 그런데 문자를 받은 친구가 갑자기 제정신을 찾았어요. 다시 학교를 다닌다며 짐을 싸가지고 왔어요."

그 학생과 연구실에서 이런저런 이야기를 나누며 마신 차의 맛은 지금도 잊혀지지 않는다. 이처럼 공감의 언어는 때로는 절망의 늪에 빠진 사람을 구해내기도 한다. 친구로부터 문자를 받는 순간 잠들어 있던 삶에의 욕구가 용솟음친 것으로 보인다. 그러므로 '오늘은 그대 남은 날들의 첫날/부디 지난날의 회한에 물들지 마오' 이 두 문장은 죽어가던 학생의 내면을 깊숙이 터치하여 정신을 일깨운 공감의 언어인 셈이다. 그 학생을 다시 정상적인 젊은이로 바꾸어 놓은 연금술적인 언어이다. 그 학생으로 하여금 과거를 잊게 하고 창창한 미래의 날개를 펴게 한 희망의 언어이다.

내가 쓴 시 한 구절이 젊은 학생의 생명을 구했다고 생각할 적마다 나는 늘 가슴이 뿌듯하다. 한 생명이 죽음에서 회생했다고 하는 것은 사라져 버렸을 그의 미래가 살아났기 때문이다.

갈매기
공감
대화법

우리가 사용하는 말 중에서 가장 강력한 말이 공감共感이란 말이다. 직역하면 함께 느낀다는 뜻이다. 그런데 영어 Empathy의 어원을 살펴보면 훨씬 깊은 의미를 가진 말이다. em(라틴어)는 '꿰뚫어 보다'란 의미를 담고 있고, pathy(그리스어)는 '타인의 눈'이라는 의미를 담고 있다. 그러므로 '공감하다'라는 의미는 '상대의 눈으로 보다, 즉 상대의 입장에서 이해한다'는 의미를 담고 있는 말이다.

시대가 어지러워지면 말이 어지러워진다. 말이 어지러워지는 것은 저마다 공감 능력이 고장 났기 때문이다. 모든 일에 다 무감각하다. 이웃의 슬픔과 고통이 다 타자의 일일 뿐이다. 가까운 이와 전화 한 통하는 일도 내일로 다음으로 미룬다. 지금은 너무 바쁘다고 내일로 미루지 말고, 지금 이 순간 만나는 사람들과의 대화 방식을 공감 대화법으로 바꿔 본다면 세상은 그 이전의 세상과 전혀 다른 세상으로 바뀔 것이다. 특히 상처받은 이들과의 대화는 공감의 말로 시작점을 삼으면 치유가 일어난다. 그러니까 공감 대화법은 경청을 전제로 하는 가치 있는 소중한 소통법이라 할 수 있다. 갈매기 공감 대화법은 상대방의 마음 깊숙이 들어가서 터치하여 상대방이 듣고 싶어 하는 말을 해주는 대화법이다. 내면을 터치함으로써 상대를 감동시키는 힘이 큰 공감 대화법이다.

옛날에 어떤 양반이 고깃간을 찾았다. "돌쇠야, 고기 한 근만 주거라." 돌쇠는 고기를 썩둑 잘라 주고 돈을 받았다. 그때 다른 양반이 와서 말했다. "돌쇠네, 고기 한 근만 주시게." 돌쇠가 고기를 듬뿍 썰어서 주었다. 먼저 온 양반이 화를 냈다. "이놈, 왜 고기 한 근이 이렇게도 다르냐?" 돌쇠가 얼굴을 씰룩거리며 대답했다. "네에, 그것은 입쇼. 나리 것은 돌쇠가 자른 것이옵고, 이분 것은 돌쇠네가 자른 것이기 때문입니다요."

돌쇠와 두 양반의 소통의 메시지는 고기 한 근 사는 것이었다. 그러나 돌쇠에게 말을 거는 두 양반의 어투는 달랐다. 첫 번째 양반은 자신의 입장에서 돌쇠에게 하대하면서 명령조로 말을 건 반면, 두 번째 양반은 돌쇠의 입장에서 돌쇠가 듣고 싶어 하는 겸양의 어조로 말을 건 차이이다. 이 다른 어투로 말미암아 돌쇠로부터 받은 대접은 어투 이상이었다. 겸양의 어투는 바로 내면적 감정 터치이다. 내면적 감정 터치는 자신이 내면 깊이에서 원하던 감정표현을 상대방이 해주는 표현 방법이다. 이런 대화법을 공감 소통 대화법이라고 한다.

첫 번째 양반이 자기가 말하고 싶어 하는 대로 말하는 사람의 유형이라면, 두 번째 양반은 자신이 하고 싶은 말을 하는 게 아니라 상대방이 듣고 싶은 말을 하는 사람의 유형이다. 두 번째 양반처럼 자신의 권위를 잃지 않으면서도 상대를 인정하는 말하기가 진정한 공감의 언어라고 할 수 있다.

우리가 사는 삶의 현장에는 가까운 상대로부터 간곡하게 듣고 싶은 말을 가슴 깊이 간직하고 사는 사람들이 참으로 많이 있다. 어떤 아낙은 시부모를 지극정성으로 모시고 살았다. 남편이 '고생했다'고 한 마디만 해도 마음이 풀리겠는데 그 한 마디를 못한다면서 눈물을 글썽인다. 신병神病으로 고생하고 있는 어떤 젊은 처자는 어머니가 미안하다고 한 마디만 해 주어도 엄마에 대한 미움이 다 가실 것 같은데, 엄마가 끝끝내 그 말을 안 한다면서 눈물을 펑펑 쏟는다.

사람 사이에 가장 가까운 관계는 부부 사이이다. 그 가까운 부부도 각각 가슴속 깊이 듣고 싶은 말을 묻어두고 있다. 아내가 남편으로부터 가장 듣고 싶은 말은 '사랑해'라는 말이라고 한다. 사랑한다는 말을 들으면 마음이 편안해지고, 들으면 들을수록 사랑이 깊어진단다. 이에 비해 남편이 아내로부터 가장 듣고 싶은 말은 '인정해'라는 말이라고 한다. 인정한다는 말을 남편이 들으면 용기가 솟아나서 어깨가 쭉 펴진다고 한다.

우리가 사는 세상은 바다와도 같다. 해일이 일고 풍랑이 치는가 하면 바람이 자면 평온한 파도비늘이 반짝인다. 사랑해海가 세상에서 가장 따뜻하고 깊은 바다라면. 썰렁해海는 세상에서 가장 썰렁한 바다이다. 인정해海가 세상에서 가장 믿음직한 바다라면, 무심해海는 세상에서 가장 맨숭맨숭한 바다이다.

공작새
공감
대화법

공작새 공감 대화법은 상대방이 자신에 대하여 상대방이 모르고 있는 능력이나 상황을 터치해 줌으로써 상대방을 공작새처럼 빛나게 하는 공감 대화법이다.

남자 군인 장교와 여자 간호 장교 부부에게 어느 날 시련이 닥쳐왔다. 아내가 시력이 좋지 않아 병원 치료를 받게 되었는데 그만 의료 사고로 실명하고 말았다. 그 후로도 아내는 다니던 직장에 계속 나갔다. 직장에서의 일은 오랫동안 익숙한 일이어서 잘 해낼 수 있었다. 남편은 언제나 출퇴근 시간에 아내와 함께 했다. 그러다가 언젠가는 아내가 혼자의 힘으로 살아가야 한다는 사실을 깨달았다. 버스를 타고 직장을 오고 가는 과정을 잘 설명했다. 남편은 매일 아침저녁으로 버스

정류장까지 나와 손을 흔들며 아내를 보내고 맞이했다. 그러기를 얼마쯤 지났을 때 버스 운전기사가 실명한 부인에게 말을 건넸다. "부인은 이 세상에서 가장 행복한 분이십니다." 부인은 이 소릴 듣고 자기 같은 눈먼 사람이 뭐 행복하겠느냐고 되물었다. 운전기사가 다시 말을 받았다. 제가 한평생 버스를 몰고 다녔지만 이렇게 하루도 빼놓지 않고 남편이 정류장까지 나와서 손을 흔들어 주는 부부는 처음 봤습니다. 부인은 그때서야 남편이 매일 자기를 향해 손을 흔들어 주었음을 알고 자신이 행복한 사람임을 깨닫게 되었다.

좋은 말은 자신이 몰랐던 자신의 장점을 상대에게 짚어주는 말이다. 버스 운전기사의 한 마디 짚어주는 말이 실명한 부인의 행복을 일깨워 주었다. '부인은 이 세상에서 가장 행복한 분이십니다.' 이 한 마디는 깊숙한 내면 터치의 공감적인 언어이다. 상대로 하여금 화려한 깃털을 펼치게 하는 최상의 언어이다. 그녀를 지지하고 인정하고 격려하고 칭찬해 주어 용기를 주는 말이다. 그녀는 자신이 불행하다고 생각했으나 운전기사가 행복한 부부라고 짚어 줌으로써 힘을 얻고 자신감을 얻었다. 공작새 같은 자신의 아름다움을 발견했다. 자신의 행복을 발견했다. 사람은 누구나 자신이 자신에 대해서 알고 있는 것보다 더 많은 능력을 갖고 있다. 이처럼 깊숙한 내면 터치는 자신이 모르고 있던 능력을 알게 하고 아름다움을 알게 하고 행복을 알게 하는 공감의 언어이다.

제발
내
말 좀
들어 주세요

사람의 얼굴에는 일곱 개의 구멍이 뚫려 있다. 입의 구멍만 하나일 뿐이고, 눈 코 귀의 구멍은 모두 두 개씩이다. 구멍의 숫자만큼 말은 적게 하고, 보고 듣는 일은 자주 하라는 뜻일 터이다. 그럼에도 불구하고 대부분의 사람들은 말하기는 좋아하면서 듣고 보는 일은 매우 가볍게 여긴다. 특히 남의 말 듣기는 죽기보다 싫어한다. 남의 말을 듣지 않는 사람이 세상에서 가장 위험한 사람이라고 한다. 그런데도 세상에는 남의 말 듣기 싫어하는 사람 천지이니, 세상은 참으로 위험한 세상이 되었다.

안톤 체호프의 단편 소설 《비탄》은 인간이 두 개의 귀를 갖고도 듣지 못하는, 아니 들으려고 하지 않는 인간의 보편적인 속성을 잘 드러낸 작품이라 할 수 있다. 슬픔도 쌓이면 독이 된다. 그 독을 그냥 놔두면 독나무로 자라 독의 꽃이 피고 독의 열매를 맺는다. 그 꽃향기를 맡는 사람은 눈이 멀고 그 열매를 따먹는 사람은 죽는다. 그래서 슬픔도 슬프다고 말해야 한다. 아들을 잃은 늙은 마부 요나 포타포프가 자신의 슬픈 이야기를 자꾸 꺼내는 것도 누군가에게 말이라도 해야 슬픔이 덜해질 것만 같았기 때문이다.

그러나 첫 번째 손님인 군인도, 두 번째 손님인 청년들도, 숙소의 젊은 마부도 그의 말을 듣지 않는다. 그들은 마부의 말을 건성건성 흘려보내거나, '사람은 모두 죽게 마련'이라는 들어도 그만 안 들어도 그만인 공허한 말을 던지거나, 젊은 마부처럼 아예 귀를 닫아 버린다. 자신들이 하고 싶어 하는 말만 하지 마부가 듣고 싶어 하는 말은 할 줄 모른다. 이처럼 자신의 편견이나 판단을 근거로 하는 말은 오히려 말하는 이의 상처를 덧나게 할 뿐이다.

결국은 깊은 밤 마구간에 가서 말에게 쌓였던 말을 쏟아 낸다. 아들이 병에 걸린 원인, 고통을 당한 상태, 죽기 전에 한 말, 죽을 때의 모습, 장례식의 광경 등이 끊임없이 이어진다. 마부의 어조는 점차 높아가지만, 말은 일관된 침묵으로 주인의 말을 듣는다.

"그런데 갑자기 그 망아지가 어딘가 먼 곳으로 가 버렸어. 그래도 너는 슬프지 않겠니?"

말은 먹이를 씹으면서, 고개를 주억거리고 귀를 기울이는가 하면 주인의 손에 입김을 불기도 했다. 왜 사람들은 남의 말을 듣지 못하는 것일까? 자기 일이 바빠서일까? 타인의 일이어서 안 들리는 것일까? 아니면 마음속에 아픔과 미움과 알 수도 없는 분노가 가득 차서일까? 결국은 내 안에 나로 꽉 차 있기 때문일 것이다. 타자가 들어올 공간이 마련되어 있지 못하기 때문일 것이다. 내 안이 비어 있지 못하니까 설령 듣는다 하더라도 마이동풍馬耳東風식으로 건성건성 듣게 되는 게 아닐까. 그리고 나의 입장에서 이기적인 마음으로 들으니까 역지사지易地思之의 공감적 경청을 못하게 되는 것이 아닐까.

불행의 대부분은
경청할 줄 몰라서 그렇게 되는 듯
비극의 대부분은
경청하지 않아서 그렇게 되는 듯
아, 오늘날처럼
경청이 필요한 때는 없는 듯
대통령이든 신神이든
어른이든 애이든

정현종,《경청》

시인의 말과 같이 이 세상의 모든 불행과 비극은 듣지 못하는 데서 비롯된다. 듣지 못하니까 의사소통이 막혀 버린다. 듣지 못하니까 각각 자기 말만 하게 된다. 일방 소통은 소통이 아니라 소통 단절이다. 오히려 오해와 갈등을 불러일으킨다. 신神은 인간의 불행한 스토리를, 대통령은 국민의 한숨 소리를, 사용자는 노동자의 꿈을, 의사는 환자

의 아픔을, 교사는 학생의 고민을 들어야 올바른 소통 관계가 형성될 것이다. 그런데 모두가 귀를 막고 있으니 불통의 세상이 되어 버렸다. 급기야는 나의 슬픈 이야기도 돈 내고 털어놓는 시대가 되었다. 참으로 불행한 일이다.

소통 단절은 관계 사이의 단절이며, 이는 필연적으로 아픔이나 고통을 수반한다. 사람 사이에서 생겨난 아픔이니 사람 사이에서 치유해야 한다. 먼저 아픔을 털어놓을 대상은 자연이 아닌 사람에게서 찾는 것이 가장 바람직하다. 임금님처럼 큰 귀를 가진 사람, 큰 귀를 가졌으되 마음은 공명통처럼 텅 비워 낸 사람, 큰 귀로 듣되 죽기까지 발설하지 않는 굳은 입을 가진 사람. 그런 사람을 만나기 어렵거든 차라리 내가 먼저 그런 사람이 되어 보는 것도 좋겠다.

임금님,
산 아이를
저 여자에게
주십시오

어린이들이 좋아하는 동화 〈피터팬〉에 이런 대화가 나온다.

피터팬이 웬디에게 물었다.
"웬디야, 제비가 왜 처마 밑에 집을 짓는지 아니?"
"모르겠는데, 왜 처마 밑에 집을 지을까?"
"그건 말이야, 그 집 사람들의 이야기를 들으려고 하는 거야."

처마 밑은 흥부네 이야기를 엿듣기에 알맞은 위치이다. 엿듣기에 좋은 위치는 듣는 사람이 말하는 사람의 이야기를 귀 기울여 들을 수 있는 미학적인 거리이다. 그리고 또 처마 밑은 교집합의 공간이라는 특징을 갖는다. 흥부네 집 안쪽을 포함한 원의 세계와 흥부네 집 바깥

쪽을 포함한 원의 세계가 겹쳐지는 부분이 처마 밑이다. 안쪽은 흥부네의 간절한 소망이 쌓여가는 현실적인 공간이고, 바깥쪽은 무한량의 보물을 품고 있는 초현실적인 공간이다.

흥부네 집 제비는 경청을 잘하는 제비이다. 가난하지만 착한 마음씨로 살아가고 있는 모습을 자세히 볼 뿐만 아니라, 흥부네 집에서 간절히 원하는 것이 무엇인지 빠뜨리지 않고 듣는다. 흥부네 집 이야기를 귀 기울여 들었기에 제비는 흥부네 집에서 필요한 것이 무엇인지를 알아차렸다. 그리고 마침내 초현실적인 공간에서 보은 박씨를 구해 흥부네 집에 선물로 줄 수 있었던 것이다. 흥부네 집 처마 밑과 같은 엿듣기의 위치가 듣기의 미학적 거리이다. 이 위치에서 텅 빈 마음으로 들을 때 공감적 듣기가 가능해진다. 오직 말하는 상대의 입장에서 듣기 때문에 듣는 것 그 자체만으로도 치유가 일어난다.

남아프리카공화국 만델라 대통령은 각료 회의에서 한 마디도 하지 않았다고 한다. 왜 한 마디도 하지 않느냐고 기자가 물으니까 가만히 듣고만 있어도 다른 사람이 내가 하려는 얘기를 다 하니까 내가 또 얘기할 필요가 없더라고 대답했단다.

말을 잘하는 것보다 잘 듣는 것이 얼마나 훌륭한 일인가를 시사하는 에피소드다. 그는 대통령으로서 말로 나라를 통치한 것이 아니라 듣기로 나라를 통치한 대통령인 셈이다.

솔로몬도 듣기로 나라를 통치한 왕이다. 그는 지혜의 왕으로 알려져 있는데, 그의 지혜는 듣기로부터 나왔다. 많은 사건들을 지혜롭게 판단하여 백성의 신임을 얻었다. 그의 수많은 재판 가운데 아들을 두고 서로 자기 아들이라고 주장하는 두 여인을 심판한 내용(열왕기 상 3장 : 9-28)은 백미白眉를 이룬다.

"한 사람은 산 아들은 내 아들이고 네 아들은 죽었다 하고, 또 한 사람은 아니다 네 아들은 죽었고 내 아들이 산 아이라고 하는구나." 왕은 칼 하나를 가져오라고 했다. 신하들이 왕 앞으로 칼을 내오자 왕은 명령을 내렸다. 그 산 아이를 둘로 나누어 반쪽은 이 여자에게 반쪽은 저 여자에게 주어라. 그러자 산 아이의 어머니는 제 자식을 생각하고 가슴이 미어지는 듯하여 왕에게 아뢰었다. "임금님, 산 아이를 저 여자에게 주시고 아이를 죽이지만은 마십시오." 그러나 다른 여자는 어차피 내 아이도 네 아이도 아니니 나누어 갖자고 했다. 그러자 왕의 분부가 떨어졌다. "산 아이를 죽이지 말고 처음 여자에게 내어 주어라. 그가 참 어머니이다."

솔로몬 왕은 늘 잘 듣는 왕이 되기를 구했다. "누가 이 많은 백성을 재판할 수 있겠습니까. 듣는 마음을 종에게 주셔서 주의 백성을 재판하여 선악을 분별하게 하옵소서." 백성들 사이에서 왕이 하느님의 슬기가 있어 정의를 베푼다는 소문이 퍼졌다. 솔로몬 왕의 지혜는 바로 듣기로부터 얻은 것이다. 왕이 너무도 지혜로워서 백성들은 그를 두려워했다. 왕이 백성을 다스리는 정치적 통치 이념이 바로 듣기였던 것이다.

역사적으로 실패한 왕은 한결같이 주변의 몇 사람과만 소통했다. 왕뿐만 아니라 한 개인도 마찬가지이다. 불행하고 고통스럽게 사는 사람은 타인과의 소통이 불통인 사람이고, 행복하고 즐겁게 사는 사람은 타인과 원활한 소통을 하는 사람이다. 그 행복과 즐거움의 첫출발점이 바로 경청傾聽이다.

천 일
동안
들어 줄게

요즘 사람들이 가장 무서워하는 병 두 가지가 있다. 하나는 육신의 병인 암이고, 다른 하나는 마음의 병인 우울증이다. 암도 우울증도 충격적인 사건 후에 받는 스트레스가 주요 원인이라고 한다. 한 통계에 의하면 우리나라에서 자살하는 사람 중 80%가 우울증으로 자살한다고 한다. 우울증은 기운이 떨어지고, 집중력이 저하되며, 불면에 시달리고, 죄의식에 사로잡히며, 까닭 없이 초조해하고 불안해하며, 반복적으로 죽음을 생각하는 증세를 보이는 무서운 병이다.

신경정신과 의사들은 우울증은 이렇게 치료해야 한다고 권한다. 1) 환자의 이야기를 많이 들어 주어라. 2) 비난하지 말고 충고하지 마라. 3) 의사의 치료를 권하라. 4) 말과 행동의 변화를 살펴라. 주목할 점은 이야기를 많이 들어주라는 말이 1번 순위에 올라 있다는 것이다. 왜 이야기를 들어 주는 것이 가장 중요할까? 사연(충격적인 사건) 때문이다. 충격적인 사건이 응어리로 남아 있기 때문이다. 응어리가 독이 되어 부글부글 끓고 있기 때문이다.

어느 부부의 이야기이다. 돌이켜 보면 그때가 그 부부 최대 위기의 시기였던 듯하다.

아내는 직장에서 명퇴한 상태였다. 집 나간 자식은 돌아오지 않고, 남편은 늘 밤늦게 들어오고 결국 몸져누운 상태였다. 밤낮으로 누워 있으니 이것저것 서운한 생각만 많이 들었던 모양이다. 남편이 퇴근하고 돌아오면 과거의 이야기를 되풀이했다. 남편은 견디다 못해 상담소를 찾았다.

상담사는 50대 중반 쯤의 여자였다. 상담실의 분위기는 아늑했다. 낮은 책상을 가운데 두고 마주 앉았다. 상담사가 먼저 입을 열었다.

"힘드신 일이 있나 봐요."

"집사람 때문에 너무 힘들어요."

"사모님께서 많이 편찮으신가요?"

"예."

"어떻게 편찮으신데요? 편안하게 말씀하시지요."

"집사람이 늘 누워만 있어요. 퇴근하고 돌아오면 같은 말만 반복해요. 30여 년 결혼 생활이 불행한 건 모두 나 때문이라는 거예요. 저는 기억하지 못하는데 시시콜콜 과거의 일을 꺼내서 따따부따 따지는데 못 당하겠어요."

남편은 상담사가 아내인 것처럼 분노하면서 숱하게 쌓이고 쌓인 사연들을 쏟아 냈다.

"사모님이 같은 소리 자꾸 하는 건 아파서 그래요. 잘 들어 주셔야 해요."

상담사는 남편의 이야기를 다 듣고 나서 아내의 장점을 말해 보라고 했다. 아내의 단점이 뭐냐고 물었으면 수백 가지라도 말할 수 있을 텐데 장점을 말하라고 하니 앞이 캄캄했다. 아내의 장점이 하나도 떠오르지 않는다고 했더니 다시 물었다.

"두 분이 몇 살 때 결혼하셨어요?"

"저는 서른한 살, 아내는 스물두 살."

"따님을 두셨나요?"

"예, 삼 남매 중 딸이 막내예요."

"따님이 몇 살이죠?"

"스물다섯입니다."

"사모님이 지금의 따님보다 어린 나이에 결혼을 했네요. 저도 스무 살 난 딸이 있는데 아무것도 모른답니다."

"사모님이 직업이 있으셨나요?"

"네."

"그런데 사모님은 왜 그만두셨어요?"

"몸도 아프고 해서 명퇴했지요."

"사모님께서 선생님을 무척 사랑하시나 봐요?"

"……"

"선생님께서도 사모님을 사랑하시나요?"

"……"

"사모님께서 무척이나 선생님의 사랑을 받고 싶어 하세요. 사모님의 사랑을 받아 주세요. 힘드시겠지만 사모님 말씀을 잘 들어 주세요.

아무 말도 하지 마시고 그냥 들어 주세요."

그러면서 탈무드에 나오는 이야기를 들려주었다. 어떤 젊은이가 결혼을 앞두고 랍비를 찾았다. "어떻게 하면 결혼 생활을 잘할 수 있습니까?" 랍비가 말했다. "앞으로 한 달 동안 아내의 말만 들어라." 한 달 후에 다시 찾아갔다. "선생님 말씀대로 했습니다." 랍비가 다시 말했다. "앞으로 한 달간은 아내가 말하지 않은 말을 잘 들어라."

남편은 상담을 마치고 나와서 한없이 걸었다. 걸으면서 처음으로 아내가 누구인지를 자신이 누구인지를 알았다.

'우리가 결혼할 때 아내의 나이가 스물두 살이었구나. 삶 속에 묻어 두었던 아내의 본모습들이 그리움처럼 튀어나왔다. 그땐 참 예뻤었지. 입술은 단풍잎보다 더 붉었지. 머리도 좋고 목소리도 좋았지만, 옷맵시가 좋아 내가 반했었는데. 나보다 키가 십 센티미터는 커서 결혼하자고 했는데. 장미꽃처럼 키워주겠다고 호기를 부려서 처가 어른들의 허락을 받았었는데. 내가 공부한다고 직장을 그만두었을 때에도 아내가 든든히 버텨 주어서 대학 선생이 될 수 있었는데. 아내가 그토록 지악스럽게 버텨서 내가 어깨에 힘을 주고 살았었구나. 내가 이렇게 성장하는 동안 아내는 그대로 머물러 있었구나. 아이들에 치이고 남편에게 치여서 한 번도 주인공이 되지 못했었구나. 진짜 아파서 몸져누운 것이로구나. 그것도 모르고 매일 밖으로만 나돌았구나. 그것도 모르고 왜 당신은 짜증내고 화내고 신경질 부린다고 탓만 해 왔구나. 그것도 모르고 나는 아내가 없는 세상에서 살고 싶다고 모진 말을 했었구나. 그런 줄도 모르고 아내는 오직 나의 사랑만을 받고 싶어 했구나.'

이렇게 자기 자신에게 귀 기울여 들으니 남편은 자신의 모습이 초라하고 부끄럽게 느껴졌다. '아, 그랬구나. 내가 고등학교 교사직을 그만두고 백수로 박사 공부하는 동안 아내는 아이 셋을 낳고 기르며 교직 생활을 하면서 가정을 지켰구나.' 비로소 남편은 아내에 대하여 자신이 생각하고 있는 것이 얼마나 이기적인 판단인지를 알았다. 온몸의 세포 하나하나에 깃든 아내에 대한 부정적인 감정들이 자기중심적인 마음으로부터 생겨난 것임을 알게 되었다. 아내를 아프게 한 원인이 전적으로 자신에게서 비롯되었음을 알게 되었다. 그것은 동시에 자기 자신을 아프게 하는 것이었음을 깨달았다. 아내의 사랑을 받아주라는 상담사의 충고가 사무치도록 고맙게 그의 피부로 스며들었다. 슬프기도 하고 기쁘기도 한 뭔지 모를 기운이 가슴 저 밑바닥에서 목울대를 향해 치밀어 올랐다. 아내를 사랑하지 못하고 지내온 자신에게 겁이 났다. 아내를 본다는 게 왜 그렇게 부끄럽던지. 남편은 무작정 걷고 또 걷다가 그만 집 앞에 다다랐다.

그런데 어제와는 전혀 다른 어떤 힘이 생겨났다. 집에 들어가기가 무서워 호흡을 가다듬지 않아도 되었다. 머뭇거리지 않고 현관문 키를 꽂았다. 집안 분위기는 여전히 무거웠다.

남편은 아내의 방으로 들어가 침대 밑에 앉자마자 다짜고짜로 말을 걸었다.

"여보 미안해. 내가 잘못했어. 눈에 뭐가 씌었었나 봐. 이제 내 눈 다 씻었어. 당신 말이 맞아. 내가 다 들어 줄게. 천 일 동안 들어줄게. 하고 싶은 말 다 해."

아내는 다시 어제 했던 말을 리바이벌하기 시작했다. 남편은 가만히 듣고만 있었다. 참으로 놀라운 일은 아내의 입에서 어떤 말이 나와도 남편은 화가 나지 않았다. 밤이 깊어 잠잠해지나 싶었는데, 집 나간

아들 얘기를 꺼내며 목 놓아 울었다. 이웃이야 어떻게 생각하건 말건, 남편은 아내를 부둥켜안고 함께 울었다. 그날 밤에 놀라운 일이 일어났다. 아내는 일어나 거울 앞에 앉아 부스스한 머리를 빗었다. 그리고 다음 날 아침에는 청소기를 쌩쌩 돌렸다.

자신을 내맡기고 들어주는 경청은 이와 같이 말하는 이를 치유한다. 말하는 이의 고통과 슬픔을 어루만져 주기 때문이다. 말하는 이가 속에서 독으로 자라고 있는 상처를 다 쏟아내기 때문이다. 그 무엇보다도 자신이 사랑받고 있음을 확인하는 순간이기 때문이다.

경청은 또한 상처받은 관계를 치유한다. '가장 깊은 치유는 가장 깊은 괴로움과 함께 한다. 상대의 고통에 귀 기울이다 보면 자신 자신에게도 귀를 기울이기 때문이다.'(미리암 그린스팬, 《감정공부》) '경청하고 난 후에야 상대방을 진실로 사랑하게 된다. 타인을 편견 없이 받아들이게 된다. 내가 바라는 모습의 당신이 아니라, 있는 그대로의 그 사람 자체를 사랑하게 된다.'(마르틴 파도바니, 《상처입은 관계의 치유》) 상처받은 사람들의 고민(고통, 슬픔, 상처, 상실감)을 듣다 보면 자신의 고통은 대수롭지 않게 느껴진다. 그래서 상처받은 사람들의 이야기는 돈을 내고서라도 가서 들으라고 한다.

나 이제
죽어도
여한이
없습니다

카슨 매컬러스의 《마음은 외로운 사냥꾼》도 들어주는 사람 Hearer이 얼마나 중요한 사람인지를 잘 알려준다. 근심과 고민을 털어 놓을 대상을 찾지 못해 외롭게 살고 있는 현대인을 환유한다.

주인공은 벙어리이며 귀머거리인 존 싱어Singer. 그는 '뉴욕 카페'라는 허름한 식당에서 마을 사람들의 이야기를 들어준다.

싱어에게 이야기를 털어놓는 주요 인물은 네 명이었다. 아내와 심각한 불화를 겪고 있는 카페 주인 비프 브래넌, 사회 변혁을 꿈꾸는 급진주의자 제이크 블라운트, 흑인 인권 운동가인 의사 코플랜드 박사, 그리고 음악을 통해 자신만의 꿈을 이루고 싶어 하는 믹 캘리 소녀이다.

다른 사람에게 내 안의 이야기를 하고 싶었다. 모든 사실을 얘기하다 보면, 의아한 대목이 풀릴 것 같았다. "나는 귀머거리(싱어) 주변을 어슬렁대다가 그에게, 내 안에 있는 모든 것을 말했다." 블라운트의 말이다.

이들에게 존 싱어는 구원자와 같은 존재였다. 싱어가 무한한 지혜를 갖고 있다고 믿으며, 고민이 생길 때마다 그에게 털어놓는다. '사람들은 귀먹은 벙어리 싱어에게 마음을 털어놓고 그가 지어 주는 평화로운 미소 속에서 고독과 불행에 맞서 싸울 힘을 얻어 갔다(송정림,《명작에게 길을 묻다》).' 싱어는 언제나 침착하고 사려 깊었다. 마을 사람들이 자신의 고민을, 절망을, 불행을, 꿈을 털어놓을 때 싱어는 그저 미소를 짓거나 고개를 끄덕이거나 슬픈 표정을 지었다. 마을 사람들은 그가 자신들의 이야기를 다 듣는다고 여겼다. 오직 침묵으로 들어 주었기에 마을 사람들은 그를 신비로운 사람이라고 믿었다.

싱어의 친구 안토나폴리스가 죽자 그는 친구를 잃은 슬픔에 못 이겨 스스로 목숨을 끊는다. 마을 사람들은 외로움을 자신의 벽 안에 가두어 버린다. 자신의 외로움을 털어놓을 대상을 잃어버리면서 마을이 평정심을 잃고 혼란에 빠졌다.

우리 사회에 말 잘하는 사람은 넘쳐난다. 말 잘하는 사람은 어디서나 볼 수 있다. 그러나 싱어처럼 말을 잘 들어주는 사람을 찾아보기는 힘들다. 모두가 자기 고민으로 내면이 가득 차 있기 때문이다. 그래서 인내심을 발휘할 여력이 없는 것이다. 내가 아프니까. 그리고 내가 너무 바쁘니까. 우리 사회 곳곳에 뉴욕 카페 같은 소통의 공간도 필요하고 싱어 같이 신비로운 히어러Hearer가 필요하다.

이 지역 NGO센터 치유 커뮤니티에서 이번 학기의 주제는 '꺼낼 용기'였다. 각자 자신의 아픔을 꺼내면서 우리는 '아픔도 꺼내면 기부가 된다'는 사실을 선물로 받았다. 그중에 할머니의 에피소드 한 가지를 소개하고자 한다.

열심히 살아온 인생의 끝자락에 남은 것은 독거노인, 고액 세금 체불자, 신용불량자, 교통사고 5급 장애인이라는 빨간 딱지뿐입니다. 세금 고지서가 날아올 때마다 죽고 싶은 생각밖에 없습니다. 잘나갈 때는 알아보는 이가 많았으나 사정이 이렇게 되고 보니 아무도 내 말을 들어주지 않았습니다. 그런데 유일하게 문학 테라피 모임을 이끌어 가시는 교수님만 귀 기울여 들어 주셨습니다. 나는 이제 죽어도 여한이 없습니다.

얼마나 주변 사람들이 이 할머니의 말을 들어 주지 않았으면, 자신의 말을 들어 주는 사람을 처음 만나고 나서 '죽어도 여한이 없다'고 했을까. 밖으로 드러난 비밀이 더 이상 비밀이 아니듯, 밖으로 드러난 아픔도 더 이상 아픔이 아니다. 털어내면 연민의 마음으로 듣게 된다. 듣는 사람의 숫자만큼 아픔은 나누어진다.

늘 소외만 받아온 할머니를 지구 위에서 함께 살아갈 동반자로 이끈 것은 오직 '들어 주는 것' 하나뿐이었다. 이 할머니의 절절한 말이 보여주듯, 자신의 이야기를 들어 주는 단 한 사람만 있어도 세상은 살아볼 만한 가치가 있는 곳이다.

하늘색
가을
점퍼

　　나는 옷에 그리 큰 관심을 가지는 편이 아니다. 그런데 유행에 한참 뒤떨어지고 몸에 맞지 않는데도 꼭 보관하고 싶은 옷이 있다. 아마 그 옷에 묻은 추억 때문일 것이다. 옷장의 한 자리를 늘 꿋꿋이 차지하고 있는 하늘색 가을 점퍼에는 끈덕진 이야기가 배어 있다.

　　새 학기가 시작되었다. 내가 맡은 학급은 고등학교 2학년 인문계 반이었다. 학기가 시작된 지 한 달이 지났다. 한 학생이 매일 지각을 하고 있었다. 키가 중간쯤이고 그다지 눈에 띄지 않는 학생이었다.

　　그러던 어느 날, 6교시가 끝나고 청소가 다 끝난 후에야 슬리퍼를 질질 끌고 나타났다. 책가방도 없이 온 걸 보면 큰 결심을 한 듯했다. 학생과 둘이서 텅 빈 교실에서 한동안 아무 말 없이 앉아 있었다. 그의 눈은 우수에 깃든 듯하면서도 적개심 같은 것이 어려 있었다.

그는 그 짧은 시간에도 몇 번이나 한숨을 내쉬었다.

"한숨을 자꾸 쉬네. 참기 힘든 모양이구나. 무슨 말이든지 다 해. 선생님이 다 들어줄게."

그의 눈빛이 살짝 흔들린다. 잠시 후 그가 어렵게 입을 떼기 시작했다.

"아침에 학교 오려는데 갑자기 아버지하고 어떤 여자하고 저희 집에 쳐들어 왔어요. 둘이서 엄마 머리끄덩이를 잡아당기고 해서 저도 아버지와 치고받고 싸웠어요."

그의 입에서 이렇게 험악한 사건이 튀어나올 줄은 상상도 하지 못했다.

"그랬구나. 미안하다. 그런 줄도 모르고 선생님은 네가 맨날 지각하니까 속으로 많이 미워했어. 선생님이 네 입장이었어도 너처럼 행동했을 거야."

"선생님 죄송해요. 마음은 그렇지 않은데 자꾸 지각하게 돼요."

"네 잘못은 없어."

"사람들이 자꾸 미워져요. 친구들도 미워지고, 선생님들도 미워지고, 지나가는 사람들도 미워져요."

그 학생의 말하는 소리가 점차 또렷해지고 말수도 늘어갔다.

"다른 사람들은 너와 아무 상관없는데?"

"저도 그게 힘들어요."

둘이서 몇 마디 말하고는 거의 침묵으로 시간을 보냈다. 선생이지만 이런 경우 무슨 말로 위로하고 무슨 말로 격려해야 할지 난감했다. 사위가 어둑어둑해져 갔다.

"집에 들어가기가 두렵지? 선생님이 같이 가 줄까?"

"괜찮아요. 저 혼자 들어갈게요."

"집에 가는 동안 엄마 위로해드릴 말 한 마디만 찾아봐. 생각이 나지 않으면 말은 안 해도 돼. 네가 해야 할 일을 찾아봐. 가령 내일 시간표 확인하고 책가방 싸는 일 같은 거, 그런 작은 일부터 잘 챙겼으면 좋겠어."

그와 헤어진 후 나는 아주 특별한 깨달음을 얻었다. 그가 지각을 자주 한다든가, 학습을 게을리하거나, 아버지에게 한 거친 행동들이 이런 말들의 다른 말임을 알 수 있었다.

누가 나 좀 도와주세요.
이런 부모 밑에서 어떻게 살아가죠?
세상이 무서워요.
이렇게 어떻게 더 살아갈 수 있어요?
나도 사랑받고 싶어요.

그로부터 나는 그와 공부에 관한 내용으로 소통하지 않았다. 가능한 한 따뜻한 마음을 느낄 수 있도록 정서적 교감으로 관계를 유지하려고 노력했다. 그의 표정이 점차 밝아졌다. 등교 시간도 잘 지키고 성적도 조금씩 향상되어 갔다. 그해를 마지막으로 나는 교단을 떠나 대학원 공부에 전념하고 있었다. 3년 후로 기억된다. 늦가을 저녁 무렵

그가 찾아왔다. 고등학교를 졸업하고 대학에 진학하지 못했단다. 남대문 시장에서 옷가게 점원으로 일한다면서 가을 점퍼 하나를 내놓고는 차 한 잔 다 마실 겨를도 없이 어둠 속으로 성큼성큼 사라져 갔다.

잘 들어 주는 일이 치유로 이어지는 이유는, 듣는 행위 자체가 말하는 사람의 아픔에 공감하는 것이기 때문이다(마르틴 파도바니,《상처입은 관계의 치유》). 그러므로 공감은 경청의 필수 조건이다. 공감적 듣기는 화자와 청자를 내면적으로 연결하여 사람의 마음과 최고의 지혜를 얻는다. '이런 지식을 그때 알았더라면 그의 아픔에 동참하면서 지혜를 얻을 수 있었을 텐데, 아무것도 모르고 선생을 했구나' 생각하니 생각할수록 부끄럽기만 하다.

경청자가
되어
주자

경청傾聽은 왕의 귀처럼 커다란 귀耳-王와 열 개의 완전한 눈 十-目으로 말하는 사람 쪽으로 몸을 기울여서傾 말하는 사람과 한 마음-心이 되어 듣는 것聽이다. 말하는 사람과 한마음이 된다는 것은 공감의 태도로 듣는 동안 일체 나의 판단을 중지한다는 뜻이기도 하다.

그럼에도 불구하고 사람들은 죽인다 해도 타인의 말을 들으려 하지 않는다. 타인의 말을 듣기보다 자신의 말하기를 좋아한다. 타인을 이해하기 전에 자신이 먼저 이해받고 싶은 욕구가 앞서서일 것이다. 그러나 마음에 고통이 생기면 내 일처럼 열심히 들어 줄 사람을 찾는다. 가까운 사람과의 이별, 사업 실패, 불만스런 고용인 혹은 상사, 친구의 배반, 가족 간의 불화에 이르기까지 괴로움이 생기면 경청자를 찾기 마련이다. 마음만 있으면 누구나 다 경청자가 될 수 있다. 단연코 말하건대 경청자는 행복하다. 영문 단어 Listen을 알파벳으로 하나하나 풀어보면 경청의 자세와 의미가 선명하게 드러난다.

> Look – 상대를 집중적으로 바라보며
>
> Ignore everything – 만사를 제쳐두고
>
> Suspend judgement – 판단도 미루고
>
> Take notes – 메모하면서
>
> Empathize – 공감하면서
>
> No but – '하지만'이라고 말하지도 않고

듣는 것이 경청이다. 자신을 내맡기고 들어주고, 편견이나 판단 없이 들어주고, 자신을 공명통처럼 온전히 비우고 공감하는 자세로 들을 때 완전한 커뮤니케이션, 완전한 치유, 완전한 사랑이 이루어진다. 이렇게 듣는 경청의 태도는 말하는 사람에게 신뢰감을 줌으로써 말하는 사람이 경계심을 품지 않고 자신의 속내를 술술 풀어낸다. 자신의 속내를 술술 풀어내는 사이 가슴속에서 부글부글 끓던 독毒이 증발해버린다. 잘 들어주기만 해도 말하는 이의 병이 80%는 치유된다고 하는데 그 까닭이 여기에 있다.

아버지와
아들의
어긋난
운명

인간은 사람 사이에 있을 때 참되다. 사람은 근본적으로 둘이 하나ㅅ되어 사람ㅅ 사이間에 존재하는 사회적 동물이기 때문이다. 사람 사이에 관계를 맺기에 가장 좋은 끈은 사랑의 끈이다.

인간의 관계는 두 가지 유형으로 맺어진다. 하나는 부모·형제·자식처럼 자신의 의지와 상관없이 정해지는 관계이고, 다른 하나는 배우자·연인·친구처럼 자신이 선택하는 관계이다.

정해지는 관계이든 선택하는 관계이든 사랑으로 맺는 관계는 서로에게 힘이 되지만, 이기심으로 맺는 관계는 단절의 아픔을 가져온다.

시대가 참으로 불행해졌다. 천륜 가족이 두 얼굴로 관계를 맺는다. 자신에게 이로울 때는 한없이 사랑하다가도 자신에게 짐이 될 때는 한없이 미워한다. 이기심이나 물질이 개입되면 타인보다도 더 멀어진다. 가까운 가족 사이에서 일어난 일이기에 상처를 더 크게 받는다. 가족이기에 참다 참다 모질게 화풀이를 하여 존속 살인의 참극이 발생하기도 한다.

카프카의 《변신(1915년)》은 가족조차 이해관계에 따라 변하는 관계임을 잘 보여주는 소설이다. 즉 가족 내에서 벌어지고 있는 인간의 이기심과 위선과 허위의식을 신랄하게 폭로한다. 주인공 그레고어 삼사는 장래가 촉망되는 청년이었다. 그는 부지런히 일하여 아버지의 집을 사주고 여동생에게 바이올린 교습을 시켜 준다. 효성스런 아들이며 믿음직한 오빠였다. 회사에서는 고객들로부터 신뢰를 받는 그야말로 장래가 촉망되는 모범 사원이었다. 가정 안팎에서 그토록 출중했던 젊은이가 과로로 쓰러지자 상황은 돌변한다. 가정으로부터도 회사로부터도 벌레처럼 취급받는다. 아버지는 분을 참지 못해 먹던 사과를 아들(딱정벌레)에게 던진다. 그 사과가 등짝에 박혀 썩어서 그레고어 삼사는 비참하게 죽어간다. 그러나 아무도 슬퍼하지 않는다. 오히려 그 주말에 가족이 즐겁게 피크닉을 떠난다.

그레고어 삼사는 조건 없이 다 내주었으나 가족은 그레고어 삼사로부터 받기만 하고 내줄 줄 모른다. 그레고어 삼사가 자신들에게 이로울 때는 훌륭한 자식이었지만, 자신들에게 부담되는 상황에 이르자 벌레 취급하는 극단적인 이기주의자로 변한 셈이다.

'조건 없이 주고받는 사랑이 아니라면 그건 사랑이 아니라 거래이다(엠마 골드만).' 참으로 불행한 사실은, 현실은 점점 가족 관계에서조차 조건부 사랑으로 변질될 수밖에 없는 방향으로 흘러가고 있으며, 이 소설 속에서처럼 많은 사람들이 가족 안에서 조건부 사랑을 경험하고 있다는 점이다.

> 2010년 겨울 밤, 서울의 한 아파트. 중학생으로 보이는 남자아이가 자기 집 현관문을 열고 비상계단을 통해 내려간다. 학생이 아파트를 빠져나가자, 그의 집이 화염에 휩싸이고 불길이 솟구쳤다. 소방차가 와서 불을 껐지만, 학생의 할머니와 부모와 여동생이 불길에 희생되었다. CCTV에 찍힌 학생은 곧 붙잡혀 경찰의 취조를 받게 되었다. "나는 예술 계통의 공부를 하고 싶은데 아버지는 판사가 되어야 한다며 골프채로 마구 때렸어요. 그때마다 아버지를 죽이고 싶었어요. 할머니와 여동생에게는 미안해요." 하며 펑펑 울었다.

어떤 순간도 폭력적인 아버지여야만 했던 아버지와 한순간만이라도 아버지의 사랑을 받고 싶었던 아들. 아버지와 아들의 어긋난 운명은 역사에 기록될 만한 가장 비극적인 가족사이다.

가족 관계라 할지라도 사랑이 빠진 관계는 완벽한 소통 단절을 가져오고, 소통 단절은 급기야 끔찍한 비극을 초래한다는 사실을 극명하게 보여주는 사건이다. 물질적으로 부족함이 없는 가정에서 일어났기에 가족 간의 소통이 얼마나 중요한지를 보여주는 극적인 예이기도 하다. 아들이 부모, 특히 아버지와의 관계에서 갈등을 겪었다는 것을 어렵지 않게 유추할 수 있다. 아버지가 무지막지하게 행사한 폭력 대신, 수평적 사고방식(자신의 눈높이를 아들의 눈높이에 맞춰)으로 바꿔 아들의 말을 경청하고 따뜻한 격려의 말과 함께 대화를 시도했다면 어땠을까?

하지만, 아버지는 아쉽게도 그 기회를 버리고 자식을 통해서 자신의 대리 욕구를 채우려 했고, 수직적 사고방식으로 아들을 복종시키는 데 자신의 힘을 써 버렸다. 무력은 소통이 아니다. 한쪽에서 일방적으로 지시하고 통제하는 것은 소통이 아니라 억압이다. 이렇게 억압받은 아들의 무의식적인 자아는 끝내 거대한 분노로 폭발했다. 도무지 말이 통하지 않는 부모의 벽 앞에서 끝없는 공포와 분노, 절망을 느낀 아들은 소통 대신에 아예 소통의 대상을 제거하는 길을 택했고, 어린 나이에 패륜을 저지른 극악한 범죄자가 되고 말았다.

더욱 안타까운 일은 아버지의 절대적인 권위에 묻혀 어머니의 목소리가 전혀 들리지 않는다는 점이다. 우주의 중심이고 사회의 중심인 가정, 가정의 중심인 부부의 건강한 관계가 얼마나 중요한지를 새삼 깨닫게 하는 이야기이다. 이 이야기에서 보는 것처럼 모든 가정사의 비극은 부부 사이의 소통 단절로부터 비롯된다는 사실을 암시하는 사건이기도 하다.

만약, 아들이 아버지를 설득할 수 없다는 현실을 받아들이고, 자신의 주장을 조금만 유보하여, 부모의 지원 외에 스스로 자신의 꿈을 이룰 방법에 대해 노력했다면 어땠을지……. 역시 안타까움이 많이 남는 부분이다. 하지만, 아들이 아버지의 눈높이에 맞춰야 한다는 사고는 전근대적인 사고방식이다. 무엇보다도 과거를 살아온 아버지의 경험을 기준으로 아들의 미래를 맡기는 일은 아들의 불행을 초래하는 일이기 때문이다.

차이
인정하며
함께하기

부부 사이의 소통은 3단계의 과정을 거치는 것이 안정적이다. 그 과정은 첫째, 함께하기 둘째, 차이 인정하기 셋째, 차이 인정하며 함께하기이다.

'함께하기가 서로의 공통점이나 장점만을 보는 단계라면, 차이를 인정하는 단계에서는 각자의 단점도 보기 시작하는 단계이며, 차이를 인정하고 함께하는 단계는 조화를 이루면서 각자의 개성도 유지할 수 있는 단계이다.' (이 단락은 마르틴 파도바니, 《상처입은 관계의 치유》에서 도움 받은 바 크다.)

누구든 행복하기 위해서 결혼한다. 결혼해서 행복을 느끼면 결혼에 성공한 사람이다. 가정 안팎으로의 원활한 소통은 행복한 결혼 생활에 이르는 통로이다. 결혼 초기의 부부는 서로의 공통점이나 좋은 점만으로도 소통이 가능하다. 각자가 지닌 차이가 사랑이라는 감정에 묻혀 단점은 보이지 않는 단계이다. 이런 감정으로 함께하기는 좋은 일이 있을 때만 가능한 소통이며 누구나 다 할 수 있는 소통이다. 보다 성숙한 부부의 소통이 되기 위해서는 서로의 차이를 인정하는 단계로 나아가야 한다. 그것은 각자의 보이지 않는 수많은 차이를 인정하는 것이다. 남녀 간의 생물학적인 차이, 습관이나 취미의 차이, 능력의 차이, 비전의 차이, 현상을 받아들이는 감정의 차이, 각기 다르게 성장해 온 문화의 차이, 시시때때로 일어나는 사건과 현상에 대한 인식의 차이를 인정할 때 서로의 겉모습이 아닌 본래의 모습을 보게 된다.

이 차이를 인정하는 것은 서로 이해의 폭을 넓히게 되는 과정이다. 이때 현실적으로 고통스럽게 다가오는 문제들(상실, 질병, 경제적인 문제, 육아 등 부부 사이에 일어날 수 있는 제반 문제들)에 직면하여 타협하고 협력하고 관용과 용서의 소중함을 깨닫는다. 고통을 함께 풀어나가는 과정이 중요한 소통임을 서로 인지하게 된다. 이 단계를 소홀히 하면 부부간의 유대 관계가 유리그릇처럼 깨지기 쉽다. 겉으로는 아무런 문제가 없는 듯이 보여도 실제로는 피상적인 부부 관계에 머물고 만다. 영혼 없는 소통이 반복되면서 부부 사이의 불신을 내면에 쌓아놓아 마침내 하찮은 일로도 관계가 무너진다.

부부간에 차이를 인정하는 것이 부부간의 이해의 영역을 넓혀 준다면, 차이를 인정하면서 함께하면 각자의 개성을 유지하면서 조화를 이루는 부부로 성장한다. 각자의 개성을 분명히 지키고 인정하면서 함께해야 평등한 관계로 가정을 이룰 수 있다. 어떤 어려움이 닥쳐도 함께 극복할 수 있다. 이런 과정을 통해서 부부 사이의 존경심이 깊어지고 부부 사이의 사랑하는 마음도 깊어진다. 이 단계에 들어서면 서로 우위를 차지하려고 다투지 않는다. 서로 상대방을 통제하거나 조종하려고 하지 않는다. 서로의 영혼을 갉아먹지 아니하고 서로의 영혼을 키워 주고 북돋아 주는 부부가 된다. 어느 한쪽의 희생과 헌신으로 어느 한쪽이 성장하는 게 아니라 함께 성장하는 부부의 길을 걷게 된다.

소통은 언어로만 하는 게 아니다. 소통을 잘 하려면 세 가지 규칙을 따라야 한다. 첫째, 소통하라. 둘째, 소통하라. 셋째, 무조건 소통하라. 배우자 간에는 성적 소통뿐 아니라 몸짓에도 풍부한 의미가 담겨 있다. 배우자의 생각과 감정과 기분을 잘 알고 적절히 반응하는 자세가 되어 있는가? 소통을 하다 보면 갈등이 빚어질 수도 있다. 진정한 소통에는 갈등이 따르는 법이며, 침묵이야말로 결혼 생활을 망가뜨리는 주범이다.

마르틴 파도바니,《상처입은 관계의 치유》

옛날에 한 부부가 살았다. 혼인하고 십여 년 세월이 흘렀다. 부부 사이의 사랑이 식어갔다. 남자는 허구한 날 바람을 피웠다. 아내가 질투심을 부리면 남편은 폭력을 휘둘렀다. 아내는 견디다 못해 친정으로 가야겠다고 마음먹었다. 장롱 깊숙이 묻어둔 모본단 치마저고리를 입고 분을 하얗게 발랐다. 문간을 나서려는 순간이었다. 밖에서 막 들어오던 남편이 보고 깜짝 놀랐다. 곱디고운 여자가 집을 나가려는 모습이 보였기 때문이다. 남편이 두 팔을 벌리고 서서 대문을 막았다.
'내 허락 없이는 이 집에서 한 발짝도 못 나가.'

이상보,《지상에서 가장 행복한 불빛 하나》

남편이 다른 여자에게 빠져 있었던 것은 남편의 감정상의 문제였다. 아내가 아무리 말려도 아무리 안달을 해도 해결될 수 있는 문제가 아니었다. 이미 언어로 하는 소통은 막혀버렸다. 이 경우 아내는 자신의 의지로 소통할 수 있는 일에 집중해야 한다.

이야기에서는 감정에 금이 갔던 부부 관계가 우연하게 회복된 것으로 보인다. 중요한 사실은 우연이냐 필연이냐가 중요한 게 아니라 아내가 매력적인 여자로 변했다는 사실이다. 남편이 어떻게 해주기만을 수동적으로 바라지 말고, 바라는 바를 표현하고, 더 나아가 매력적인 여자로 변하여 남편을 맞을 준비를 게을리하지 말아야 한다.

그 반대의 경우도 마찬가지이다. 아내들이 흔히 겪는 무기력, 우울증, 불안, 공허함은 주로 소통을 거부하는 남편 때문인 경우가 많다. 그래서 육아에 집착한다든가 다른 일에 정신을 쏟는다든가 침묵으로 일관한다든가 무관심에 빠져 있게 된다. 이때 아내의 집착이나 침묵이나 무관심은 화산 폭발을 내장한 무서운 집착이고 침묵이고 무관심임을 남편들은 알아야 한다.

그러므로 부부 사이의 정상적인 관계 회복을 원한다면 먼저 소통의 방식을 개선해야 한다. 남편은 아내를 통제하려 하지 말고, 이기려고 하지 말고, 자신의 생각대로 아내가 따라와 주기를 바라지 말고, 아내의 현재 있는 그대로를 받아들여야 한다. 그리고 사회적 지위를 가정에까지 들여오지 말고, 가정에 들어오면 남편으로, 가장으로, 매력적인 남자로 변해야 한다.

부부
싸움의
3단계

Family(가족)은 Father and mother I love you의 첫 글자를 딴 단어이다. 자식이 아버지 어머니를 사랑한다는 뜻이다. 법정 스님은 '가족은 부모든 자식이든 몇 생의 인연을 거듭해서 금생에 다시 만난 사이'라고 했다. 어렵게 맺어진 가족의 인연인데 요즘에는 가족 간의 단절이 타인들보다도 더 심하게 벌어지고 있다. 가족 간의 문제는 부부의 갈등으로부터 비롯되며, 부부의 갈등은 부부 싸움으로 변해 간다.

어떤 부부든 부부 싸움을 피해갈 수 없다. 그만큼 중요한 일로 갈등을 겪는 것이기에 엄밀히 보면 그 갈등 속에 긍정의 에너지와 부정의 에너지가 함께 잠재되어 있다. 그러므로 부부 싸움을 잘 하면 긍정적 에너지를 생산해내고 가정의 평화와 행복이 유지되지만, 잘못하면 부정적 에너지가 분출하여 상처의 골을 깊이 파 놓게 된다. 부부 싸움은 대략 3단계를 거치면 좋다.

첫 단계는 〈공약 단계〉이다. 결혼하기 전에 부부 싸움에 대한 공약을 작성하는 거다. 기혼한 부부라 할지라도 공약을 작성하면 느낌이 새로워진다. 부부 싸움의 공약은 세 가지 정도면 족하다. 1. 어떤 싸움이든 부부의 관계 개선과 관계 강화를 위해 싸운다. 2. 싸운 뒤에도 반드시 같은 침대에서 잔다. 3. 싸움의 모습을 절대로 자녀들에게 보여 주지 않는다.

연애는 낭만이지만 결혼은 현실이다. 첫 번째 항목은 이성적인 현실의 중요성을, 두 번째 항목은 육체적인 소통의 중요성을, 세 번째 항목은 부모로서의 책임감에 관한 내용이다. 이 세 가지만 잘 지켜도 가정의 품위와 평화와 행복을 유지할 수 있다.

다음 단계는 본격적으로 싸움하는 〈싸움의 기술 단계〉이다. 부부 싸움 중 가장 먼저 익혀 두어야 할 기술은 '주제 중심으로 싸워야 한다'는 점이다. 싸움의 내용을 확산시키지 말고 갈등의 원인이 된 문제에 집중하라는 것이다. 가령 자녀의 교육 방법에 대한 견해 차이로 싸움이 일어났다면, 그 문제만 가지고 집중적으로 논리적으로 적극적으로 싸워야 한다. 과거의 문제를 되풀이한다거나 타인과 비교한다든가 자기 감정에만 충실한다거나 하는 싸움은 상처만 남길 뿐이다.

사소한 일로 싸워도 그냥 덮어 두지 말자. 사소한 일이라고 구렁이 담 넘어가듯이 은근슬쩍 넘어가면 후일에 반드시 문제가 불거진다. 사소한 일이지만 그 속에 진짜 중요한 이유가 숨어 있다. 그것을 찾아서 갈등 문제를 풀어 가면, 시간이 좀 걸리기는 하지만 반드시 싸움 뒤에 부부 관계가 개선되고 강화된다.

무슨 일을 하든 타이밍과 장소가 중요하듯이, 부부 싸움도 타이밍, 장소 등이 매우 중요하다. 가령 출퇴근 시간에 싸운다든가, 급한 일이나 중요한 일을 목전에 두고 싸운다든가, 이웃이 잠든 한밤중에 싸우는 것은 바람직하지 않다. 둘이 충분하게 대화를 끝낼 시간을 만들어 싸우는 게 좋다. 싸움의 장소 또한 둘이 대화하기에 적합한 장소를 미리 정해 두는 것이 좋다. 텔레비전 앞이나 자녀의 앞이나 공공장소는 부부 싸움하기에 적절치 못한 공간이다. 국가 간의 전쟁은 승자와 패자가 분명하게 결정되는 싸움이지만, 부부간의 싸움은 서로가 윈-윈 하는 게임이어야 한다. 그러기 위해서는 폭력과 비난과 담쌓기, 이 세 가지를 꼭 피해야 한다. 폭력은 폭력을 낳아서 문제가 전쟁 수준으로 커진다. 상처를 남기기 때문에 트라우마가 아주 오래 간다. 신체적인 폭력이 몸에 상처를 남긴다면, 비난은 마음속에 상처를 남긴다. 상대방의 그릇된 행위보다는 상대의 인격을 공격하기 때문에 가장 파괴적이고 비열한 싸움이 된다. 침묵으로 담쌓기도 피해야 한다. 담쌓기는 냉전의 상태이고 소통 단절의 시간이며 지옥의 시간이다. 어떤 부부는 치약 짜는 방식의 문제로 8개월이나 담을 쌓고 지냈다고 하는데 사실은 8개월간 지옥에서 보낸 거나 마찬가지이다.

　마지막으로 〈화해의 기술 단계〉이다. 부부 싸움을 단계별로 하다 보면 어느새 두려움이 사라지고 즐기게 된다. 부부 싸움을 할수록 관계가 단단해지니까 자존감이 생기면서 매사에 자신감이 생긴다.

　이 단계에서는 현재의 상태를 직면하는 냉철함과 결혼 전의 낭만성을 회복하는 게 중요하다. 예컨대 흥분이 고조된 상태라면 그 자리에서 분을 가라앉히는 것도 중요하다. 그보다 더 현명한 행동은 잠시 그 자리를 피해 한 사람이 밖으로 나가는 거다. 인디언들은 나가서 화가 풀릴 때까지 걷다가 화가 풀리는 지점에 막대기를 꽂고 돌아온다고 한다. 돌아오는 시간이 하루해를 넘기기 전이라면 좋겠다. 하루를 넘기기 전에 화해함으로써 다음 날 새로운 활력으로 다시 시작할 수 있기 때문이다.

부부 사이의 낭만은 이성적으로 겪어야 할 많은 과정들을 일거에 뛰어넘는 효과가 있다. 근사한 이모티콘을 날린다거나, 꽃을 선물한다거나, 연애 시절의 낭만을 상기시키는 손 편지, 부드럽고 따뜻한 스킨십 등은 냉랭한 분위기를 훈훈한 분위기로 바꾸어 준다.

어차피 부부 싸움은 대화로 하니까 화해도 대화로 푸는 게 좋다. 그러니까 어떤 말을 어떤 느낌으로 주고받느냐가 중요하다. 부드럽고 따뜻한 말 한 마디, 진심 어린 사과의 말이 화해의 좋은 기술들이다. 그에 못지않게 좋은 화해의 말은 유머이다.

어떤 부부가 막 싸우는 중에 아내가 남편에게 나가라고 소리쳤다. 남편이 "그래 좋아" 하고 밖으로 나갔다. 막상 나가 보니 딱히 갈 곳이 마땅치 않아서 곧 집으로 들어왔다. 아내가 소파에 누워 있다. 엄마가 화가 안 풀렸다고 아이들이 입술에 손가락을 대고 신호를 보냈다. 그때 남편이 한 마디 날렸다. "엄마가 나가라고만 했지 들어오지 말라는 말은 안 했잖아." 아내가 픽 하고 웃었다. 그러자 아이들도 따라 웃었다. 남편도 같이 웃었다.

남편의 유머 한 마디에 부부 사이의 팽팽한 긴장감의 벽이 무너지고 가정의 평화를 되찾은 이야기이다. 이처럼 유머는 무거운 분위기를 가벼운 분위기로 반전시키는 효과가 크다. 부부 싸움은 부부 사이에 가장 열정적으로 소통을 나누는 시간이다. 갈등을 해소하기 위하여 공정하게 싸우면 상처를 남기지 않고 오히려 부부 관계가 강화된다. 그때 가정은 상처와 불안을 치료해 주는 축복의 성소로 다시 태어난다.

인간은 누구나 다시 시작할 수 있는 강력하고 아름다운 힘을 간직하고 있다. 상처받은 관계를 회복하기 위해서 내가 먼저 소통을 시도하는 것이 최상의 방법이다. 무엇이든 내가 '먼저' 하는 것이다. 관계를 변화시키고자 하는 데 먼저 하는 것만큼 적극적인 방식은 없다.

먼저 다가가면
먼저 다가오고
먼저 위로하면
먼저 위로 받고
먼저 주면 먼저 받고
먼저 용서하면 먼저 용서 받으며
먼저 사랑하면 먼저 사랑 받는다.

지금 이 순간부터 내가 먼저 변해 보자. 나를 멋진 배흘림기둥으로 리모델링해 보자.

상대도 멋진 배흘림기둥으로 리모델링될 것이다. 그러면 두 개의 멋진 배흘림기둥으로 가정이라는 지붕을 튼튼히 떠받칠 수 있을 것이다.

따로
또
같이

부부는 대웅전의 지붕을 떠받치고 있는 두 개의 배흘림기둥과도 같다. 각각의 배흘림기둥은 튼튼해야 할 뿐 아니라 그 거리를 적당히 유지해야 지붕을 너끈히 떠받칠 수 있다.

부부로 상징되는 배흘림기둥은 어떤가.

어느 한쪽이 일방적으로 명령하고 지시하는 관계를 유지하고 있지는 아니한가. 아니면 어느 한쪽이 일방적으로 의존하고 있지는 아니한가. 한 기둥 혹은 두 기둥이 모두 병이 들어서 지붕이 곧 무너질 것 같은 형세를 취하고 있지 아니한가. 두 기둥 사이의 거리가 너무 가깝거나 멀리 떨어져 있지는 아니한가.

사랑은 하되 기대지는 말자

우리를 온전히 맡길 수 있는 곳은

生을 담은 여행길뿐이니,

함께 서 있되 너무 가깝지 않게

대웅전의 기둥들도 너무 가까우면

지붕을 떠받들지 못하나니,

멀리 가고 싶으면 함께 가자

그러나 너무 가까이 붙어서 가지는 말자

하늘의 별들도 너무 가까이서 운행하면

별 없는 하늘을 만들거니,

꿈을 꾸되 서로 같은 꿈을 꾸지는 말자

상수리나무와 떡갈나무

서로 다른 꿈을 꾸되 숲을 이루나니,

권희돈, 《관계》

배흘림기둥이 튼실하게 지붕을 떠받치고 있는 모습의 가정일 때 그 가정이 튼튼한 가정이 될 수 있다. 배흘림기둥이 무거운 지붕을 떠받치기 위해서는 각각 튼튼해야 하기도 하지만 서로 간의 거리도 일정하게 유지되어야 한다. 이처럼 각기 튼튼한 기둥으로 일정한 거리를 유지하는 부부가 '따로 또 같이' 잘 살아가는 부부이다. 따로 또 같이 하는 부부는 하나로도 튼튼하고 함께할 때는 하나에 하나를 보태 둘 이상의 힘을 발휘하는 부부이기 때문이다.

금란지교金蘭之交냐
누란지위累卵之危냐

영국의 한 출판사에서 친구란 말의 정의를 공모한 적이 있었다. 그때 당선작이 '친구란 온 세상이 다 내 곁을 떠났을 때 나를 찾아오는 사람이다'였다.

조현병을 앓고 있는 아들을 둔 H부인이 어느 날 아들의 증세가 심하여 병원에 격리시키고 돌아왔다. 마음껏 울고 싶은데 울지 못하니까 목이 뻣뻣하게 굳어 갔다. 수건을 입에 틀어넣고 울음을 삼켰다. 그때 전화가 왔다. 같은 커뮤니티에서 아픔을 나누는 C부인이었다. H부인이 자초지종을 다 털어놓았다. 잠시 후 다시 전화가 왔다. 아파트 출입구에 왔으니 빨리 나오라는 것이다. C부인은 H부인을 데리고 마음대로 울 수 있는 공간으로 데리고 갔다. 거기서 둘이 함께 떼굴떼굴 구르며 울었다. H부인에게 C부인은 마지막으로 찾아온 친구인 셈이다. 그녀가 찾아와서 한 위로의 행동은 함께 우는 일이었다. 그냥 우는 게 아니라 온몸으로 울어 주는 것이었다. 우는 자와 더불어 울라는 하느님의 사랑을 실천한 천사였다. 황금 같이 단단하고 난초 같이 향기 나는 친구 관계를 금란지교金蘭之交라 한다. 셰익스피어는 마음에 드는 친구는 쇠사슬로 묶어서라도 놓치지 말라 했는데, 좋은 친구를 찾는 것도 중요하지만, 내가 좋은 친구가 되는 것이 더 중요하다 하겠다. 반면에, 친구 관계가 모래성처럼 쉽게 무너지는 관계가 있다. 그런 친구와의 관계를 누란지위累卵之危라 한다. 즉 알을 포개놓아 깨지기 쉬운 친구 관계를 뜻한다.

외아들을 둔 아버지가 있었다. 아들은 사시사철 친구들과 어울려 놀았다. 아버지는 백아절현伯牙絶絃이란 고사(춘추시대 거문고 켜는 백아가 자신의 거문고 켜는 솜씨를 제대로 알아주던 친구 종자기가 죽자 거문고의 줄을 끊고 다시는 연주를 하지 않았다는 옛 이야기)를 들려주며 그런 친구가 있느냐고 물었다. 아들은 그렇다고 대답했다. 어느 이슥한 밤 아버지는 아들과 함께 뒤뜰로 나갔다. 거기에는 거적에 덮인 죽은 돼지가 있었다. 아버지는 아들에게 죽은 돼지를 지게 했다. 그리고는 아들 친구들에게 가 보자고 했다. 아들은 아버지의 의중을 헤아리고 거적을 지게에 지고 친한 친구를 찾았다.

"늦은 시간에 미안하네. 내가 실수로 사람을 죽이고 말았지 뭔가. 어떻게 좀 도와줄 수 없겠나?"

친구는 냉정한 어투로 말했다.

"사람을 죽였으면 마땅히 관가로 가야 하지 않겠나?"

친구는 집 안으로 들어가 버리고 문을 열어 주지 않았다. 아들은 지게를 지고 다른 친구를 찾아갔다. 다른 친구도, 그 뒤 다른 친구들도 냉정하게 거절했다. 아버지가 말했다.

"내게 단 한 명의 친구가 있느니라."

아들과 함께 친구 집에 당도했다. 아버지의 친구는 두 사람을 대문 안쪽으로 황급히 끌어 들였다. 그리고 지게를 짊어지더니 헛간으로 가서 은폐시켰다. 친구와 아들을 사랑채로 안내했다. 손수 나가서 술과 안주를 들고 왔다.

"많이 놀란 것 같으이. 우선 약주라도 한 모금 하시게."

아들에게도 한잔 권했다.

"내가 황망 중에 큰일을 저질렀네. 생각나는 사람이라고는 자네뿐이라 찾아오긴 했네만, 아무래도 관가로 가야 할 듯싶네."

아버지의 친구는 그런 아버지를 만류하며,

"가기는 어딜 간다는 말인가. 혼자서 고민하는 것보다 둘이 고민하는 것이 낫지 않겠나." 친구 앞에 아버지는 무릎을 꿇고 앉았다.

"정말이지 자네에게 씻을 수 없는 죄를 짓고 말았네."

하고는 지금 벌어지고 있는 상황에 대해 소상히 말했다. 그러자 아버지의 친구는 "여보게, 그간 자네가 나를 친구로 생각한 것이 맞는지 의심스럽군. 자네 자식이 내 자식일세. 우리의 자식을 깨우쳐 주고자 한 일인데 어찌 죄를 운운하는가."라고 말했다.

아버지의 친구는 껄껄 웃으며 하인을 불렀다.

"지금 헛간으로 가면, 커다란 돼지가 한 마리 있을 것이다. 밤은 깊었지만 잔치를 벌이자."

이 이야기는 아들에게 금란지교 같은 친구 관계를 맺으라는 아버지의 교훈이 담긴 예화이다. 친구 사이의 소통은 겉모습으로 하는 소통이 아니라 깊이를 나누는 소통이 바람직하다는 뜻이 되겠다. 백아절현이나 금란지교나 그 속에 내재된 친구 관계를 보면 서로가 서로를 이해하는 차원이 높고 깊다. 예술의 깊이를 함께 이해하는 차원이 백아절현의 관계라면, 목숨까지 함께 하는 차원이 금란지교이다. 천 사람의 인맥보다 돈독한 친구 한 명을 가지라는 말이 있다. 어느 한 사람이 일방적으로 높고 깊은 게 아니라 두 사람 다 높고 깊은 경지에서의 사귐이다.

레오 버스카글리아는 《살며 사랑하며 배우며》에서 인간관계에서 가장 중요한 것은 하나와 하나가 만나서 둘이 된다는 것을 강조한다. 그래서 둘 사이의 관계를 오래 유지하고 싶으면 각자가 끊임없이 변화 발전해야 하며, 저마다 놀랍고 신비로운 존재로 서로를 잇는 다리를 놓되 자신의 고결함과 존엄성을 잃지 말 것을 요구한다. 그러면서 다른 사람의 그늘 속에서 자랄 생각은 아예 하지 말고, 자신만의 햇빛을 누리며 가능한 크고 훌륭하고 눈부시게 성장하라고 당부한다.

갈수록 인간관계가 조건부 거래 관계로 확산되는 오늘날, 자신의 친구 관계는 금란지교인지 누란지위인지를 꼭 짚어볼 일이다. 만약 누구와도 금란지교를 갖고자 한다면 상대방의 가치를 인정해 주자. 인간은 누구나 어디에서든 자신의 가치를 인정받을 때 가장 큰 기쁨을 느끼니까.

나
자신과의
관계

'나'라는 실체는 몸, 마음, 생각, 영혼 이렇게 네 가지로 구성된다. 네 가지가 다 건강해야 건강한 '나'가 된다. 대부분의 사람들은 자신과의 관계를 소홀히 하면서 살아간다. 내가 내 삶의 주인으로 살지 않으면 다른 사람이 내 삶의 주인이 된다. 타인과의 좋은 관계를 맺기 위해서는 자신과의 좋은 관계가 필히 전제되어야 한다. 나와의 좋은 관계를 맺기 위해서는 항상 나의 몸과 마음과 생각과 영혼에게 귀기울여야 한다는 말이 되겠다.

내 몸과의 관계 - 규칙성

내 몸과의 관계에서 중요한 것은 규칙성이다. 예컨대 규칙적인 식사, 규칙적인 일, 규칙적인 성생활, 규칙적인 운동, 휴식 등이다. 이처럼 내 몸과의 관계를 규칙적으로 잘 가지면 타인과의 관계를 맺기에도 적합한 몸으로 변한다. 건전한 신체에서 건전한 생각이 나오고, 건강을 잃으면 모든 걸 잃는다. 미리 규칙적으로 생활하는 습관을 갖는다면, 정년까지 번 돈을 정년 이후에 병원에 다 갖다 바치는 불행한 노후를 보내지 않아도 될 터이다.

내 몸과의 관계를 맺는다는 것은 내 몸의 모든 기관들과의 관계를 맺는 것이다. 뇌와의 관계, 호흡 기관과의 관계, 소화 기관과의 관계, 비뇨 기관과의 관계 등등. 몸속 어느 한 기관에 이상이 생기면 반드시 아프다는 신호를 보낸다. 신호는 주로 전조증상으로 나타나는데, 이 전조증상이 어디에서 오는 신호음인지 정확히 들어야 한다. 신체 내의 염증으로 인한 발열을 감기인 줄 오해하여 낭패를 본 사람이 어디한둘이던가.

고장 난 기관을 회복시키기 위한 의학적 치유를 시작할 터인데, 의학적 치유 못지않게 중요한 것이 고장 난 기관에 대한 마음가짐이다. 이때 고장 난 기관에 먼저 사과해야 한다는 점을 잊지 말자. 자신의 몸과 대화하면 몸의 회복 속도가 빨라진다는 점도 잊지 말자. 오늘 내 몸을 위해 한 모든 행동은 내일의 내 몸 상태를 결정한다. 오늘 나쁜 습관을 버리면 내일 좋은 몸으로 다시 태어난다.

내 마음과의 관계 – 알아차림

시시각각으로 변하는 게 사람의 마음이다. 건강한 마음을 갖기 위해서는 변하는 마음을 잘 알아차리는 일이 제일 중요하다. 지금 내 마음이 어떤 마음인지. 왜 이런 마음을 갖게 되었는지를 알아차리면 행복이 와도 슬픔이 와도 크게 흔들리지 않는다.

몸이 아프면 아픈 부위만 아프지만 마음이 아프면 삶 전체가 아프다. 그 아픔의 끝에는 마음의 감기, 즉 우울증이 도사리고 있다. 매사 슬프고 울적하다든가, 자주 화를 내거나 짜증을 낸다든가, 친구와 가족에게 관심을 잃었다든가, 불면증에 시달린다든가, 식욕이나 성욕이 없고 먹을 때는 폭식을 한다든가 무가치감으로 죽는 게 유일한 길이라고 느낀다든가 이런 현상은 모두 우울증의 징조이다.

우울증을 앓고 있어도 숨기지 않으면 희망이 있다. 우울증 환자가 제일 먼저 소통해야 할 대상은 자기 자신이다. 자신에게 힘을 주는 말로 토닥거리는 행동으로 자신을 위로해 보자. 그리고 무엇보다 사람들 사이로 나와 소통하는 일이 중요하다. 중증 환자는 주변의 도움이 꼭 필요하다.

요즘 베이비부머(1955~1963년생) 세대의 자살률이 높다고 한다. 부모 모시랴 자식 키우랴 정작 자신의 노후를 준비할 여유가 없었던 터이리라.

충북 영동의 Y씨는 자신의 문제를 밖으로 드러내지 못하고 혼자만 끙끙 앓다가 스스로 목숨을 끊었다(2014년, 겨울). 주변 사람들의 말에 의하면 할아버지는 우울증과 불면증으로 시달려 왔다고 하는데, '외로움을 못 견뎌 떠난다'는 단 한마디만 남기고 떠났다고 한다. 특이한 사실은 자신이 가지고 있던 현금은 자식들에게 나눠주지 않고 공공단체에 적당히 나눠줬다고 한다.

사람은 아파서 죽는 게 아니라 외로워서 죽는다고 하는데 꼭 이 할아버지를 두고 하는 말인 듯싶다. 사람은 누구나 주변에 이렇게 사람이 많은데도 외롭다고 느낀단다. 할아버지는 스스로 일어설 힘을 잃었으며, 할아버지를 일으켜 줄 사람이 아무도 없었다. 사람이 가장 큰 외로움을 느낄 때는 가족과의 소통이 단절되었을 때이다. 할아버지가 죽음을 선택하기까지 가족조차 먼 곳에 타인처럼 있었을 뿐이다. 만약 할아버지가 자신과 소통하는 능력을 가지고 있었더라면 죽기 전에 이웃에 나눠준 현금으로 병원을 찾았을 것이다.

서울에 사는 직장인 A씨는 20대에 직장에 들어가서 50대 초반에 그만 휴직했다. 대인 관계가 힘들어지고 혼자인 듯한 고독감에 휩싸였기 때문이다. 작은 업무 처리를 하는데도 너무 힘이 들었다. 정신과에 찾아갔더니 심한 우울 증세라는 진단이 나왔다. 의사는 약물처방과 함께 친구들과의 소통을 적극적으로 가져 보라고 권했다. 그는 지금까지 직장에서 열심히 일하여 회사에서 인정은 받았지만, 친구들과의 관계는 모두 끊고 지내왔음을 깨닫고 고교 동창 친구들을 만나기 시작했다. 친구들과 만나면서 먼저 자기 속내를 털어놓았다. 그리고 꼭 자기가 먼저 음식을 대접했다. A씨는 점차 우울 증세가 호전되어 갔다. 친구들이 그를 돕기 시작했다. 그는 다른 사람으로 변했고 복직하여 아주 큰 실적을 올렸다. 퇴직할 나이임에도 불구하고 회사에서는 그를 붙잡아 두었다.

A씨는 자기를 솔직히 드러내는 것을 소통의 1차 목표로 삼았다. 그간에 친구들과 관계를 끊고 살았던 것이 얼마나 잘못된 삶이었던가를 고백했다. 우울증으로 고통받고 있음을 숨기지 않았다. 앞으로 친구들과 관계의 끈을 돈독히 하고 싶다고 표현했다.

　A씨의 경우처럼 자신에게 문제가 있을 때는 문제를 밖으로 드러내야 치유가 시작된다. 갈등 또한 마찬가지이다. 또한 내적 갈등이든 외적 갈등이든 드러내는 것을 목표로 삼으면 문제 해결의 실마리가 보인다. 갈등이 아무리 얽히고설켰다 하더라도 드러내고 표현하는 것을 목표로 한다면 문제를 해결할 가능성과 희망이 생겨난다.

내 생각과의 관계 – 단순성

　몸의 상태를 세밀하게 살피듯 나의 생각도 늘 살펴야 한다. 건강한 몸과 건전한 마음을 갖는 것 못지않게 중요한 것이 생각의 문제이다. 올바른 생각을 할 수 있도록 좋은 습관을 갖는 것이 중요하겠다. 좋은 책을 읽고, 취미 생활을 하고, 좋은 사람을 만나서 편안하게 이야기를 나누는 습관은 나의 생각을 바르고 건전하게 키워 가는 좋은 경험이 될 것이다.

　우리의 머릿속에는 과거의 경험적 사실들과 미래에 대한 걱정으로 가득 차 있다. 과거와 미래는 어둠이고 현재만이 빛이다. 과거와 미래에 대한 생각은 현재를 반사하는 생각일 뿐이다. 과거와 미래에 대한 생각들은 본질적인 생각이 아니다. 변질되고 왜곡된 생각으로 들어와서 지금의 나를 방해한다. 변질된 생각은 쓸데없이 에너지를 낭비시킨다. 생각도 현재의 생각 속에 집중할 때에만 나와 정상적인 관계가 형성된다.

경험이 많을수록 새로운 지식을 저장하는 일보다 잡다한 지식이나 중독성의 사고를 지우는 게 중요하다. 잡다한 지식은 단순한 삶을 방해하여 삶의 길을 막아버리고, 게임, 도박, 마약, 알코올, 섹스 등과 같은 중독성은 몸과 마음을 피폐하게 한다. 특히 중독은 자신의 몸과 마음만 피폐하게 하는 것이 아니라 주변인들의 삶의 질도 피폐하게 만든다.

명상을 통해 이르는 각성覺醒은 번뇌, 망상, 미움, 질투, 원망, 탐욕, 각종 중독성을 일거에 불태우는 효과가 있다. 다 비우고 나면 지혜를 얻게 된다.

내 영혼과의 관계 - 신성성

가장 건강한 나의 보살핌은 영혼과의 풍성한 관계 맺기이다. 죽는다는 것은 육체와 영혼이 분리되는 것이지 불행하거나 두렵거나 걱정거리가 되는 게 아니다. 육체가 죽을 때 죽는 게 아니라 영혼이 빠져나갈 때 죽는 거다. 영혼을 잃으면 미친 사람처럼 나의 전체를 잃는다. 살아 있어도 죽은 것이나 마찬가지이다.

영혼과의 관계 맺기는 자신이 믿는 신과의 관계 맺기이다. 자신과의 관계가 탄탄하고 타인과의 관계가 아무리 탄탄하다 할지라도 신과의 관계가 탄탄하지 못하면 사상누각砂上樓閣이 될 우려가 있다. 왜냐하면 인간은 유한하고 신은 완전하기 때문이다. 그러므로 신과의 관계 맺기는 유한한 인간과 완전한 신이 영혼으로 사귀는 일이라 할 수 있다.

만사는 마음먹기 나름입니다. 그가 조금 뜸을 들이고는 말을

130

계속했다. 믿음이 있습니까? 그럼 낡은 문설주를 떼어낸 나뭇조각도 성물聖物이 될 수 있습니다. 믿음이 없나요? 그럼 거룩한 십자가도 그런 사람에게는 문설주나 다름이 없습니다.

니코스 카잔차키스, 《그리스인 조르바》

신과의 관계를 튼튼하게 잇는 다리는 믿음이다. 믿음으로 가지는 신과의 소통은 건강한 소통이다. 신과의 그런 소통으로 말미암아 내 영혼과의 관계가 튼튼해진다. 내 영혼의 건강성은 나와 신과의 관계가 결정짓는 셈이다. 내가 믿는 신과의 관계의 끈이 어떻게 연결되어 있느냐에 따라 내 영혼의 건강성의 여부가 확연하게 드러난다. 영적인 말씀, 영적인 서적, 영혼이 맑은 사람과의 교류, 친구 사귀듯이 하는 편안한 기도 등은 영혼을 맑게 하는 데 큰 도움을 얻을 수 있다. 만약에 불교 신자라면 부처님처럼 자기 자신을 밝히는 등불이 되기 위해 부단히 수행하고, 기독교 신자라면 예수님처럼 헌신하는 삶을 살기 위해 노력해야 할 것이다. 내가 몸과 마음과 생각과 영혼과 조화로운 관계를 맺으면 누구나 나와 관계를 맺고 싶어 할 것이다.

내가 타인을 먼저 보듯 모든 타인도 나를 먼저 보고 있음을 기억하자. 그러기에 나한테 이로운 사람을 찾을 것이 아니라, 내가 먼저 나의 육신과 영혼을 건강하게 만들어 놓는 일이 선행되어야 한다. 부모·형제·자식처럼 자신의 의지와 상관없이 선택되는 관계도, 반려자나 친구나 동료처럼 자신이 선택하는 관계도 다 나로부터 좋은 관계가 유지된다는 사실을 잊지 말자. 그 어떤 경우도 우연적인 관계조차도 나로부터 필연적인 관계로 변해간다는 사실을 믿어 보자.

가을

PART 3

#내려놓기 #받아들임 #배려

비워낸 자리는
행복으로
채워진다

절망의
연금술

상대의
마음을
여는 열쇠

*내려놓기
비워낸 자리는
행복으로
채워진다

방하착
放下着

우여곡절, 천신만고, 파란만장.

이 세 단어는 굴곡진 인생에 꼭 따라붙는 수식어들이다. 누구에게나 삶의 여정에 행복한 일만 있는 것은 아니다. 오히려 행복한 순간은 잠깐일 뿐이고 슬픔이나 아픔이나 고통이 큰 줄기를 이룬다. 특히 사랑하는 가족을 잃은 상실의 체험은 오랫동안 슬픔이 되어 삶 자체를 흔들어 놓는다. 그 슬픔도 제대로 내려놓지 못하고 집착이 되면 몸속에서 독소로 변해 버린다. 아프지만 냉정하게 슬픔이란 집착을 내려놓아야 앞으로 나아가는 삶을 살 수 있다.

밀려오는 그리움이야 잊혀지겠지 … 그리워하는 사람이야 비워지겠지 … 그냥 그대로 산이 되고 물이 되는 거지 … 그래

마음 가는 곳 찾아가는 거야.

《고행苦行》

　명자꽃이 초심처럼 피는 4월이었다. 몇 해 전 한 사찰에서 운영하는
단기 출가 학교에 들어가 행자 교육을 받는 동안 이 노래를 부르며 마
음을 달랬다. 그 후로도 가끔 혼자서 이 노래를 중얼거린다. 구절마다
가슴에 파고들어 조용히 나를 흔든다.

　아차, 하는 순간에 나는 아들을 파랑새처럼 날려 보내고 먼 데로만
찾아 헤매었다. 그러다가 그 날아간 흔적이라도 찾을 수 있을까 하는
화두를 안고 들어왔던 것이다. 다른 행자들도 저마다 간절한 화두를
안고 들어왔으리라. 절집의 예절, 의식, 염불, 경전 공부, 참선, 삼보일
배, 철야용맹정진 삼천배, 발우공양 등 모두 다 버리고 내려놓고 털어
내고 비워 내는 일이었다. 하나하나 소중한 경험들이었지만, 정명 스
님의 초발심자경문해독初發心自警文解讀 강의는 너무도 인상적이었다. 지
금도 잊을 수 없다.

　스님의 소임은 학감(학생주임과 같은 역할)이었다. 매사에 빈틈이
없고 철저해서 훈련소 조교처럼 딱딱하고 건조해 보였었다. 스님은
강의 제목을 칠판에 또박또박 적고 나서 그윽이 둘러보더니 머뭇머뭇
입을 열었다.

　"열네 살 되던 어느 여름 어머니와 함께 절에 가는 중이었습니다.
앞서 가던 노스님 장삼 자락이 바람에 펄럭이는데, 그 모습이 얼마나
아름답던지 그 길로 출가를 했답니다. 어언 삼십여 년 세월이 흘렀습
니다."

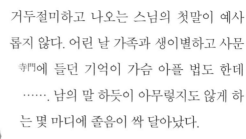

거두절미하고 나오는 스님의 첫말이 예사롭지 않다. 어린 날 가족과 생이별하고 사문(沙門)에 들던 기억이 가슴 아플 법도 한데 ……. 남의 말 하듯이 아무렇지도 않게 하는 몇 마디에 졸음이 싹 달아났다.

"며칠 전 6년 만에 대웅전 불전함 앞에서 속가의 어머님과 눈빛이 마주쳤습니다. 제 방에 모셔서 차 한잔 나누고는 보내드렸지요."

잠시 침묵이 흘렀다.

"그런데 방금 전에 어머니께서 보내오신 편지를 받았습니다. 여러분이 괜찮으시다면 읽어드릴 수 있습니다."

우리는 모두 간절히 원한다는 뜻으로 힘찬 박수를 보냈다.

"스님 방에서 차 한잔을 나누는 동안 요사채 주위를 둘러싼 전나무 숲에 밀려드는 바람 소리가 저에게는 울음소리로 들렸습니다. 그 소리는 지금도 제 가슴속에서 울고 있습니다. 스님과 헤어지면서 일주문까지만이라도 배웅을 나와 주셨으면 했는데, 스님은 대웅전 앞 구층 석탑을 돌 즈음 냉정하게 돌아서서 전나무 숲길 쪽으로 향하시더군요. 아쉽고 서운한 마음이 사무쳤습니다. 그러나 가슴 아프지만 표내지 아니하고 당당히 돌아서서 자기 길을 가는 스님의 뒷모습이 아름다웠습니다."

어디선가 훌쩍거리는 소리가 들렸다. 눈물보다 감염 속도가 빠른 것이 또 있을까. 한 마리의 개구리가 울면 넓은 들판이 개구리 울음소리로 가득 차듯이, 여기저기서 훌쩍거리는 소리가 점점 커진다. 여 행자도 울고, 남 행자도 울었다. 사람은 누구나 자기 설움에 겨워 우는가

보다. 얼마 만이던가. 땅을 치며 울어본 적이. 법륜전 대법당 맨 앞에서 빙그레 미소 짓던 청정법신 비로자나 부처님의 몸이 조용히 흔들렸다.

바람도 달빛도 아닌 것,
갈대는 저를 흔드는 것이 제 조용한 울음인 것을
까맣게 몰랐다.

신경림,《갈대》

울음은 인간의 맨 처음인지 모른다. 웃음 앞의 부처인지도 모른다. 덕지덕지 덧칠해진 때를 벗기면 나타나는 깊고 간절한 마음인지 모른다.

종소리가 우웅우웅 깊은 울음을 울며 사람이 사는 마을로 찾아가듯이, 산다는 것, 그것은 어쩌면 제 조용한 울음을 내려놓기까지의 긴 여행인지도 모른다. 산새도 잠이 들고 도반들도 잠이 들었다. 슬며시 일어나 밖으로 나왔다. 달빛이 사찰 경내에 경경耿耿히 쌓였다. 지붕을 지긋이 떠받치고 있는 대웅전 배흘림기둥에 기대고 앉았다. 밤하늘은 어디엔가 그리움을 풀어놓고 온 운수납자의 눈빛이다. 별똥별이 꼬리를 달고 스치니 내가 우주 속에 혼자 있는 것 같다. 아, 울음도 집착執着이었구나. 밤바람은 숨을 멈추었는가, 처마 끝 풍경이 느릿느릿 혼자서 경전을 읽는다.

달의 정령이 한 무더기의 진달래꽃에 젖어든다. 털어내고 비워내어 선정禪定에 든 형용할 수 없는 저 빛깔. 무욕의 빛깔이 있다면 아마도 저런 빛깔이리라.

권희돈,《방하착放下着》

절간에서 내려놓음의 체험이 아들에 대한 집착을 끊는 데 결정적인 계기가 되었다. 이 과정이 있었기에 내 삶은 다음 단계로 나아갈 수 있었다. 그것은 바로 잃어버린 아들에 대한 의미 부여였던 것이다. 아들이 좋아할 일을 하며 살자. 아들이 좋아할 일은 '사람을 배우는 일'이다. 살아 있으면 어디선가 내가 하는 일을 듣고 좋아할 것이요, 죽었다면 그 영혼이라도 내가 하는 일을 보고 좋아할 것이다.

마음을 비우니 지혜가 생겼다. 큰 것을 내려놓아야 큰 것을 얻는다. 삶이 아픈 사람들과 '사람 배우기' 공부가 거듭될수록 이 구절은 점점 나에게 친근하게 다가온다.

*내려놓기
비워 낸 자리는
행복으로
채워진다

언젠가는
죽는다

인간에겐 피할 수 없는 생물학적인 경험 다섯 가지가 있다. 출생, 식음, 수면, 사랑, 죽음이 그것이다. 출생이라는 잊힌 경험에서 출발하여 실컷 먹고 자고 사랑하다가 예측할 수 없는 죽음이라는 경험으로 끝나는 게 인생이다. 그중 삼분의 일은 잠자는 데 쓰고 나머지 삼분의 이의 시간 동안 쩧고 까부르는 게 삶이다. 생물학적인 삶의 끝은 죽음이다. 인간은 이 끝을 두려워하여 가능한 한 오래 살고 싶어한다.

죽는 순간에 사랑에 도달한다
죽음 앞에선 삶이 분명하게 보인다
죽은 사람들만 죽음을 두려워한다

죽음을 두려워할 때 삶도 두렵다

참된 스승은 죽음 앞에 있는 사람이다

권희돈, 《참된 스승》

생물학적인 죽음이 삶의 끝이 아니다. 사랑을 두려워하는 사람은 이미 죽은 사람이며, 죽음을 두려워하는 사람이다. 죽음을 두려워하는 사람은 사랑을 두려워하는 사람이다. 그러므로 죽기를 각오하고 사랑하는 사람이 사랑을 아는 사람이다. 죽기를 각오하면 어떤 사랑도 두렵지 아니하고, 죽기를 각오하고 사랑할 때 삶이 보인다. 〈해피엔딩노트〉라는 영화가 인기리에 상영된 적이 있다. 그 후에 죽음을 준비하는 프로그램들이 여기저기서 진행되었다. 미리 유서를 쓰게 하고, 관에 들어가 눕는 체험을 시키는가 하면, 자신의 장례식장에 온 하객들에게 주는 영상 메시지를 준비시키기도 했다. 모두 다 의미가 있다. 하지만 어떤 프로그램도 일회성의 효과를 얻을 뿐이지 진정한 삶의 의미를 얻기란 힘들 것이다. 사랑이 빠져 있기 때문이다. 마음을 다하고 목숨을 다하고 뜻을 다하고 힘을 다하여 하느님을 사랑(마태 22:37)하듯이, 목숨까지 다하여 이웃을 사랑하는 삶만이 진정 살아 있는 삶이다. 사랑 없는 삶에서 사랑을 회복하는 삶일 때 진정한 삶이 온다. 사랑을 모르는 사람들은 진정으로 사랑하기를 두려워한다. 사랑을 두려워하기 때문에 죽음을 두려워하는 것이다. 사랑을 두려워하지 않으면 죽음도 두려워하지 않는다. 그러므로 죽음은 더 이상 비극이 아닌 것이다.

사실 마음을 집중하여 죽음에 귀 기울여 보면, 죽음은 누군가에게 자리를 내어 주는 행위임을 알 수 있다. 가을 낙엽이 봄에 피어날 잎새에게 자리를 내어 주듯이. 죽음은 누구에겐가 자리를 내어 주는 일이다. 자리를 내어 주고 겨울나무처럼 침묵의 세계로 돌아가는 것이다. 출생 이전의 침묵으로 돌아가 비로소 '나'로부터 해방되어 고요함의 세계에 들어가는 것인지도 모른다. 그러니 죽음을 두려워하지 말고 사랑하며 살라는 뜻이겠다. 메멘토 모리Memento Mori, 카르페 디엠Carpe Diem(언젠가는 죽는다는 것을 늘 기억하고, 지금 이 순간을 너의 것으로 만들어라). 죽음을 미리 앞당겨 생각해 보라는 뜻이다. 바꾸어 말하면, 정말 삶다운 삶을 살고자 한다면 죽음에 직면해 봐야 올바른 삶을 살 수 있다는 의미를 품고 있는 말이다. 그렇지 못하면 죽음을 두려워하는 죽은 사람으로 살게 된다는 뜻이기도 하다. 이는 현상학자들이 죽음을 바라보는 견해와도 일치한다. 현상학자들은 삶과 죽음을 이분법으로 보지 않는다. 죽음을 산 자의 경험의 일부로 여긴다. 그래서 산 자生者라고 하지 않고 '죽을 자로서의 산 자'라고 명명한다. 죽음을 인간의 당연한 경험으로 미리 받아들일 때 삶의 소중함을 깨닫게 된다는 의미이다. 그럴 때 살아 있는 시간이 많지 않음을 깨닫게 된다. 하루하루의 삶이 하루하루의 죽음임을 깨닫게 된다.

시간은
쏜살같이
지나간다

부처님 임종을 맞이하기 위해 제자들이 모였다. 아난다가 옆에서 울고 있다. 부처님이 아난다에게 말한다.

"아난다야 네가 왜 울고 있느냐."

"선생님이 이 세상에서 떠나가신다니 슬퍼서 웁니다."

"아난다야 저 맞은편에 앉아서 웃고 있는 문수보살을 보아라. 내가 열반에 듦을 기뻐하여 웃고 있지 않으냐. 아난다야 너 자신을 밝히는 등불이 되어라(아뽀 디뽀 브하바)."

이심전심以心傳心, 염화미소拈華微笑, 부처님과 문수보살은 서로 지혜의 마음이 통했다. 지혜의 마음이란 비어 있는 마음이다. 빈 방이 쓸모 있는 물건을 채울 수 있듯이, 빈 마음이라야 지혜로 채울 수 있다. 아난다는 40년이나 부처님 시중을 들었으나 아직 이 빈 마음의 지혜를 깨우치지 못했다. 그때 아난다에게 깨우침을 주는 말이 '아뽀 디뽀 브하바'이다. 자신의 마음을 죽음에 대한 두려움까지 온전히 비워 내야 나를 밝히는 등불이 될 수 있음을 뜻하는 말이다. 부처님이나 문수보살은 이미 다 비워 내고 듣기 때문에 이처럼 이심전심의 염화미소를 지을 수 있었던 것이다. 크리슈나무르티는 진정한 행복은 내 안에서 오는 기쁨이라 했다. 내 안의 모든 부정적인 것을 비워 내는 것이 안으로부터의 혁명이라 했다. 내 안의 우상인 것들을 비워 내고 빛으로 채우면 행복에 이를 것이다. 그러면 나로 하여금 빛을 비추어 타인을 어둠에서 빛으로 인도할 것이다.

쏜톤 와일더의 희곡 〈우리 읍내〉는 죽음을 통해 삶의 소중함을 애잔하게 그린 작품이다. 일상생활에서 일어나는 아주 사소한 일들이 사실은 소중한 가치를 가질 수 있다는 것을 깨닫게 한다. 본질적인 사유형식에서 멀어지고 마침내 무감각의 상태로 접어든 일상적인 인간들을 각성시킨다. 이 작품의 절정은 죽은 에밀리가 12살 소녀로 단 하루 이승에 왔다가 저승으로 돌아가기 직전의 장면이다.

〈우리 읍내〉 3막

에밀리 (무대 감독에게 큰 소리로)도저히. 더는 도저히. 너무 빨라요. 서로 쳐다볼 시간도 없어요(울음이 터진다. 왼쪽 무대 조명이 서서히 어두워진다. 웹 부인이 사라진다).
몰랐어요. 모든 게 그렇게 지나가는데. 그걸 몰랐던 거

예요. 데려다주세요. 산마루 제 무덤으로요. 아, 잠깐만
요. 한 번만 더 보고요.

안녕. 이승이여, 안녕. 우리 읍내도 잘 있어. 엄마, 아빠,
안녕히 계세요. 째깍거리는 시계도, 해바라기도 잘 있
어. 맛있는 음식도, 커피도, 새 옷도, 따뜻한 목욕탕도,
잠자고 깨는 것도. 아, 너무나 아름다워 그 진가를 몰랐
던 이승이여, 안녕(눈물을 흘리며 무대감독을 향해 불쑥
묻는다). 살면서 자기 삶을 제대로 깨닫는 인간이 있을
까요? 매 순간마다요.

무대 감독 없죠.

죽음과의 직면, 죽음에의 성찰은 '지금 여기의 삶'에 대한 인식을 새
롭게 바꾼다. 사소한 일을 더욱 소중하게, 지금도 흘러가고 있는 일분
일초의 시간부터, 내 주위에 있는 많은 사람들을 소중하게 여기는 마
음으로 바뀌게 한다.

어느 날 한 궁중의 철학자가 길가에 앉아 식은 밥으로 끼니를 때우
고 있는 디오게네스를 찾아와 다음과 같이 권했다.

"자네도 왕에게 잘 보이는 법을 깨우친다면 식은 밥으로 연명하지
않아도 될 걸세."

그러자 디오게네스가 "자네가 식은 밥으로 끼니를 연명하는 법을
배운다면 왕에게 잘 보이려고 애쓸 필요가 없을 걸세."라고 대답했다.

디오게네스는 온전히 내려놓고 사는 즐거움이 어떤 것인지를 모범
적으로 보여준다. 세속적인 욕망(돈, 권력, 명예)을 온전히 내려놓으니
두려울 게 없었다. 과거에 대한 회한도 미래에 대한 불안도 없이 오직

'지금 여기의 삶'만을 즐겁게 살았다. 그리스에 철학자 시인이 있다면 대한민국에는 천상병 시인이 있다.

　　나 하늘로 돌아가리라.

　　새벽빛 와 닿으면 스러지는
　　이슬 더불어 손에 손을 잡고

　　나 하늘로 돌아가리라
　　노을빛 함께 단둘이서
　　기슭에서 놀다가 구름 손짓하면은

　　나 하늘로 돌아가리라
　　아름다운 이 세상 소풍 끝내는 날
　　가서, 아름다웠더라고 말하리라

천상병,《귀천歸天》

　삶에 대한 한 점 미련 없이, 죽음에 대한 한 점 두려움 없이 이 세상과 이별하는 시이다. 시인은 모진 시련 속에서 한 생애를 보냈건만, 억울한 누명을 씌운 세상을 향해 삿대질하지 않는다. 필설로도 복수의 칼날을 휘두르지 않는다. 오직 이 시간만 존재한다는 듯이 현재를 즐긴다. 일 템포 볼라Il Tempo Vola, 카르페 디엠Carpe Diem(시간은 쏜살같이 지나간다, 현재를 즐겨라) 마치 소풍하듯이 즐겁게 살아온 세상이라 승화시키고 있다. 모두 다 내려놓으니 진흙 같은 세상도 소풍처럼 즐거웠다 하니 이 얼마나 아름다운가. 모든 것을 내려놓았기에 이 세상에 대한 미련 없이 저승의 문턱을 가볍게 넘은 것이 아닐까. 인간은 누구나 디오게네스나 천상병처럼 살기는 힘들다. 그러나 백 년을 사는 동안 천 년의 근심을 하나씩 줄여 가는 지혜는 가져봄직하지 않을까.

나무가
꽃을
버려야
할 때

　　대부분의 사람들은 백 년을 살기 어려운데 천 년의 근심을 끌어안고 산다人生不滿百 常懷千歲憂. 근심은 집착이고, 집착의 뿌리는 욕심이다. 그 뿌리를 끊어내지 못하는 한 새로운 삶을 기대하기는 힘들다. 잘 사는 것Well-Being도 잘 죽는 것Well-Dying도 잘 내려놓음Well-Down에서 비롯된다. 나무는 꽃을 버려야 열매를 맺고, 강물은 강을 버려야 바다에 이른다.《화엄경》 나무가 꽃을 버리고 강물이 강을 버리는 일 못지않게 중요한 것이 버려야 하는 때이다. 모든 일은 다 때가 있다. 내려놓고 비워 내는 것도 때가 맞아야 한다. 때가 맞지 않으면 작은 일이라도 낭패를 보게 된다.

　　한 스님이 제자 스님을 데리고 만행을 떠났다. 한참을 가다가 개울을 만났다. 거기에는 이미 한 아낙이 와서 개울을 건너지 못해 안절부절못하고 있었다. 그러자 스승 스님이 아낙을 덥석 등에 업고 개울을 건너 아낙을 내려놓았다. 스승과 제자 둘이 한참을 걷는데 제자 스님이 따지듯 물었다. "스승님은 여자를 가까이 하지 말라고 늘 가르치셨잖아요? 그런데 왜 아낙을 업고 개울을 건너신 거예요?" 스승 스님이 껄껄 웃으며 대답했다. "너는 아직도 아낙을 내려놓지 못하였느냐? 나는 개울을 건너자마자 곧 내려놓았느니라."

한 사건을 두고도 두 스님 간에는 분명한 차이가 있다. 스승 스님은 아낙을 업어야 할 때와 내려놓을 때를 분별할 줄 알았다. 개울을 건너기 위해서 아낙이 업혀 있을 때는 업혀 있는 게 진리이지만, 개울을 다 건넜을 때에는 아낙을 내려놓는 게 진리이다. 그때를 놓쳐 버리면 등에 업힌 아낙은 근심 덩어리로 변하고 말았을 것이다. 집착에서 헤어나지 못했을 것이다. 그러니까 스승 스님이 개울을 건너자마자 아낙을 내려놓은 것은 근심 덩어리를 내려놓은 것이며 집착을 끊어 버린 것이다. 하지만 제자 스님은 아직 그런 분별력을 갖지 못한 상태였다. 개울을 건넌 다음에도 여전히 아낙을 내려놓지 못하고 있다. 즉 근심을 내려놓지 못하고 있는 것이다. 집착을 끊어 내지 못하고 있는 것이다. 이 제자 스님의 모습이 바로 과거의 업보로 지은 근심 걱정을 태산같이 쌓아 놓고 사는 범인凡人들의 초상이다. 스승 스님처럼 '지금 여기'를 살지 못하고, 지금 여기에서 과거의 근심 걱정에 얽매여 살고 있는 것이다. 인생의 지난한 여정 속에서 내려놓음이 늘 중요하겠지만, 커다란 변화가 있을 때 내려놓음을 실천하는 것은 더욱 중요하다. 왜냐하면 그때의 내려놓음은 새 삶을 질적으로 향상시키기 때문이다.

가령 결혼한 부부는 결혼 전의 사고방식과 생활 태도를 내려놓아야 한다. 남편도 아내도 결혼 전의 습관이나 태도를 모두 내려놓아야 한다. 결혼 전의 모든 관계를 내려놓고 부부 관계를 중심으로 모든 관계를 새롭게 유지해야 한다. 결혼 전의 친구 관계도 내려놓아야 하고, 결혼 전의 효도 방식도 내려놓아야 한다. 부부가 서로 상의해서 자신들의 가정이 손상되지 않는 범위에서 친구 관계나 효도하는 방식을 새롭게 선택해야 한다. 특히 주의할 점은 어떤 경우도 밖의 일을 집에 끌어안고 와서는 안 된다는 것이다. 집에 들어올 때는 사회적 지위로 들어오지 말고 한 사람의 남편(아내)으로 아이의 아빠(엄마)로 들어와야 한다. 부모 또한 마찬가지이다. 부모가 전통적인 방식대로 효도하기를 강요해서 파경을 맞는 부부가 한둘이 아니다. 자식이 결혼하면 놓아줄 줄 알아야 한다. 놓아준다는 것은 결혼 전의 방식대로 자식을 대하지 말라는 뜻이며, 독립한 어른으로 인정해야 한다는 뜻이다. 그래야 그 자식들이 힘을 합해서 세상의 험한 파도를 헤치고 나아갈 수 있게 된다. 세상에 고정된 진리는 없다. 상황에 따라 진리는 변한다. 진리는 이렇듯 구체적인 것이다. 개인적으로 숱하게 변화하는 상황에 맞게 과거를 내려놓아야 현재에 충실할 수가 있다. 현재에 충실해야 행복이 무엇인지를 알게 된다. 한 개인이 공적인 자리를 차지할 때의 내려놓음 또한 중요하다. 공적인 자리를 얻는 순간부터 사적인 과거와의 관계는 철저하게 내려놓아야 한다. 그래야 그 공동체가 건강하게 성장한다.

삶의 결실을 맺고자 한다면 과거가 아무리 화려할지라도 버려야 할 것이며, 바다와 같은 진정한 지혜를 얻고자 한다면 강처럼 탄탄한 길도 버려야 함을 다시 한 번 상기하자. 나무가 꽃을 버리는 때와 강물이 강을 버리는 때는 바로 스승 스님이 개울을 건너자 여인을 내려놓는 때와 같다.

끌어내야
할
내 안의 소牛

카밀로 크루즈의 《내 안에 소 있다》에 선생과 제자의 이야기가 나온다. 선생은 제자에게 일만 시켰다. 어느 날 제자가 자신의 결심을 선생에게 알렸다.

"선생님께서 가르쳐주지 않으니 떠나겠습니다."

선생은 곧장 제자를 데리고 어느 마을의 가난한 집으로 들어갔다. 그 집 식구는 열한 명이었다. 한 방에서 잠을 자는데 아랫목에 소가 자고 손님 둘이 더 와서 열세 명이 자게 되었다. 한밤중이었다. 선생이 소를 죽이고 제자와 함께 달아났다.

몇 년 후에 선생과 제자가 그 집을 찾아갔다. 그 집은 대궐 같은 집으로 변해 있었다. 주인의 옷차림은 우아했다. 어떻게 된 일이냐고 선생이 물었다. 주인이 대답했다. 소가 죽어서 한동안 울었다고 했다. 그러다가 굶어죽을 것 같아서 열한 식구가 팔을 걷어붙이고 일을 해서 이렇게 부자가 되었다고 했다. 이 이야기에서의 소는 현실적인 소가 아니라 상징화된 소이다. 소만 믿고 일하지 않는 가족의 게으름을 꾸짖고자 하는 우상화된 소이다. 가족을 게으름에 빠뜨리는 우상인 소를 죽여야 가족의 미래가 희망적일 수 있음을 암시하는 이야기다. 누구나 안에 지니고 있는 우상을 제거해야 행복할 수 있다는 메시지이다.

이처럼 우상의 제거는 채움이 아니라 비움이다. 사람마다 그 안에 우상은 각기 다를 것이다. 어떤 이에게는 명예가 우상일 수도 있고, 어떤 이에게는 돈이 우상일 수도 있으며, 누구에게는 욕망이 우상일 수도 있겠고, 또 누구에게는 중독, 그리고 어떤 이에게는 물질이나 권력, 그리고 어떤 이에게는 게으름, 그리고 또 어떤 이에게는 외모가 우상일 수도 있겠다. 세대에 따라 다를 수도 있고, 성별에 따라 다를 수도 있으며, 하고 있는 일에 따라 다를 수도 있겠다.

이 우상인 소를 끌어안고 있는 한 자신이 절대 질적으로 변화할 수 없다. 내 안의 우상을 끌어내어 내 안을 비워 내는 것이 진정한 지혜이다. 행복과 희망으로 가는 출발점이다.

그럼에도
불구하고

받아들임은 외부의 자극에 반응하는 자신의 태도이다. 외부의 자극에 어떤 태도를 취하느냐에 따라 삶의 방향이 결정된다. 부정적인 자극도 긍정적으로 받아들이면 상황이 호전되고, 긍정적인 자극도 부정적으로 받아들이면 상황이 악화된다. 인간에게 최악의 자극은 절망적인 상황이다. 절망이 오더라도 놀라지 말자. 절망 속에는 반드시 절망적인 상황을 희망적인 상황으로 바꾸는 성스러운 에너지가 숨어 있다. 그 성스러운 에너지를 찾아내면, 절망은 희망으로 바뀌고, 남은 삶은 감사하는 마음으로 채우게 된다.

그룹 '희자매'로 가수 생활을 시작한 인순이는 팀이 해체된 뒤에도 '인순이와 리듬터치'로 꾸준히 활동했다. 그러던 어느 날 진짜 시련이 닥쳐왔다. 그녀를 발굴하고 키워 주었던 스승으로부터 청천벽력 같은 소릴 듣는다. "너는 지는 해야." 사실은 스승의 충격적인 고별 선언이었다. 좋은 말도 고깝게 들으면 서운해지고, 나쁜 말도 좋게 들으면 상황이 좋게 바뀐다. 인순이는 스승의 고별 선언을 서운하게 받아들이지 않았다. 스승을 원망하거나 탓하지도 않았다. 오직 감사하는 마음으로 받아들였다. 그리고 자신의 내면에 잠재된 능력을 모두 꺼내었다. 그 결과 가요계의 대들보로 성장했다.

데뷔 30주년 콘서트를 하면서 그녀는 스승(작고)의 남편을 무대로 모신다. '스승이 없었다면 가요계에 데뷔할 수 없었고, 스승의 마지막 말이 없었다면 다시 일어설 수 없었을 것'이라며 감사의 표시를 한다. 감동의 박수 소리에 콘서트장이 떠나갈 듯했다. 그럼에도 불구하고 감사할 줄 알았기에 가수로서 성공하고 남은 인생을 감사함으로 채워가는 인순이로 성장하지 않았나 생각된다.

그러므로 '그럼에도 불구하고 감사합니다'는 절망 속에 숨어 있는 성스러운 에너지이고 반전 스토리이다. 이러한 반전 스토리는 인순이 이야기 속에만 숨어 있는 게 아니라, 모든 인간에게 숨어 있다. 누구든 아무리 절망적인 상황을 맞이할지라도 그럼에도 불구하고 감사하는 마음으로 받아들이면 그 순간부터 인생 역전 드라마가 시작된다.

그럼에도 불구하고 감사하는 마음이 가수 인순이가 절망 속에서 찾아낸 성스러운 에너지였다면, 시인 함민복이 찾아낸 성스러운 에너지는 비교의 대상을 아래에서 찾는 건강성이었다.

> 시詩 한 편에 삼만 원이면
> 너무 박하다 싶다가도
> 쌀이 두 말인데 생각하면

금방 마음이 따뜻한 밥이 되네

시집 한 권에 삼천 원이면
든 공에 비해 헐하다 싶다가도
국밥이 한 그릇인데
내 시집이 국밥 한 그릇만큼
사람들 가슴을 따뜻하게 덮여줄 수 있을까
생각하면 아직 멀기만 하네

시집이 한 권 팔리면
내게 삼백 원이 돌아온다
박리다 싶다가도
굵은 소금이 한 됫박인데 생각하면
푸른 바다처럼 상할 마음 하나 없네

함민복, 《긍정적인 밥》

    가난한 이웃에게 시선을 돌림으로써 스스로 위안을 얻고, 땀 냄새 흠뻑 배인 노동의 가치가 얼마나 소중한 일인지를 넌지시 알려 준다. 그 노동으로 빚어낸 쌀, 국밥, 소금 한 그릇이 얼마나 숭고한 것인지를 깨우쳐 준다.

    만약 시인이 적은 원고료와 인세만을 탓했다면, 세상에 대한 원망과 분노를 토해 내는 시가 되었을 것이다. 그리고 세상에 대한 원망과 분노는 시장 경제의 모순, 계급 모순에 대한 원망과 분노로 한없이 확장해 갔을 것이다. 그렇게 나아갔다면, 그의 시는 독서 대중에게 감동을 주는 시가 아니라 이데올로기를 선전하는 도구로 전락하고 말았을 것이다.

비교의 대상을 위에 둘 때는 필연적으로 불행을 초래한다. 비교의 대상을 위에 두면 부정적인 마음을 갖게 되기 때문이다. 그러나 비교의 대상을 아래에 둘 때는 행복이 찾아온다. 비교의 대상을 아래에 두면 긍정적인 마음을 갖게 되기 때문이다. 그러므로 비교의 대상을 낮은 데서 찾는 행위는 성스러운 에너지라고 할 수 있다. 비교와 관련하여 성스러운 에너지가 또 하나 있다. 타인과 비교하지 않고 어제의 나와 비교하는 행위이다.

근본적인
받아들임

비교의 대상을 아래로 두거나 어제의 나로 두는 태도도 성
스런 받아들임이지만, '지금 이 순간' 있는 그대로 받아들이는 태도 또
한 성스러운 에너지이다. 과거의 기억이나 미래의 바람으로 받아들이
지 않고 '현재의 빛'으로 받아들이는 것이기 때문이다. 현재의 빛으로
받아들인다는 의미는 미움이 아닌 사랑으로 받아들인다는 뜻이다.

"대부분의 사람들은 지금 이 순간에도 미래를 위해 살거나 과
거의 스토리에 빠져 과거를 재탕하면서 '지금 이 순간'을 놓치
고 있다. 과거는 돌아갈 수 없고, 미래는 아직 오지 않았다. 우
리는 이 순간 속에서만 온전히 존재할 수 있다. 지금 이 순간
을 놓치는 것은 자기 자신을 놓치는 것이다. 매 순간을 있는

그대로 경험할 수 있다면, 다시 말해 '근본적인 받아들임'을
할 수 있다면, 무가치감의 트랜스에서 자신이 진정 누구인지,
그 진실을 깨닫게 될 것이다."

타라 브랙, 《받아들임》

어느 교수의 이야기이다. 언제부터인가 그는 퇴근 후 집에 들어가
기가 두려워졌다. 무기력에 빠진 아내가 누워만 있었기 때문이다. 아
내의 무기력은 아들 형제 다 장가보내고 나서 더욱 나빠졌다. 어느 날
그가 집에 들어왔을 때 현관에 신발이 여러 켤레 놓여 있었다. 방에서
다투는 소리가 들렸다. 방문을 살짝 열어보았다. 두 며느리가 서로 어
머니를 모셔 가라며 방 한가운데서 다투고 있었다. 두 아들은 말없이
벽을 바라보고 있었다. 그는 문을 살짝 닫고 아내의 방으로 들어갔다.
아내의 손을 꼭 잡았다. 아내는 고개를 돌린다. 그는 아내의 얼굴 가까
이에 대고 속삭였다.

"여보 미안해. 그동안 내가 너무 무심했어. 이제 당신 곁에서 한시도
떠나지 않을 거야."

남편의 진심 어린 말 한마디에 얼음장 같이 차가웠던 아내의 마음
이 녹아내렸다. 초점 잃은 아내의 눈에서 뜨거운 눈물이 주르르 흐르
기 시작했다. 그는 바로 다음 날 학교에 사표를 내고는 오직 아내를 위
한 일에만 매달리기 시작했다. 끊임없이 아내와 대화하고, 아내를 위
한 식단을 짜고, 쉬지 않고 아내와 함께 걸었다. 2년 만에 그의 아내는
정상인으로 회복되었다.

병든 어머니를 떠맡으려 하지 않는 자식들의 모습은 우리나라 여느

가정에서나 쉽게 볼 수 있는 장면이지만, 그 상황을 받아들이는 교수의 태도는 여느 가정에서 쉽게 볼 수 있는 태도가 아니다. 만약 그가 자식들이 싸우는 현실만을 보았다면, 우리나라 여느 가정에나 볼 수 있는 부모 자식 간에 서로를 탓하는 꼴사나운 장면이 연출되었을 것이다.

그는 지금 있는 상황을 있는 그대로 받아들였다. 아내의 병은 깊고, 아들 며느리 어느 누구도 어머니의 깊은 병을 받아들이지 못한다는 사실을 부정적으로 받아들이지 않았다. 그는 아내를 돌보는 일이 자신이 감당해야 할 일임을 알아차렸다. 자신의 연구 업적 쌓는 일이나 학생들을 가르치는 일보다 아내를 돌보는 일이 더 가치 있는 일임을 깨달았다.

그러한 현실을 있는 그대로 받아들여 아내를 헌신적으로 돌보기로 마음먹고 실천하는 태도는 성스러운 받아들임이었다. 성스러운 마음의 변화였다. 그가 지금까지 쌓아 온 모든 사회적 자아를 물리치고 오직 아내를 돌보는 일을 선택했기에 그는 가정의 평화를 찾을 수 있었다. 자식들을 불효자로 만들지 않고, 아내를 죽음에서 건져 낼 수 있었다. 자식들의 고통을 덜고 아내를 치유시

키고 결국 자신도 치유 받게 되었다.

있는 그대로 받아들인다는 것은 이런 것이다. 변화란 이런 것이다. 귀찮고 부담스런 존재에서 귀하고 사랑스러운 존재로 변화시키는 것이다. 자신의 고통스러운 현실을 타인에게 전가하지 않고 자신이 받

아들이는 것이다. 현실을 거부하거나 물리치지 않는 것이다. 현실을 냉정하게 인정하고 받아들일 때 어떤 시련도 극복할 수 있는 길이 열린다. 아버지가 책임을 떠안고 가정이라는 공동체를 지켜 내는 모습이 아름답다. 어른이 어른의 도리를 다할 때 젊은이가 어른을 믿고 따른다는 진리의 모범을 보는 듯하다. 힘없는 어른이 아닌 책임져야 할 일을 책임지는 어른의 자세가 존경스럽다. 도탄에 빠진 나라를 구한 충무공 이순신도 역사의 위인이지만, 위기에 빠진 가정을 구한 그 교수도 시대의 위인이다. 모든 가정의 아버지 혹은 모든 공동체의 리더가 본보기로 삼아도 좋을 듯하다.

남아 있는
자원
찾기

자신에게 남아 있는 자원을 찾는 태도도 현재의 빚으로 받아들이는 것 못지않은 성스러운 받아들임이다.

전쟁으로 피폐해진 작은 마을에 혼자 사는 할머니 한 분이 계셨다. 할머니는 가난하게 살아온 데다 가진 것도 다 떨어지고 먹을 것도 없었다. 여러 날 굶던 어느 날 할머니는 집 구석구석을 뒤져서 겨우 냄비 하나를 찾아냈다. 그 냄비를 가지고 사람들이 다니는 큰 거리로 나갔다. 냇가에 가서 냄비에 깨끗한 물을 담아 왔다. 거기에 깨끗하게 씻은 돌멩이 하나를 함께 넣었다. 돌을 받쳐 냄비를 얹고 나뭇가지로 냄비의 물을 끓이기 시작했다. 때마침 소금 장수가 지나가다가 할머니를 보고 물었다. "할머

니 뭐 하고 계세요?" 할머니는 "우리 집안 대대로 내려오는 아
주 특별하고 맛있는 수프를 끓이는 비법이 있는데 조금 있으면
수프가 다 되니 한 술 먹고 가시우."라고 말했다. 소금 장수는
돌멩이 하나로 어떻게 맛있는 수프를 끓이는 것일까? 너무 궁
금해 수프가 다 되기를 기다리고 서 있었다. 그러다가 문득 그
수프에 소금은 넣었는지 궁금하여 "할머니, 수프에 소금은 넣
었나요? 아직 안 넣으셨다면 제가 가진 소금을 좀 넣으세요."라
고 청했다. 할머니는 냄비에 소금을 넣고 계속 수프를 끓였다.
배추 장수가 지나가다가 할머니와 소금 장수를 보고 호기심이
생겨 다가와 물었다. "뭐하고 계세요?" 할머니는 자신의 집안 대
대로 내려오는 특별한 수프를 끓이는 중이라며 다 되면 먹고 가
라고 말했다. 배추 장수도 거기 서서 수프가 다 되기를 기다렸
다. 냄비에 배추가 안 들어간 것을 보고 자신이 가진 배추를 좀
넣어도 되는지 물었다. 냄비에는 배추가 더해져 끓게 되었다.
고기 장수가 지나가다가 이 광경을 보고 호기심에 이끌려 다
가왔다. 그 역시 할머니 집안 대대로 내려오는 특별한 비법의
수프 맛이 궁금하여 기다리고 있었다. 자신에게 고기가 있음
을 알아차리고는 냄비에 고기를 넣어도 되는지 물었다. 냄비
에는 고기가 더해져 끓었다.
할머니는 드디어 수프가 다 되었노라고 말했고 각자 한 그릇
의 수프를 먹게 되었다. 모두가 오랜만에 따뜻하고 맛있는 수
프를 배부르게 나누어 먹었다. 전쟁으로 인해 오랫동안 굶었
던 할머니도 따뜻한 수프로 배를 채울 수 있었다.

프랑스 동화 《돌멩이 수프 이야기》

〈돌멩이 수프 이야기〉는 자신에게 남은 자원이 성스러운 에너지임을 깨닫게 하는 동화이다. 할머니에게 남은 자원은 단지 냄비 하나뿐이었다. 그 냄비를 가지고 밖으로 나가 돌멩이 수프를 끓이다가 협조자들을 만나 진짜 맛있는 수프를 먹게 되었다는 이야기이다.

할머니는 이미 일어난 전쟁을 원망하지 않는다. 전쟁을 일으킨 군인들을 미워하지 않는다. 전쟁으로 파괴된 것들을 보고 절망에 빠져 닝 놓고 앉아 있지 않는다. 곤궁에 처한 상황이지만 자신에게 남아 있는 자원을 최대한 활용해 보는 것이다. 현실적으로 불가능할 것 같은 그야말로 긍정적이고 진취적이고 창조적인 행위이다.

> 저것은 넘을 수 없는 벽이라고 고개를 떨구고 있을 때
> 담쟁이 잎 하나는 담쟁이 잎 수천 개를 이끌고
> 결국 그 벽을 넘는다.
>
> 도종환, 《담쟁이》

넘을 수 없는 벽이라고 고개를 떨구는 사람과 많은 사람을 이끌고 그 벽을 의연하게 넘어가는 사람의 차이는 과연 무엇일까? 모르거니와 절망을 대하는 태도, 즉 절망을 극복하고자 하는 의지의 여부에 달려 있는 것이 아닐까? 그런 의지가 바로 절망을 희망으로 만드는 연금술이요, 절망을 희망으로 바꾸는 성스러운 에너지가 아닐까? 대부분의 사람은 자신의 재능이나 외모, 능력이 부족하다고 불평을 한다. 무엇보다도 부모로부터 물질적으로 지원을 받지 못했다고 원망한다. 특히 우울감에 빠진 사람은 자신의 자원을 찾지 않는다. 설령 자신의 자원을 찾아도 과소평가한다. 이들은 이미 주어진 불가항력적인 조건이

나 이미 지나간 일이나 자연이나 신에 속한 일에 얽매인다. 한없이 과거사를 후회하고 또 후회한다. 현실을 현재의 빛으로 받아들이려 하지 않는다. 이들이 스스로 일어설 때까지 주위의 도움이 필요하다.

그런 편협한 생각에서 벗어나야 자기 삶을 살아갈 수 있다. 꼭 물질이 아니더라도 부모로부터 물려받은 자원이 너무나도 많다는 사실을 발견하고 인정해야 꿈과 희망이 열린다. 할머니 같이 긍정적이며 진취적인 사람은 어떤 상황에서도 자신의 남아 있는 자원을 찾아낸다. 잃어버린 자원을 연연하지 않는다. 남아 있는 자원을 가지고 창조적으로 활용한다. 현실적으로 불가능한 것 같지만 실행에 옮긴다. 그때 신神이 익명으로 떠돌다가 우연이란 이름으로 개입하여 그를 돕는다. 소금 장수, 배추 장수, 고기 장수는 할머니를 돕도록 신이 보낸 조력자들이다(이시스,《이야기 테라피》).

진갈색의 굵은 뿔테를 두른 두터운 유리알
유행에 뒤떨어진 아버지의 돋보기
입김으로 남루를 지우고 조심스레 걸쳐본다
끈덕지게 달라붙는 눈가의 안개 걷히고
영리한 활자처럼 추억이 살아 움직인다
한지 같은 흰옷 정갈히 입고 얌전히 앉으시어
몸을 느릿느릿 흔들며 한적을 읽으시는 아버지
가끔 꿈속에 근심스런 얼굴로 찾아오셔서
아주 먼 곳에 계신 줄 알았는데,
아버지의 글소리 듬뿍 배인 돋보기를 걸치면
싸리나무 회초리가 무서운 서당 아이

꿈결인 듯 물결치는 호밀밭을 내닫는다
노고지리 한 마리 파르르 하늘로 치솟는다

아, 빈 하늘 안쪽의 견고한 중심이여

권희돈,《아버지의 돋보기》

일전에 어느 신문에서 정신이 바짝 드는 글을 읽은 적이 있다. 생각나는 인물을 순위별로 써 보라는 어느 설문 조사였다. 엄마가 1위, 아버지가 9위였다. 아버지는 억울하다. 막돼먹은 세파에 휩쓸리지 않으려고 쓰디쓴 소주를 탈탈 털어 넣었던 적이 어디 한두 번이랴. 자식들에게 다 주고 나서 더 줄 게 없어 가슴 아파하는데, 자식들은 다 받고 나서 못 받은 것만 크게 생각하며 아버지를 원망하고 있지 않은가.

내가 그랬다. 늘 헐은 옷과 거친 밥을 먹으면서 아버지를 미워했다. 중학교 진학을 못하고 아버지가 가르치는 서당에 들어갔으나, 아버지에 대한 적의를 품고 들개처럼 쏘다니기만 했다. 회초리가 내 장딴지에 항상 달라붙었다. 아버지가 돌아가시고 나서도 아버지한테 유산으로 받은 것은 돋보기 하나뿐이라며 제삿날도 잊어버렸다. 어리석게도 나는 40이 훌쩍 넘어서야 아버지가 나에게 값진 자원들을 물려주셨음을 알았다. 물질을 빼고는 모든 것을 물려주셨다. 웬만한 학업에 견딜 만한 머리와 끈기를 주셨고, 문학의 바탕이 되는 상상력과 감수성을 주셨다. 가난에 비굴하지 않는 법도를 일깨워 주셨으며, 큰 나무 밑에서는 자랄 수 없음을 깨우쳐 주셨다. 그리고 무엇보다 지구상에서 살아갈 수 있는 생명生命을 주셨다.

실패자의
승리

누구에게나 반전이 숨어 있다. 인생은 반전이 숨어 있어서 희망적이다. 소년이든 노년이든 숨어 있는 반전이 있어 세상은 살아 볼만하다.

할아버지가 시장에 갔다 돌아오다가 삼년 고개에서 넘어지고 나서 몸져누웠다. 그 고개에서 넘어지면 3년밖에 못 산다는 말이 전해져 왔기에 할아버지의 상심은 이만저만이 아니었다. 이 소문을 듣고 한 소년이 찾아왔다. "할아버지, 삼년 고개에 가셔서 한 번만 더 넘어져 보세요." "에끼 이놈 네가 불난 집에 부채질하는구나. 썩 물러가거라." "할아버지, 화만 내지 마시고 제 말 좀 자세히 들어 보세요. 한 번 넘어지면 3년 사니까, 두 번 넘어지면 6년, 세 번 넘어지면 9년⋯" 소년의 말을 듣고 나니 그럴 듯했다. 할아버지는 삼년 고개로 가서 구르기 시작했다. 몇 번을 구르고 나자 어디서 나오는지 모르게 힘이 솟아나기 시작했다.

삼년 고개 전설에 대한 할아버지와 소년의 받아들임의 차이는 천양지차로 컸다. 할아버지는 3년밖에 못 산다는 의미로 받아들인 반면에, 소년은 한 번 구를 때마다 3년씩 산다는 의미로 받아들였다. 할아버지는 이야기를 문자 그대로 받아들였지만, 소년은 이야기 속의 의미를 유연하게 받아들였다. 소년이 받아들인 의미, 즉 한 번 구를 때마다 3년씩 더 산다는 것이 바로 이 이야기 속의 성스러운 에너지이다.

아무리 속뜻이 좋아도 받아들이지 못하면 이야기는 거기서 끝나고 만다. 만약 할아버지가 소년의 말을 받아들이지 못했다면 3년밖에 못 산다는 그 말의 굴레에서 벗어나지 못하고 시름에 겨워 3년도 못 살고 죽었을 것이다. 다행히도 할아버지는 소년의 말을 받아들이고, 삼년 고개에 가서 몇 번이고 더 굴러서 오래 살 수 있다는 희망을 되찾았다. 결국 소년의 지혜로운 생각을 받아들임으로써 할아버지는 인생 역전 드라마를 다시 쓰게 된 셈이다. 엄밀히 말해서 반전 스토리는 숨어 있는 것을 찾아내는 게 아니라, 스스로 만들어 내는 것이다.

어떤 사람이 먼 길을 떠나며 종들에게 재산을 맡겼다. 한 사람에게는 다섯 달란트를 주고 한 사람에게는 두 달란트를 주고 또 한 사람에게는 한 달란트를 주고 떠났다. 다섯 달란트 받은 사람은 그 돈으로 장사하여 다섯 달란트를 더 남겼다. 두 달란트 받은 사람도 그와 같이 하여 두 달란트를 더 남겼다. 그러나 한 달란트 받은 사람은 가서 땅을 파고 주인의 돈을 감추어 두었다(마태25:14-18). 어느 날 주인이 돌아와서 각자의 남은 돈을 계산한다. 다섯 달란트 받아 십 달란트를 번 사람과 두 달란트 받아 네 달란트 번 사람은 모두 주인의 잔치에 초대받았다. 그러나 한 달란트 받아 땅에 묻어 두었다가 원금 그대로 갚은 사람은 벌을 받고 쫓겨났다. 그는 돈을 땅에 묻어 두고 아무 일도 하지 않았다. 그것이 바로 죄의 원인이 되었다. 주인은 그가 악하고 게으르다 판단했다.

이 이야기의 주인공은 성공한 두 인물이 아니다. 주인에게 쫓겨난 인물이 진짜 주인공이다. 우리가 사는 세상 어디에서나 볼 수 있는 하느님이 사랑하는 패자들의 초상이다. 쫓겨난 인물을 통해 진정한 메시지를 전하고자 하는 이야기이다. 쫓겨난 인물과 주인과의 관계가 영원히 단절되었음을 선포한 이야기가 아니라, 주인에 대한 두려움 없는 믿음을 회복할 때 우리의 주인공이 다시 잔치의 자리에 참석할 수 있음을 열어 놓고 있는 이야기이다. 그럴 때 이 이야기는 진정한 가치가 있다. 어떻게 하면 주인에게서 쫓겨난 우리의 주인공이 다시 주인의 집으로 들어갈 수 있을까? 그렇게 새로 시작되는 스토리가 바로 반전 드라마인 셈이다. 이제 우리가 작가가 되어 쫓겨난 인물의 반전 드라마를 써 보자.

반전 드라마의 첫출발은 회개(반성)으로부터 시작된다. 회개는 타인을 바라보는 방향이 아니라 자신을 들여다보는 방향이다.

'주인님이 냉혹한 게 아니라 그동안 내가 너무 게을렀구나. 그러니 내게 한 달란트 주신 것이 당연하구나. 이제라도 정신 차려서 일을 해 보자. 주인님을 무서운 분으로 알고 땅속에 돈을 묻어둔 것도 잘못이구나. 무엇보다 주인님이 뿌리지 않은 곳에서 모으는 분으로 알고 있던 게 잘못이구나. 이제라도 주인님께 가서 내 잘못을 얘기해 보리라.'

주인에게 가서 자신의 게으름을 용서해 달라고 하지 않아도 또 다른 길이 있다. 비록 한 달란트를 받았지만 심기일전하여 돈을 벌어 보는 것이다. 다섯 달란트 받은 사람이 열 달란트로 늘린 것이나 두 달란트 받은 사람이 네 달란트 늘린 것이나 똑같이 두 배의 성과를 거둔 것이다. 그러니까 자신도 열심히 일하여 한 달란트만 더 벌어도 주인의 잔치에 초대받았을 것이다. 주인이 종들을 보는 관점은 양적으로 얼마나 많이 늘렸는가가 중요한 것이 아니라, 얼마나 열심히 일했는가 하는 그 과정을 중요하게 생각했기 때문이다.

세상의 모든 아름다운 이야기는 반전 드라마로 전개된다. 한 달란트를 받은 이 이야기 속의 인물처럼 실패한 상태에서 극적으로 성공에 이르는 이야기가 우리에게 감동을 준다. 어느 누구든 완벽한 모습으로 태어나는 사람은 없다. 어느 부분인가는 부족하게 태어난다. 그런 중에 살면서 실패의 절망도 겪고 상처의 아픔도 겪는다. 그러나 현재의 상태를 있는 그대로 받아들이면 누구든 반전 드라마를 쓸 수 있다. 타인을 원망하거나 편협하게 판단하거나 평가하지 않고 자신을 솔직하게 바라보고 받아들이는 순간부터 반전 드라마는 새로 시작된다.

절망의
연금술

사방이 캄캄하게 막힌 상황에서 신에게 바치는 기도는 절망을 희망으로 바꾸는 성스러운 에너지이다.

야훼께서는 큰 물고기를 시켜 요나를 삼키게 하셨다. 요나는 사흘 밤낮을 고기 배 속에 있었다. 요나가 그 물고기 배 속에서 하느님 야훼께 기도를 올리니, 야훼께서는 그 물고기에게 명령하여 요나를 뱉어내게 하셨다 …… 정신이 가물가물하는데도 야훼님을 잊지 않고 빌었더니 그 기도가 하느님 계시는 거룩한 궁전 하느님 귀에 다다랐습니다.

요나 2장

바닷속에 던져져서 다시 큰 물고기 배 속에 들어간 요나. 세상과 완벽하게 단절된 상황에서 요나가 할 수 있는 유일한 일은 기도였다. 마음가짐이 야훼께로만 향해 있기 때문에, 요나와 야훼 사이에는 그 먼 거리도 수많은 장애도 문제가 되지 않았다. 야훼는 요나의 기도를 즉시 듣고 즉시 응답하여, 물고기로 하여금 요나를 뱉어내게 했다. 절망의 순간에 드리는 기도처럼 깊고 간절한 마음은 없으리라. 깊고 간절한 마음으로 드리는 기도이기 때문에 닿지 못하는 곳이 없으리라. 닿지 못하는 곳이 없기 때문에 죽음에서 살아났으리라. 죽을 사람이 살아났다는 것만큼 드라마틱한 사건은 없을 것이다.

아들 다섯을 둔 부부가 있었다. 첫째에서 넷째까지는 부모를 닮아서 모두 영리할 뿐만 아니라 외모도 출중하고 건강했다. 그런데 다섯째 아들은 갓난아이 시절부터 나병에 걸렸다. 부모는 소록도에 막내아들을 맡겨 놓고, 건강한 네 아들을 키우는 재미에 푹 빠져서 막내아들을 잊고 지냈다. 네 아들들은 모두 훌륭하게 장성하여 남부럽지 않은 가정을 꾸몄다. 각각 자기 가정의 행복에 취해서 늙어가는 부모는 잊고 지냈다.
외롭게 지내던 부모는 문득 막내아들을 생각하고는 소록도를 찾아갔다. 막내아들은 나병이 다 나아 있었다. 역시 나병에 걸렸던 여자와 결혼하여 아이들을 낳고 행복하게 살고 있었다. 막내아들은 부모와 함께 해변가로 나갔다. 손자 손녀가 파도를 희롱하며 자유롭게 뛰놀고 있었다. 막내아들이 입을 열었다. 나를 낳아주신 부모님을 만나게 해달라고 하루도 빠뜨리지 않고 기도를 드렸더니, 이렇게 부모님을 뵙게 되었다며 눈물을 흘렸다. 부모는 소록도에 가서 살기로 마음을 굳혔다.

　나병이 들어 소록도에 버려진 막내아들은 요나처럼 사방이 막혀 있는 상황이었다. 그 상황에서 막내아들은 부모를 원망하는 대신 부모를 보게 해달라고 끊임없이 기도했다. 막내아들의 끊임없이 이어지는 기도 또한 너무나 아름답고 성스럽다. 자신도 살리고 아이들도 살리고 부모도 살렸다. 깊고 간절한 기도는 닿지 못할 곳이 없음을 보여주는 감동적인 예라 하겠다.

그저
나아갈
뿐

때로는 받아들이지 않는 태도가 최상의 받아들임이 될 수 있다.

부처님이 선업을 쌓는 일이 계속되자 이를 질투한 어떤 사람이 부처님을 찾아왔다. 모래를 한 주먹 움켜쥐고 있다가 부처님 얼굴에 확 뿌렸다. 그때 마침 부처님 쪽에서 바람이 불어와 부처님에게 모래를 뿌린 사람이 뒤집어썼다. 부처님은 이 예를 들어 제자들에게 가르쳤다. 화를 내도 상대가 그것을 받아들이지 않으면 화를 낸 사람에게 되돌아간다. 그러니 누가 화를 내도 받아들이지 말라.

이 이야기를 예로 들면서 부처님은 이렇게 가르쳤을 것 같다. 상대의 화를 받아들이지 않으면 화낸 사람에게 부메랑이 되어 돌아간다(선한 말도 반드시 부메랑이 되어 말한 사람에게로 돌아간다). 상대의 화에 화로 반응하여 화를 입지 말라. 어떤 자극에도 흔들리지 않도록 자기 수양을 쌓으라. 상대의 화를 받아들이지 않는 태도는 가장 적극적이고 품격 있는 분노 표출법이다.

날이 갈수록 묻지마 폭력이 난무하는 세상이다. 우리 사회 어디를 가도 마음속에 분노를 가득 담고 있는 사람들이 넘쳐난다. 전철 안이나 광장이나, TV 모니터 속에도 휴대폰 액정 화면 속에도 화나는 일들이 가득하다. 이런 세상에서 화를 받아들이지 않고 산다면 얼마나 좋을까. 점점 사나워져 가는 세상에 살아남기 위해서는 상대의 화를 받아들이지 않도록 수양을 쌓아야 할 것 같다.

그런데 이건 또 무슨 말인가?

행복이나 슬픔이
그대를 덮쳐도
그저 나아갈 뿐,
흔들리거나 집착하지 마라.

싯다르타, 붓다가 돼라!

우리의 삶은 행복과 슬픔의 연속이다. 행복은 자주 오고 슬픔은 오지 않기를 바란다. 그러나 어느 누구에게도 슬픔은 피해가지 않는다. 물론 행복도 마찬가지이다. 그러나 행복은 아주 짧게 왔다 간다. 마치 꽃이 피었는가 하면 져버리듯이. 싯다르타는 말한다. 행복이나 슬픔에 흔들리는 것은 집착이니, 행복이 넘쳐나도 슬픔이 덮쳐도 집착하지 말고 그냥 앞으로 나아가라고.

시적인 표현인데 수사적 기법을 뛰어넘어 존재의 근원을 표현하고 있다. 받아들임의 극치가 존재한다면 이런 것이리라. 가령 어떤 회사원 남편이 출근하기 전에 집안에서 기쁜 일이 있었다. 그러나 그는 평정심을 회복하여 회사에 출근했다. 또 어떤 날에는 출근하기 전에 아내가 바가지를 심하게 긁었다. 그러나 그는 회사에 들어가기 전에 평정심을 회복하고 출근했다. 회사에 출근하면 가정은 이미 과거의 땅이요, 가정에 들어오면 회사는 이미 과거의 땅이다. 그렇기에 과거에 얽매이지 말고 현재에 충실하라는 뜻으로 이해해도 좋을 듯하다.

꽃을
집어 들고
미소를
짓다

배려配慮는 짝을 먼저 생각하는 마음이다. 상대방이 좋아하는 일을 먼저 하는 사람은 배려심이 깊은 사람이다. 상대방이 싫어하는 일을 하지 않는 사람도 배려심이 깊은 사람이다. 배려심은 상대방의 마음을 여는 열쇠이며, 상대방의 마음을 움직이는 소통의 힘이다. 상대방의 마음을 내 마음으로 느끼는 공감이며, 상대방과 내가 함께 즐겁고 행복한 공존의 마음이다. 배려는 배려를 낳는다. 그리고 그 결과는 항상 나에게로 돌아온다.

사과를 깎을 때 칼등으로 먼저 껍질을 툭 친다든가, 주사를 놓을 때 톡톡 두드리는 것은 놀라지 말라는 작은 배려이다. 밖에서 들려오는 헛기침 소리, 노크 소리, 저자가 보내 주는 책을 받고 잘 받았다는 연락을 주는 일도 상대방을 위한 작은 배려이다. 작은 행동 같지만 상대는 큰 감동을 받는다.

미소보시微笑布施라는 말이 있다. 불가에서는 불보시佛布施보다 재물보시財物布施보다 미소보시를 가장 훌륭한 보시로 여긴다. 미소보시는 미소로 배려한다는 뜻이다. 미소는 얼굴의 근육 몇 개만 움직여도 가능한 아주 작은 표정이다.

부처님이 꽃을 집어 들고 미소 지을 때 청중 가운데 단 한 사람만이 미소로 화답했다. 그는 부처님의 10대 제자 중 하나인 마하가섭이었다. 부처님의 마음이 직접 가섭의 마음에 전달된 것이다.

연꽃을 드는 순간은 연꽃이 진흙에서 나온 순간을 뜻한다. 즉 깨달음을 의미한다. 깨달음이란 의식주에 얽매이지 않고 자아自我에도 얽매이지 않는 무아無我의 마음이다. 부처님과 가섭은 이 무아의 깨달음을 미소로 주고받았다. 이심전심이라 할 수 있다.

이처럼 마음과 마음으로 주고받는 미소는 참 아름다운 배려이다. 가정에서나 가정 밖에서나 누구를 만나든 먼저 미소로 만나 보자. 어느 학교 교장 선생님은 늘 미소 띤 얼굴로 등교하는 학생들과 출근하는 교사들을 맞이한다. 미소 나눔으로 인성 교육을 실천하는 셈이다.

윌리엄 제임스는 '우리는 행복하기 때문에 웃는 것이 아니고, 웃기 때문에 행복하다'고 했다. 웃음은 어떤 형태로든 보상을 받는다.

웃음은 아주 작은 배려 같지만 돌아오는 것이 매우 크다. 웃음은 행복을 실어 나르는 밝고 환한 빛이고, 상대방을 위해 준비한 가장 귀한 선물이다.

봄이 와도
꽃을
볼 수 없는

정신적으로나 육체적으로 완전한 사람은 없다. 누구든 어느 부분은 결핍되어 있다. 누군가의 결핍을 채워 주는 것이 배려이다. 누군가로부터 그런 배려를 받을 때 감동은 배가 된다. 나이 들어 신체의 기능이 조금씩 약해질 때마다 느껴지는 쓸쓸함은 이만저만이 아니다. 피부에 주름이 늘어나고, 눈은 침침해지고, 귀가 안 들려 머릿속에서 매미가 울고, 허리가 아프고, 관절이 쑤시고. 이렇게 차츰차츰 몸의 중심이 무너져 갈 때마다 상실감은 눈사람처럼 커진다. 외로움도 함께 커간다. 그래서 나이가 들수록 주변 사람들의 배려가 필요한 것이다.

가는귀를 먹은 남편이 있었다. 그가 방에서 거실로 나갔을 때 텔레비전을 보던 아내가 볼륨을 높여 주었다. 남편은 슬며시 미소를 지었다.

야채 쌈밥집을 운영하는 한 부인은 야채를 뜯으러 나가는 새벽이 가장 행복하다고 한다. 남편이 일찍 일어나 따뜻하게 덥혀 놓은 신발을 신고, 미리 시동을 걸어서 공기를 훈훈하게 덥혀 놓은 차를 타고 나가기 때문이라 했다.

배려가 습관화된 가정은 자연스럽게 그런 문화에 익숙해지는 것 같다. 그 집의 아들딸은 봄이 오면 거동이 불편한 할아버지를 리어카에 모시고 꽃구경을 시켜 드린다고 했다. 그 부인은 그런 모습을 볼 때도 행복하단다. 그녀의 말을 듣는 나도 행복했다. 그녀의 행복한 이야기를 쓰고 있는 지금도 행복하다. 우리의 일상생활은 사소한 것들로 점철되어 있다. 사소하기에 마음만 먹으면 얼마든지 쉽게 실천할 수 있는 게 배려이다. 가는귀먹은 남편의 아내, 야채 쌈밥집의 남편과 아들딸은 아주 사소한 배려로 상대를 기쁘게 한다. 그들의 행동은 사소하지만 '바로 이 순간'에 상대의 결핍을 채워주는 꼭 필요한 행동들이다. 배려를 받는 사람은 심리적 안정감을 얻는다. 심리적 안정감을 얻게 되면 너그러운 마음이 생겨 자신도 모르게 타인에게 배려심을 갖게 된다. 배려는 배려를 낳아 멀리멀리 퍼져 나간다. 가정에서 배려의 문화를 익힌 아이들은 가정 밖에서도 배려를 잘하는 사회인으로 성장할 것이다. 학교에서 배려를 배운 학생들은 학교 밖 공공장소에 나가서도 배려를 실천할 것이다. 공공장소에서 배려를 잘 실천하는 사람은 어떤 집단에 속하든 중심인물이 될 것이다.

영국의 한 통계 자료에 의하면 남을 배려하지 않고 존중하지 않는 직원이 회사에 끼치는 손해는 연간 75억 달러라고 한다. 요즘은 신입

사원도 스펙을 중요시하지 않고 배려심과 자아 존중감 등을 보고 채용하는 추세라고 한다. 그러니 어떤 회사가 배려의 가치를 회사의 중심 가치로 삼는다면 그 회사는 젊은이들이 가장 가고 싶은 회사로 성장할 것이다. 어느 도시가 배려의 가치를 시정의 중심 가치로 삼는다면 그 도시는 가장 인간다운 도시로 변화할 것이다. 작은 일을 꾸준히 하는 사람이 종국에는 크게 이루듯이. 작은 일에 충실한 사회도 종국에는 크게 이루리라 믿는다.

우리 사회는 언제부터인가 남을 배려할 줄 모르는 사회로 변했다. 어머니는 아이들에게 남한테 지지 말라고 가르친다. 공공장소에서 아이들이 소란을 피워도 그냥 내버려 둔다. 학교에서도 아이들에게 경쟁에서 이기는 교육만을 가르친다. 그리하여 나만 편하고 나만 잘 살면 된다는 이기심을 키워 나간 것이 아닐까? 이기심이 팽배하여 삭막한 사회로 변한 것은 아닐까? 이런 이유로 우리 사회는 끊임없이 사건 사고가 터지고 있는 것이 아닐까? 이제는 우리 사회도 이기심이 중심이 되는 사회에서 배려심이 중심이 되는 사회로 변화되어 갔으면 좋겠다.

정신적으로나 육체적으로
완전한 사람은 없다.
누구든 어느 부분은 결핍되어 있다.
누군가의 결핍을 채워 주는 것이
배려이다.

짜짜짜
할머니
좀
참으세요

비행기 안에서였다. 창가에 내가 앉았고 아내가 옆에 앉았다. 아내 옆에는 가운데 통로 쪽으로 노부부가 앉았다. 기내식으로 비빔밥이 나왔다. 할아버지가 고추장이 담긴 튜브를 짠다. 할머니가 짜아 하고 큰 소리를 지른다. 할아버지는 고추장을 짜낸다. 할머니가 더 큰 소리로 '짜아 짜짜' 하고 감정 섞인 소릴 지른다. 한쪽 청력이 약한 내 귀에도 쩌렁쩌렁 울려온다. 승객들의 시선이 일제히 노부부에게로 쏠린다. 물을 끼얹은 듯 기내에 적막이 흐른다. 외국인들은 휘둥그런 눈으로 어깨를 들썩인다. 스튜어디스가 황급히 달려온다. 이러지도 저러지도 못하는 할아버지의 손이 부들부들 떨리고 있다. 고추장이 짜다는 건지 튜브를 잘 짜라는 건지 확실하지는 않지만, 할머니는 할아버지의 더듬한 행동이 몹시 마음에 들지 않는 모양이었다. 작은 일에도 과도하게 화내는 걸 보니, 할머니의 가슴에 분노가 가득 쌓인 것처럼 보인다. 할머니의 볼이 붉어지고 콧방울이 벌렁벌렁한다. 할아버지는 몹시 불안해 보이고 자신 없어 보였다. 튜브를 짜다가 이러지도 저러지도 못하고 있는 할아버지를 보자니 측은한 마음이 든다. 할머니 입장을 헤아려보면 화가 날 만도 하다. 자기 몸 건사하기도 힘든 나이인데 시시콜콜 남편 시중을 들자니 얼마나 귀찮고 힘이 빠지겠는가? 그 노부부를 보면서 부부가 함께 여행을 가지 말라는 영국 속담이 생각났다. 아마 이번 여행이 끝나고 황혼 이혼을 하지 않을까 염려되었다. 할아버지의 손은 거칠었고 할머니는 목걸이나 귀걸이를 주렁주렁 매달고 있었다. 노부부는 젊어서 열심히 일을 하여 꽤 많은 저축을 한 듯하다. 물질적인 저축은 많이 했지만 정신적인 저축은 부족한 듯이 보인다. 평소 배려를 익힌 할머니라면 말소리의 크기부터 작았을 것이다. 남편의 불편한 행동거지를 짜증 나는 큰소리로 탓하기 전에 자신들 외의 타인에 대한 예의를 지켰을 것이다.

지상에서 가장 가까운 관계가 부부 사이이다. 부모 자식 간의 촌수가 1촌이고, 부부간의 촌수는 0촌이다. 가깝기 때문에 항상 상대에 대한 기대가 크다. 상대에 대한 바람으로 가득 차 있다. 그러다가 기대에 어긋나면 갈등이 생기고 갈등을 풀지 못하면 가슴에 하나둘씩 못이 박히기 시작한다. 가깝기 때문에 더 상처 받기 쉬운 게 부부 사이이다. 그러니 백년해로한다는 것은 성자 되기보다 어려운 일이다. 결혼은 성공하기 위해 하는 게 아니라 행복하기 위해 하는 것이다. 성공한 인생보다 행복한 인생이 아름답듯이 성공한 부부보다 행복한 부부가 아름답다. 행복한 부부생활을 위해서는 부부 사이에 지켜야 할 덕목들이 참으로 많이 있다. 그중에서 가장 중요한 덕목 하나를 꼽으라면 나는 주저 없이 배려를 꼽는다. 짝을 먼저 생각하는 배려의 마음을 평소에 많이 저축해 두면 분명히 행복한 부부로 성장할 것이다.

초원에서 사자와 소가 만나 첫눈에 반했다. 둘이 결혼해서 백년해로하자고 굳게 약속했다. 사자는 소를 사랑한 나머지 자기가 사냥한 싱싱한 고기를 대접했다. 소도 사자를 사랑한 나머지 푸른 풀잎을 대접했다. 둘 다 자기가 좋아하는 음식을 상대에게 대접했다. 서로 사랑은 했지만 소통은 제대로 되지 않았던 셈이다. 그래서 서로 사랑은 했지만 사랑받는 느낌은 받지 못했다. 그들의 참을성은 한계가 있었다. 끝내 헤어지고 말았다. 그러고 나서 서로에게 한 말은 '나는 최선을 다했다'였다. 우리의 부부 관계가 혹시 이런 사랑이 아닐까. 나는 사랑한다고 하지만, 나의 사랑하는 방식이 상대에게는 최악의 상처가 되는 그런 사랑을 해 오고 있지는 아니한가. 상대가 무슨 말을 원하는지 무엇을 원하는지 허심탄회하게 소통해 본 적이 있는가.

어떤 갈등도 제때에 해소하지 못하면 파국을 맞는다. 갈등의 원인을 자기 자신에게서 찾으면 해결의 실마리가 보인다. 내 입장에서 행동하지 않고 상대의 입장에서 행동한 적이 얼마나 되는가? 이처럼 자신의 생각을 머리에서 가슴으로 내리는 것이 중요하다. 이것이 가슴으로 소통하는 것이다. 가슴으로 소통하면 모든 해답이 나오고, 비로소 상대방이 보이기 시작한다.

아내는 사랑한다는 말을 가장 듣고 싶어 하고, 남편은 아내가 인정해주는 말을 가장 듣고 싶어 한다고 한다. 이런 말 한마디는 상대를 배려하는 마음에서 나온다. 배려의 마음에서 나오는 이 한마디는 내 방식대로의 삶에서 상대가 원하는 방식대로의 삶으로 변화시켜 줄 것이다. 그러면 사자와 소 부부도 서로 허물없이 소통하면서 상대가 기뻐할 음식을 대접하게 될 것이다. 사자는 소에게 푸르고 싱싱한 풀을, 소는 사자에게 싱싱한 살코기를 대접하면서 행복한 부부로 새롭게 태어날 것이다. 그게 최선을 다한 것이다.

인디언의 속담에 이런 말이 있다. 빨리 가려면 혼자 가라. 멀리 가려하면 함께 가라. 부부란 멀리 가기 위한 동반자이다. 멀리 가기 위해 부부가 젊어서부터 배려를 저축해 놓으면 얼마나 좋을까. 인생에 늦은 때는 없다. 배려는 만기 없는 저축이다. 지금 이 순간부터 배려를 저축하자. 어느 한쪽만 일방적으로 베푸는 게 아니라 서로 베푸는 부부라면 얼마나 행복할까. 저금통장에 동그라미 숫자가 늘어나는 만큼 또 하나의 저금통장에는 배려를 가득 채운다면 얼마나 미래가 든든할까. 이런 부부에게는 황혼녘이 와도 행복할 것이다.

여편네가
왜 이렇게
많이
싸 준담

배려는 이처럼 진심으로 상대방을 보살피고 도와주는 마음이다. 마음을 써 주되 배려를 받는 사람이 부담감을 느끼지 않도록 세심하게 마음을 써 주는 것이다. 왼손이 하는 일을 오른손이 모르게 하는 세심한 배려인 셈이다. 이처럼 상대의 마음을 미리 알아차리고 베푸는 베려는 사랑이 깊이 배인 배려이다. 부모가 자식에게 베풀듯 도와주고 보살피는 배려이다.

어느 농장에 한 소년이 일꾼으로 들어왔다. 소년은 가난해서 매일 점심을 싸가지고 오지 못했다. 이를 눈치 챈 농장 주인은 점심때마다 푸짐한 음식을 펼쳐놓고 이렇게 중얼거렸다. '이 놈의 여편네가 왜 이렇게 음식을 많이 싸 준담.' 그러고는 소년을 불러 점심을 함께했다. 농장 주인은 실제로는 부인이 없이 혼자 살았다. 소년은 하루가 다르게 농장 일에 익숙해져 갔고, 건장한 청년으로 자라서 다른 곳으로 떠났다.

소년의 마음을 헤아리는 농장 주인의 배려심이 잘 나타난다. 실제로는 부인이 없었지만, 부인이 음식을 많이 싸 준다고 중얼거리는 대목이 우리를 감동케 한다. 생색내지 않고 도와주고 보살핀다는 마음이었기에, 소년도 마음에 부담 없이 음식을 나누었을 것이다. 그런 음식을 먹고 소년은 키가 자라고 생각이 자랐을 것이다. 그렇게 농장도 함께 커갔을 것이다.

메르스 파동(2015년)으로 혼란을 겪는 중에 우리나라에서도 감동적인 일이 일어났다. C도시의 한 건물주가 상가 세입자들에게 이런 문자 메시지를 보냈다.

"요즘 메르스 여파로 장사가 안 되어 힘드시죠. 세입자분들의 고통을 분담하겠습니다. 6월 한 달 월세는 반만(1/2) 주십시오. 사실 저도 어려워서 힘들게 결정했습니다. 호의를 받아주시고 열심히 사업하셔서 좋은 결과 보시기 바랍니다. 건물주 드림. 문자로 회신 주시면 감사하겠습니다."

건물주의 문자는 농장 주인의 음식과 마찬가지로 작은 배려이다. 작지만 그 가치는 매우 크고 그 뜻은 매우 높아 보인다. 상대의 마음을 헤아리는 공감의 언어, 공감의 행동이기 때문이다. 농장 주인과 음식을 함께 나누며 소년의 생각과 키가 자랐듯이, 건물주의 몇 마디 배려의 말은 메르스로 고통받는 세입자들이 용기를 내어 살아갈 수 있도록 변화시켰을 것이다.

위 이야기들에서 우리가 깨닫게 되는 중요한 사실이 또 하나 있다. 배려의 가치가 공동체의 건강성을 키운다는 사실이다. 사회적 강자가 일방적으로 배려를 베푸는 것 같지만, 사실은 배려하는 쪽이나 배려받는 쪽이나 양쪽이 모두 공존하고 양쪽이 함께 번영을 누린다는 점이다. 작은 행동이지만 긍정적인 파장이 아주 큰 배려, 우리의 생활 속에 깊이 스며들었으면 좋겠다.

아버지와
아들이
외나무다리를
건너는 법

　　우리 민족은 유독 배려심이 남다른 혈통을 지녔다. 삼강오륜三綱五倫이 윤리적 덕목이었다면 사단四端(측은지심, 수오지심, 사양지심, 시비지심) 칠정七情(희, 노, 애, 락, 애, 오, 욕)은 정서적 덕목이었다. 사단도 칠정도 모두 인간의 본성에서 나오는 마음씨였기 때문이다. 사단 가운데에서도 우리나라 사람의 성정性情에 가장 잘 맞는 것은 사양지심이다. 사양지심辭讓之心은 남을 배려하여 양보하는 마음이다. 특히 맹자는 이를 예절의 극치라 여겼다.

　　우리 민족이 사양지심이 극진한 것은 정情이 많은 민족성 때문이다. 사랑은 식어도 미워할 수 없는 감정이 정이다. 한 번 정이 들면 분명한 이유가 있어도 끊지 못하는 게 우리 민족의 성정性情이다. 이성으로 맺어진 사회는 분열이 심하나 정으로 맺어진 사회는 분열이 적다.

우리가 아는 민담 중에 의좋은 형제 이야기는 사양지심이 극진한 우리 민족의 원형질이 잘 나타난 옛날이야기이다.

논에 벼가 잘 익어 추수할 때가 돌아왔다. 형제는 벼를 베어 각각 낟가리를 만들었는데 공교롭게도 크기가 똑같았다. 우리가 각각 쌓은 낟가리를 갖도록 하자고 형이 청하자 동생도 좋다고 했다. 그날 밤 동생이 생각했다.

'형님은 나보다 식구도 많은데 똑같이 나누는 것은 불공평해.'

동생은 곧바로 논에 나가 자기의 낟가리에서 볏단을 형의 낟가리에 옮겨 쌓는다. 동생이 집에 들어왔을 때 형도 낮의 일을 생각한다.

'동생은 이제 막 살림을 차렸는데 나하고 똑같이 나누는 것은 불공평해.'

형은 곧바로 논에 가서 자신의 낟가리에서 볏단을 동생의 낟가리에 옮겨 놓는다. 다음 날 밤 달이 구름에 가려 있었다. 동생이 논에 나가보니까 낟가리가 똑같아졌다. 이상하게 생각하고 다시 볏단을 옮기기 시작했다. 형님도 똑같이 볏단을 옮기기 시작했다. 그때 달이 구름 속에서 나와 두 형제를 비추었다. 두 형제는 서로를 알아보고 얼싸안았다.

동생은 형이 식구가 많으니까 벼를 더 가져가야 한다고 생각하고, 형은 동생이 이제 겨우 새살림을 차렸으니까 벼를 더 가져가야 한다고 생각했다. 동생은 동생대로 형은 형대로 서로 상대를 먼저 생각하는 배려심이 이야기의 중심을 이루는 아포리즘(메시지)이다. 세상에

떠도는 말로 말하면 형님 먼저 아우 먼저이다. 우리가 지켜내야 할 아름다운 사양지심辭讓之心의 전통이다.

　배려의 공존공영의 법칙은 현재 분단 모순을 극복해야 할 우리 민족에게는 금과옥조와도 같은 실천 덕목이다. 남북이 국제법상으로는 한 민족 두 국가로 나뉘어져 있지만 정말 다른 나라라고 생각하는 이는 소수에 불과하다. 다만 이 필연적인 하나됨을 위한 노력이 부족했을 뿐이다. 이미 1950년대 말 하근찬 소실가는 2세대(일세와 한국 전쟁)에 걸쳐 수난을 당하고 불구가 되어 버린 우리 민족이 지향해야 할 덕목이 배려임을 맑은 정신으로 기술한 바 있다.

　　징용에 끌려가 오른쪽 팔을 잃은 아버지 박만도가 한국 전쟁(6·25동족상쟁)에 나간 아들이 돌아온다는 날 정거장으로 나간다. 여느 때 같으면 한두 군데 앉아 쉬어야 넘을 수 있는 용머리재를 단숨에 넘어 정거장 대합실에 도착했다. 아들을 태우고 오는 기차가 도착할 시간이 한 시간이나 남았다. 그는 안심이 되는 듯, 휴우 숨을 내쉬며 궐련 한 개 빼 물고 불을 당겼다. 성냥불 폭발의 이미지가 징용에 끌려가 굴속에서 일하다가 다이너마이트가 폭발하는 이미지로 오버랩 된다. 섬에다가 비행장을 닦는 일이었다. 굴속에서 만도가 불을 댕기는 차례였다. 모두 바깥으로 나가버린 다음, 그는 성냥을 그었다. 쾅! 굴 안이 미어지는 듯하면서 다이너마이트가 터졌다. 만도가 어렴풋이 눈을 떠 보니, 눈앞에 팔뚝이 하나 아무렇게나 던져져 있었다. 자신의 팔뚝이 잘려나간 것이다. 쐐애액— 기차 소리였다. 기차에서 내릴 사람은 모두 내렸다. 아들의 모습은

눈에 띄지 않는다. 만도는 자꾸 가슴이 떨린다. '이상한 일이
다' 하고 있을 때 뒤에서, '아부지!' 하고 부르는 소리가 들린
다. 옛날과 같은 진수가 아니었다. 양쪽 겨드랑이에 지팡이를
끼고 서 있는데, 스쳐가는 바람결에 한쪽 바짓가랑이가 펄럭
거리는 것이 아닌가. 집으로 돌아오는 길 개천 둑에 이르렀다.
외나무다리가 놓여 있는 그 시냇물이다. 한참을 망설이다가
아버지가 말을 건넨다. "진수야, 자아 업자." 진수는 지팡이와
아버지가 들었던 고등어를 각각 한 손에 쥐고, 아버지의 등어
리로 가서 슬그머니 업힌다. 만도는 아직 술기가 있었으나, 용
케 몸을 가누며 아들을 업고 외나무다리를 조심조심 건너간
다. 눈앞에 우뚝 솟은 용머리재가 이 광경을 가만히 내려다보
고 있었다.

　일제에 의해 아버지는 팔이 잘리고, 아들은 한국 전쟁 중에 다리를
잃었다. 이들 부자의 앞에 놓인 외나무다리는 두 부자의 앞에 놓인 위

태로운 미래를 상징한다. 팔은 잃었으나 다리는 온전한 아버지가 다리를 잃었으나 팔은 온전한 아들을 업고 외나무다리를 건넌다. 이는 아버지와 아들이 서로 결핍된 점을 채워 가면서 살아갈 때 위태로운 미래도 극복할 수 있음을 암시한다.

이처럼 《수난이대》는 두 세대에 걸친 수난의 가족사를 다룬 소설 같지만 사실은 우리 민족사의 과거와 미래를 함축적으로 다룬 소설이다. 소설의 인물은 소설을 감싸고 있는 사회의 한 계층을 대표한다. 박만도는 일제 강점기에 불구가 된 아버지 세대를, 박진수는 한국 전쟁으로 불구가 된 아들 세대를 뜻한다. 즉 식민지와 동족상쟁으로 두 세대가 불구가 되었으며 민족 전체가 불구가 되었음을 뜻한다. 민족 전체가 불구가 되었으니 민족의 앞에 놓인 미래의 역사 또한 위태로울 수밖에 없다. 그들 부자 앞에 놓인 외나무다리는 곧 우리 민족 앞에 펼쳐질 위태로운 미래의 상징이다. 서로가 부족한 점을 채워가면서 살아가야 민족 전체가 위태로운 역사를 극복할 수 있다는 메시지인 셈이다. 이 배려의 메시지는 지금도 유효하다. 이데올로기로 분단 모순을 극복하고자 할 때 백 퍼센트 실패한다. 이는 사자와 소 부부처럼 자기의 입장만 고집하는 것과 같다. 각각 자신의 입장을 버리고 서로가 상대의 입장을 읽는 자세로 다시 출발해야 한다. 그것은 나의 마음을 먼저 열 때 가능하다. 자기보다 먼저 상대를 배려하는 마음을 가질 때 가능하다. 그때 남북이 서로 허물없이 소통하며 화해의 단계에 이를 수 있다. 민족의 공존공영을 이룰 수 있다.

한 사람의
생각이
세상을
바꾼다

인류의 스승들은 모두 배려의 대가大家로 살았다. 그들이 남긴 말이 몇 천 년을 두고 인구에 회자되는 것은 그들의 삶 자체가 타인을 위한 배려의 삶이었기 때문이다. 석가는 자신의 몸을 태워 스스로 인류를 밝히는 등불이 되었다. 그 등불은 아직도 꺼지지 않고 시대가 어둡고 혼탁할수록 활활 타오르고 있다. 공자는 '내가 하기 싫은 것을 남에게 시키지 말라'는 말씀을 실천궁행實踐躬行(몸소 실천)했다. 그 말씀은 시대가 어지러운 지금 더욱더 귀하게 들려온다. 예수는 상처받은 자의 치유를 단 한 번도 내일로 미룬 적이 없다. 몸 전체를 우리에게 일용할 양식으로 내어 주었다.

근자에 예수의 제자 한 분이 나타났다. 그분은 삶 자체가 배려로 흠뻑 젖었다. 이름하여 종들의 종Servus Servorum 프란치스코 교황이다. 프란치스코 교황은 2014년 8월, 4박 5일 동안 한국을 방문해서 가는 곳마다 상처 입은 사람들을 치유의 손길로 어루만져 주었다. 위안부 할머니들, 밀양 주민들, 강정 마을 사람들, 쌍용차 해고 노동자 등 위로가 필요한 이들을 만나 손을 잡아 주고 안아 주고 축복해 주었다. 세월호 실종자 가족에게는 위로의 편지를 쓰고 묵주를 보내는가 하면, 실종자 9명의 이름을 직접 호명하며 그들이 빨리 가족의 품으로 돌아오기를 기원했다.

소형차를 타고, 철제 목걸이 십자가를 목에 걸고, 교황 전용 빨강 구두 대신 검정 구두를 신고, 낡은 가방을 직접 든 소박한 모습은 감동 그 자체였다. 말 한마디 행동 하나하나 추상적인 것은 없었다. 어찌 보면 아주 사소해 보일 정도로 구체적이고 실천적이었다.

메시지 또한 아주 구체적이고 선명했다. 한반도와 대한민국을 향해서는 화해의 키워드를 분명히 전달하고, 가난한 사람을 위해서는 실질적인 정책을 강조하고, 세월호 참사와 관련해서는 생명 존중을 강조하는 메시지로 한국 사회에 경종을 울렸다.

낮은 자세로 배려하고 인정하고 껴안는 프란치스코 교황을 보면서, 한국 사회 전체가 위로를 받고 감동의 눈물을 흘렸으며 희망을 읽었다. 2005년 교황 선출 과정에서 있었던 일화를 보면, 그분의 배려심은 상대와 공동체를 먼저 생각하는 데서 출발하지 않았나 생각된다. 콘클라베(교황 선출을 위한 회의)에 참석했던 추기경들도 그분의 이런 배려심에 큰 감동을 받았다고 한다.

115명의 추기경들이 콘클라베에 참석했다. 전체 투표자의 2/3 찬성을 얻으면 교황의 자리에 오른다. 3차 투표까지 2/3 득표자가 없으면, 4차 투표에서는 과반 득표자를 교황으로 인정한다. 1차 투표 결과 보수파인 요제프 라칭거 추기경이 47표를 얻었고, 진보파인 베르골료 추기경(현재 프란치스코 교황)은 10표를 얻었다. 이후 보수파와 진보파가 결집하여 2차 투표에서는 라칭거 추기경이 65표를, 베르골료 추기경이 35표를 얻는다. 3차 투표에서 라칭거 추기경은 72표를 베르골료 추기경은 40표를 얻는다. 라칭거 추기경이 5표가 모자라서 2/3를 획득하지 못했다. 그렇게 투표가 거듭될수록 베르골료 추기경의 표가 늘어나 라칭거 추기경이 4차 투표에서 과반을 얻을 수 있는 상황이 못 되었다. 이때 베르골료 추기경이 가톨릭교회의 안정을 위해서 가장 필요한 결심을 한다. 그는 자신보다 가톨릭교회를 먼저 생각하는 사람이었다. 그는 휴식시간에 라칭거 추기경에게 투표를 해달라고 눈물을 흘리며 간곡하게 호소했다. 그 결과 4차 투표에서 라칭거 추기경이 84표를 얻어 영광스럽게 베네딕토 16세 교황의 자리에 올랐다(위르겐 에어바허,《프란치스코 교황》).

프란치스코 교황은 어느 곳에서든 먼저 손을 내밀고 먼저 손을 잡고 먼저 안아 주고 먼저 기도하고 먼저 축복해 주었다. 자신보다 상대와 공동체를 먼저 생각했다.

배려는 이처럼 먼저 손을 내미는 것이다. 먼저 손을 내미는 것은 먼저 마음을 여는 것이다. 상대와 공동체를 먼저 생각하는 마음이다. 마음을 먼저 열고 다가갈 때 타인도 경계하지 아니하고 마음을 열고 받아들인다.

자연은
인류의
마지막 스승

　　우리나라 사람의 삶의 기준도 물질 숭배 하나로 획일화되어 버렸다. 사람들은 휘황한 물질의 불빛을 쫓아 도시로 몰려들었다. 사회는 상상할 수 없을 정도로 빠르게 변화하고 복잡해졌다. 물질을 얻기 위해 경쟁에서 이겨야 살아남을 수 있는 시대가 되었다. 그렇다 보니 이기심으로 무장하게 되어 사람의 마음이 완악해졌다. 우리 사회에서 소설보다도 더 소설적인 끔찍한 광경이 연일 연출되는 까닭이 여기 있다.

　이런 살풍경 속에서나마 간혹 보이는 타인을 배려하는 광고, 카피, 작은 행동들은 우리의 마음을 따뜻하게 한다. 간혹 보인다고 했지만, 사실은 조금만 마음의 눈을 열고 보면 우리 사회 곳곳에 배려가 보석처럼 박혀 있다. 버려진 땅에 꽃을 심어 주위를 환하게 만드는 게릴라

가드닝 멤버들은 우리의 어둡던 마음을 꽃처럼 환하게 바꿔 준다. 실수한 선수의 어깨를 감싸 주는 행동, 전철 안의 노약자 장애인 보호석, 소녀 돌봄 약국 광고, 내일의 주인공을 맞이하는 핑크 카펫, 임산부 보호석에 쓰여 있으되 '표시가 나지 않는 임신 초기는 세심한 배려가 필요한 시기'라는 카피를 보았을 때는 가슴에서 뜨거운 무엇이 목울대를 향해 올라온다. 정보를 쌓아놓고 부지런한 손을 기다리는 검색창, 보이스피싱을 예방해주는 '뭐야 이 번호'와 같은 앱, 전 지구적으로 친구 관계를 맺어주는 SNS는 우리 삶의 공간을 넓혀주고 너와 나의 거리를 좁혀 준다. 청첩장에 적힌 계좌 번호와 같이 정보화 시대의 장점을 빠르게 적용한 배려를 보면 기발하다는 생각이 들기도 한다. 의사의 따뜻한 말 한마디는 환자의 아픔을 달래 주며, 비행기를 타고 하늘을 날 때 맞이하는 스튜어디스의 밝은 미소는 승객의 마음을 편안하게 해 준다.

장사가 잘되는 음식점엔 손님에 대한 배려가 흠뻑 배어 있다. 손님에게 친절하고 깍듯하게 대한다. 분위기는 환하고 음식은 정갈하다. 소품 하나까지 정성스럽게 진열해 놓았다. 손님의 신발을 나갈 때 신기 편하게 놓아주는데 반드시 긴 집게로 신발을 집어 정돈한다.

그럼에도 불구하고 우리 사회 전체의 배려 지수는 아직 미약한 수준에 머물러 있다. 비단 우리 사회뿐만이 아니다. 물질 숭배로 획일화된 인류 세계 전체의 배려 지수는 점차로 낮아진다. 이대로 가다가는 미구에 인류 사회는 파멸에 이르고 말 것이다. 나만이 인간만이 잘 살겠다는 이기심은 급기야 인간의 낙원인 자연을 파괴하고 말았기 때문이다.

자연은 인류의 마지막 스승이다. 자연 그 자체가 배려이다. 인간이 롤모델로 삼아야 할 배려의 스승은 오직 자연뿐이다. 인류 역사상의 어떤 성인도 자연처럼 살라 했을 뿐 자연으로 산 사람은 없다. 천체는 늘 일정한 거리를 두고 운행하고, 해는 또박또박 아침에 떴다가 저녁에 진다. 날이 밝으면 어둠은 반드시 빛에게 자리를 양보한다. 그리고 해가 지면 빛은 어둠에게 자리를 양보한다. 나무들은 그 빛과 어둠을 나눠 가지며 숲을 이루고, 그 숲에서 나비와 새가 날고 토끼며 사향노루가 뛰논다.

인간도 자연의 일부였지만, 혼자 잘난 체하다가 낙원에서 쫓겨났다. 혼자 떨어져 살면서 사회적 동물이라 자처하며 마침내 문명사회를 건설했지만 낙원으로 돌아가기에는 몸집이 너무 커졌다. 인류가 다시 자연의 품에 온전히 안길 수는 없어졌다. 하지만, 파멸로 가는 속도를 조금이라도 늦출 수는 있다. 그러기 위해선 이쯤해서 성장을 멈추어야 한다. 아낌없이 주고 또 주는 자연의 배려심을 배워야 한다. 그리고 이제는 더 이상 인간 중심의 사회적 동물에 머물지 말아야 한다. 풀잎 하나를 잘못 건드리면 우주의 균형이 깨진다는 우주적 존재로 거듭나야 한다. 만물의 영장이 아닌 구체적인 하나의 생명으로 거듭나야 한다.

겨울

PART 4

#분노 #트라우마 #용서

참자, 내일
살아야 하니까

나의 현재를
과거에
맡길 수 없다

자유인의
길

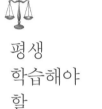

평생
학습해야
할
마음 다스림

현명한 사람은 분노의 감정을 잘 관리한다. 그는 마음 다스림을 아는 사람이요, 삶의 다스림임을 아는 사람이다. 그런 사람은 분노의 표정을 함부로 내보이지 않고, 분노의 행동도 함부로 보이지 않는다. '노怒하기를 더디 하는 자는 용사보다도 낫고 자기의 마음을 다스리는 자는 성城을 빼앗는 자보다도 낫다(잠언16:32)' 순간의 욱하는 성질을 참는 것은 자신의 영혼을 구하는 것이고, 자신의 영혼을 구하는 것은 세상을 구하는 것이다. 반대로 순간의 욱하는 성질을 참지 못해 내뱉는 말은 관계를 악화시키거나 단절시키고 심지어 상대에게는 마지막 말이 될 수도 있다.

심리학자 캐롤 태브리스는 '분노는 제대로 인정받지 못한 감정'이라고 정의한다. 사회와 개인 간에 발생하는 분노든 개인 간에 발생하는 분노든 모두 타인으로부터 인정받지 못한 데서 나오는 감정이다. 화를 엄밀하게 바라보면 외부의 자극에 관한 과격한 반응이다. 즉 받아들임의 한 태도인 것이다. 모멸감에 대한 방어 표현의 태도이며, 위협받는 가치를 보호하고자 하는 의지의 태도이다. '자신이나 친구가 정당하지 못한 멸시를 받았을 때, 이를 복수하기 위한 괴로운 욕망(아리스토 텔레스)'의 태도이며, '타인에게 해악을 끼친 어떤 사람에 대한 미움(스피노자)'의 태도이다.

분노가 무서운 것은 참다 참다 가스처럼 폭발하고, 약한 사람 쪽으로 표출되며, 전 생애 동안 표출한다는 점이다. 우리나라 사람의 분노 지수는 이미 위험 수위를 넘어섰다. 묻지마 살인, 존속 살인과 같은 끔찍한 사건이 연일 터지고 있다. 아파트에 사는 사람들은 층간 소음으로 다투고 도로 상에서는 자동차 경적을 울렸다고 다투는 일이 계속되고 있다. 거기에다 모든 국가적 시스템은 고장 나 버렸다. 국민의 안녕과 평화를 지키지 못하는 지도자들의 국가 관리, 지배적인 경제 논리 경쟁 논리, 오직 대학만을 가기 위한 교육, 청년 실업률 증가, 직장에서의 차별 대우, 노년의 불안, 빨리빨리 문화, 수직적 사고방식, 지역주의, 교통 체증, 새치기와 같은 사소한 문제에 이르기까지 화나는 일들투성이다.

사촌이 땅을 사도 배가 아프고, 남편이나 아내는 서로 네 탓만을 하며 화내고, 부모는 자식 탓 자식은 부모 탓하며 화낸다. 모두가 내 맘 같지 않아서 화가 난다. 대체로 사람들은 자신의 진심을 아무도 알아주지 않는다고 화를 낸다. 그리고 부당한 일을 겪게 될 때, 모욕감이나 위협감을 느낄 때, 신체적 정신적 구속을 당할 때, 배신을 당하거나 부당한 재산 손실을 입었을 때, 신뢰 관계가 깨지는 때, 자신이 견고하게 유지해 왔던 원칙이 허물어질 때에 불같이 화를 낸다.

분노가 일면 평상시의 자신이 아니라 괴물로 변한다. 평소와는 전혀 다른 거친 행동을 한다. 이성적 인식 능력을 상실하고, 행동 통제 능력도 상실한다. 토마토는 열을 받을수록 영양 성분이 살아나고 체내 흡수가 잘 된다. 그러나 사람은 열을 받을수록 숨이 가빠지고 침이 마르고, 부아(허파)가 끓어오르고, 콧방울이 커지고, 얼굴이 붉으락푸르락한다. 입을 꾹 다문다든가 상대를 노려보기도 한다. 위산이 증가하고 폭발할 듯이 머리가 뜨거워진다. 무엇보다 치명적인 것은 스트레스 호르몬인 '노르아드레날린'이 분비되어 좋은 뇌세포를 파괴한다는 것이다.

외향적인 사람은 위협적으로 대화하고, 주먹으로 물건을 치고, 문을 꽝 닫기도 하며, 소리를 고래고래 지르기도 한다. 내향적인 사람은 도피하거나 자기비판을 하면서 분노를 잘 통제하고 있다고 착각한다. 외향적인 사람이든 내향적인 사람이든 분노를 어떻게 표현하느냐가 중요하다. 폭력적인 방법으로 표현하는 태도도 문제이지만 무턱대고 꾹꾹 참는 태도도 문제이다. 그 순간은 참되 시간이 지난 후 침착한 태도로 대화를 하거나 아예 처음부터 상대의 화를 받아들이지 않는 태도 또한 바람직한 분노 대처법이다.

태양 빛이
너무
따가워서

가장 위험한 사람은 욱하는 성격을 가진 사람이다. 욱하고 내는 분노는 돌발성 분노이다. '돌발성 분노는 예상치 못한 때에 갑작스럽게 나타나는 예측 불가능한 변신과도 같은 분노로, 자신의 생각이나 감정 그리고 행동에 대한 통제력을 부분적으로 혹은 완전히 상실하게 된다.'(로널드 T. 포터-에프론,《욱하는 성질 죽이기》) 사람 사이에 일어나는 큰 사건은 대부분 욱하고 홧김에 하는 행동들이다. 욱하는 순간을 참지 못해 상대방에게 쏟아내면 그 순간은 시원하지만 자신이 쏟아낸 말들은 천 개의 독화살을 단 부메랑이 되어 돌아온다.

카뮈의 소설《이방인》에는 뫼르소라는 주인공이 등장한다. 타인에 대한 무관심이 극에 달하여 어머니의 나이도 잊어버린 부조리한 인간이다. 해변가에서 아무 까닭도 없이 아라비아인에게 총격을 가하고, 법정에 나가서는 태양빛이 너무 따가워서 총을 쏘았다고 터무니없는 진술을 한다. 결국 재판장으로부터 프랑스 광장에서 목이 잘리게 되리라는 판결을 받고 감옥에 간힌다. 감옥에 갇혀 자유를 잃었을 때 비로소 세상에 대한 관심을 갖는, 자신이 죽을 때 몇몇 사람이 자신을 지켜봐 주기를 바라면서 죽어가는 역설적인 인간이다.

뫼르소는 바로 부조리한 현대인의 초상이다. 우리 사회는 뫼르소 같은 사람들이 연일 돌발적인 분노를 터뜨리고 있다. 누구에게 물어봐도 자신을 빼놓고는 모든 사람이 잘못되었다고 믿는다. 묻지마 폭력이 횡행하고, 앞차와 뒤차 간의 격투가 벌어지고, 가족 간 재산상의 충돌로 아버지나 어머니를 정신 병원으로 몰아넣는가 하면, 갑질의 횡포로 을의 분노가 연일 터져 나오고 있다. 문제는 너무도 많은 뫼르소 같은 사람들 때문에 엉뚱한 타인이 희생양이 된다는 점이다. 정말로 무서운 것은 돌발적인 화를 참지 못하면 업장(카르마)을 유산으로 물려주게 된다는 점이다. 언젠가 출근길에 이런 광경을 목격한 적이 있다.

가족 나들이 철이었다. 운전하던 남편이 옆에 앉은 부인과 심하게 다툰 모양이다. 남편은 길가에 차를 세우더니 불같이 튀어나왔다. 부인도 차에서 나왔다. 남편이 휴대폰 배터리를 비틀어 빼더니 길바닥에 내팽개친다. 부인은 팔짱을 끼고 서서 남편을 째려보고 있다가 울고 있는 어린아이를 사정없이 때린다.

운전 중에 스냅 사진처럼 스쳐 간 장면이지만 오랫동안 기억에서 사라지지 않는다. 휴대폰을 박살 내는 걸 보아 휴대폰 속의 어떤 사건이나 인물이 그들의 갈등과 관련이 있을 거란 추측이 든다. 그래서 휴대폰을 길바닥에 내던지며 분풀이를 했을 것이다.

　문제는 어린 자녀들이다. 부부가 다투고 나서 자녀들에게 화풀이를 한다면 자녀들은 희생양이 되고 만다. 자녀들은 부모의 사랑이 필요한 대상이지 화풀이 대상이 아니다. 부모가 갈등하는 사건과 어린 자식은 아무 상관이 없다. 부모를 화해시킬 능력도 없으며, 그 자리를 피해서 달아날 능력도 없다. 부모의 폭력적인 모습이 자식들에게 평생 지울 수 없는 트라우마로 남는 까닭이 여기에 있다. 그렇게 화인火印처럼 찍힌 트라우마로 말미암아 자녀들은 자주 화를 내며 성장하게 된다.(관계/부부 싸움의 3단계 참조)

　'화를 내면 다른 사람에게 피해를 주지만, 화를 낸 당사자에게는 더 많은 피해를 끼친다.' 톨스토이의 말이다. 화의 감정이 일면 온갖 장애물이 눈앞을 가려 부메랑처럼 자신에게 돌아오기 때문이다. 그래서 화를 잘 내는 사람은 관계 형성이 뜨악해지고, 가정에서조차 신뢰를 얻지 못한다. 어리석은 사람은 즉석에서 화를 낸다. 화가 난다고 즉각적으로 말해 버리면 감정이 폭발할 우려가 있다. 그러나 지혜로운 사람은 화의 감정 표현을 늦춘다. 어떤 연유로 생긴 화든지 15초만 늦춘다면 화로 인한 화를 면할 수 있게 된다. 15초가 길다면 10초만 늦춰 보라. 10초가 길다면 3초만 늦춰 보라. 그리고 내가 화내고 있음을 알아차리자. 화내고 있는 내가 괴물로 변해 있음을 알아차리자. 나를 화나게 한 사람에게 분노의 감정을 말하는 것도 화를 삭이는 지혜로운 방법이다. 그런 말 또한 하루 정도 늦추어서 말하는 게 좋다. 분노의 감정을 말하되 직접 소통이 바람직하고 효과적이다. 직접 당사자에게 말해야 속이 후련하게 풀린다. 엉뚱한 사람에게 분노의 감정을 말로 표현하는 것은 특히 삼가야 한다. 그런 소통을 간접 소통(삼각관계 소통)이라 하는데, 간접 소통은 일시적으로는 분노가 가라앉을 수 있으나 근본적인 치유가 힘들다. 영화 〈44번 버스〉 여주인공의 분노 표출은 참지 못하는 세대의 비극을 그대로 재현한다.

어떤 여성 기사가 버스를 몰고 있다. 깡패 3명이 기사한테 달려들어 성희롱을 한다. 승객들은 모두 모른 척한다. 한 중년 남자가 깡패들을 말리다가 심하게 얻어맞는다. 급기야 깡패들이 버스를 세우고 여성 기사를 숲으로 끌고 들어가서 번갈아 성폭행한다. 한참 뒤 깡패 3명과 여성 기사가 돌아온다. 여성 기사는 중년 남자한테 다짜고짜 내리라고 한다. 중년 남자가 주뼛거리며 내리지 않겠다고 한다. 여성 기사는 '당신이 내릴 때까지 출발 안 하겠다'고 단호하게 말한다. 중년 남자가 그대로 버티니까 승객들이 나서서 그를 강제로 끌어내린다. 버스의 문이 닫히고 그의 짐이 창밖으로 내던져진다.

버스가 출발한다. 여성 운전기사는 커브길에서 속도를 줄이지 않는다. 버스는 그대로 천 길 낭떠러지로 돌진하여 추락한다. 중년 남자는 아픈 몸을 이끌고 길을 따라 터벅터벅 걸어 가다가 버스 추락 현장을 목격한다. 저 아래 낭떠러지를 바라보니 방금 자신이 타고 왔던 그 버스였다. 운전기사는 물론 승객 모두 사망했다.

이 영화는 실제 사건을 영화화한 작품이라고 한다. 정의감이 실종된 오늘의 인간에 대한 경고성 메시지를 주제로 한 영화다. 정의로운 중년 남자를 살려두어 관객에게 감동의 메시지를 전해 준다.

그러나 여성 기사의 화풀이 방식은 좀 문제가 있어 보인다. 그녀는 욱하는 성질을 가진 여성인 듯하다. 성폭행을 겪으면서 극도의 모멸감과 수치심으로 이성적 통제가 불가능한 분노의 상태에 빠진 게 분명하다. 분노에 대한 복수심은 적대자와 방관자 모두에게 투사되었다. 그리고 불과 몇 분 후 그녀의 복수심으로 적대자와 방관자와 자신을 죽음으로 몰고 갔다.

물론 자신을 화나게 한 폭행 당사자들과 방관자이며 이기적인 승객들에 대한 복수심이 드는 것도 당연하다. 하지만 복수심으로 그들 모두와 즉시 동반 자살을 선택한 것은 지나친 보복 행태이다. 순간의 화를 참지 못해 낸 참극이다.

> 욱하는 성질은 누구든 조금씩 갖고 있다. 욱하는 마음에 일을 그르친 경험을 해 보았을 것이다. 그런 경험 때문에 시간이 한참 지났는데도 죄의식에 빠져 있을지 모른다. '분노하는 성질이 터졌을 때 가장 무서운 것은 행동 조절이 불가능해진다는 것이다. 최악의 경우 실제로 사람을 죽일 수도 있다. 그들은 내 것 네 것 가리지 않고 물건을 부수기도 한다. 다른 때라면 절대로 하지 않았을 끔찍한 말을 하기도 한다.'
>
> 로널드 T. 포터 에프론, 《욱하는 성질 죽이기》

홧김에 서방질한다고 홧김에 하는 행동은 반드시 후회를 낳는다. 화를 통제하지 못한 상태에서의 행동이기 때문에 뒷감당하기가 매우 어려워진다. 홧김에 하는 말은 폭언이 되고, 홧김에 먹는 음식은 폭식이 되고, 홧김에 하는 운전은 폭력 운전이 되고, 홧김에 마시는 술은 폭음이 된다.

  미국 격언에 미성숙한 사람은 작은 것에 목숨을 건다는 말이 있다. 순간의 화를 참지 못해 낭패를 보는 일이 얼마나 많았던가. 앞에서도 말했듯이 화가 났을 때 화가 났음을 알아차리고 화가 나서 괴물로 변해 있는 자신을 바라보면 화가 가라앉는다. 알아차림은 화를 지그시 누그러뜨리는 힘을 얻는다. 그런 자신을 지긋이 바라보는 여유도 얻는다. 그리고 자신이 내고 있는 화를 바라보며 화를 연민의 마음으로 어루만지게 되는 것이다.

홧김에 하는 행동은 반드시 후회를 낳는다.

홧김에 하는 말은 폭언이 되고,
홧김에 먹는 음식은 폭식이 되고,
홧김에 하는 운전은 폭력 운전이 되고,
홧김에 마시는 술은 폭음이 된다.

화가 나서 괴물로 변해 있는 자신을 바라보면 화가 가라앉는다.
그리고 자신이 내고 있는 화를 바라보며 화를 연민의 마음으로
어루만지게 되는 것이다.

차곡차곡
분노를
쌓아가는
가족

성격이 우유부단한 사람, 참기를 잘하는 사람, 자존감이 부족한 사람이 잠재적 분노를 일으키기 쉽다. 생존력, 무력감, 수치심, 버림받은 느낌과 같이 욱하는 성질을 일으키는 문제들은 같지만 위협 요소는 돌발성 분노에 비해 천천히 축적되는 대신 오래간다.

'잠재적 분노는 특정 개인이나 집단에 대해 오랫동안 화가 축적되었을 때 나타난다. 잠재적 분노에는 피해 의식이나 어떤 사건에 대한 병적인 집착, 범죄자에 대한 도덕적 분노와 증오, 복수에 대한 환상 그리고 간혹 범죄자를 계획적으로 습격하는 행동 따위가 포함된다.'

로널드 T. 포터 에프론, 《욱하는 성질 죽이기》

어느 지방 도시에서 일어난 끔찍한 사건이다. 한 중학교 교사가 퇴근길 골목에서 칼을 맞고 죽었다. 살인범은 교사의 10년 전 제자였는데, 중학생일 때 그 교사로부터 부당한 폭력을 당했다고 생각하고 복수심을 키워오다가 일을 저질렀다고 한다. 잠재적 분노가 얼마나 무서운 결과를 낳는지를 보여주는 사건이다. 잠재적 분노를 키워가는 사람들은 자신을 분노케 하는 사람들을 쉽게 용서하지 못하는 경향이 있다. 과거에 당했던 모욕에 대한 분노가 시간이 지날수록 강해지기 때문이다. 이러한 사람들은 자신에게 화를 내게 한 사람들을 도덕적으로 타락했으며 괴물이며 악마여서 이 세상에 존재 가치가 없다고 굳게 믿는다.

모스코바 대학생 라스코리니코프(도스토옙스키, 《죄와 벌》)는 전당포 노파에 대한 감정을 오랫동안 간직해 오다가, 마침내 그 노파를 죽이고 죄의식에 사로잡힌다. 젊은 청년의 원대한 꿈은 물거품이 되고 그의 삶은 전체가 기울고 만다. 분노심은 가슴속에 오래 담아둘수록 위험하다. 가까운 사이나 가정 내에서의 가족 구성원 간의 문제일 때 더욱 심각하다. 대부분의 가정 내에서 가족 구성원 간에 잠재적 분노가 항시 잠복하고 있다. 어떻게든 이를 해소하지 않으면 잠재적 분노는 가정을 서서히 침몰시켜 간다. 언제 폭발할지 모르기 때문이다.

S부인은 평생 은행원 남편과 자식들의 뒷바라지를 하며 살았다. 남편은 상고를 나와 은행에 들어갔다. 성실하게 일하여 승진이 빨랐다. 동료들보다 먼저 몇 군데 몫이 좋은 지역의 지점장을 맡았다. 그런데 감원 바람이 불자 고속 승진이 독이 되어 동료들보다 먼저 퇴출당했다. 그의 나이 50대 초반이었다. 그는 집안에 틀어박혀 밥 먹고 텔레

비전 보는 게 일이었다. 자식들 결혼 준비도 부인 혼자 힘으로 다 해냈다. 그렇게 10년이 지났다. 부인은 여기저기 몸에 이상 신호가 오기 시작했다. 자식들은 결혼 후엔 얼굴도 비치지 않고, 전화 한 통 없다. 남편과 자식들에게 배신감이 들기 시작했다. 남편에게나 자식들에게나 말하기도 싫어졌다. 사는 게 죽는 것보다 못하다는 생각이 들었다.

배반감이 잠재적 분노로 변한 씁쓸한 이야기다. 남편은 직장의 배반에 분노하고, 아내는 남편과 자식들의 배반에 분노한다. 세상에 배반의 상처보다 더 큰 상처가 있을까? 배반의 상처는 인간과 인간 사이의 본질적 신뢰 기반을 무너뜨린다. 신뢰성을 잃은 인간관계란 회복 불가능한 깊은 상처 덩어리를 만들어 놓는다. 마음을 열지 못하니 우울감에 빠질 수밖에 없다. 화를 밖으로 표출하지 못하고 안으로 삭이려고만 한다. 그런 날이 계속되면서 문제의 원인도 모른 채 하루하루 죽어가고 있다. 해결되지 않은 화가 독이 되어서 부글부글 끓어오른다.

'화를 안으로 삭일 때 그것은 우울증이나 자기 비난으로 표현된다. 그것은 과거에 대한 기억을 바꿔 놓고 현실을 보는 관점을 왜곡한다. 화를 처리하지 않으면 분노가 된다.'

엘리자베스 퀴블러 로스, 《인생수업》

현실에서 억압된 화는 결코 사라지지 않는다. 반드시 안정된 출구로 그때그때 내보내야 한다. 그렇지 않으면 화가 차곡차곡 쌓여서 미구에 화산처럼 폭발한다.

이 부부는 착한 게 문제이다. 마음이 착해서 자신 안에서만 화를 삭이려 하다가 스스로 희생자가 될 처지에 놓여 있다. 부부가 다 우울감에 빠져 있다. 자존감도 완전히 상실했다. 겉으로는 둘 다 멀쩡해 보이지만 실제로는 독거노인 둘이 한 집안에 사고 있는 것이나 마찬가지다. 이런 경우 외부의 적극적인 도움이 필요하다. 둘 중의 한 사람을 선택하든 두 사람 모두를 선택하든 밖으로 끌어내야 한다.

요즘은 시어머니가 며느리의 눈치를 보다가 큰일을 내는 사건이 자주 일어난다. 며느리는 직장에서 돌아오면 손자 봐주는 시어머니에게 짜증 섞인 목소리로 나무란다. '왜 아이에게 주는 음식이 거칠으냐, 왜 예방 주사를 제때에 안 맞히느냐?' 그때마다 시어머니는 며느리가 밖에서 일하느라고 힘들어서 짜증내는 거라고 생각하여 꾹꾹 눌러 참았다. 하루는 며느리가 병원에 갔다 와서 임신했다고 시어머니께 알렸다. 그러자 갑자기 시어머니가 며느리에게 달려들어 목을 졸랐다. 잠재된 분노가 한순간에 터져 나온 것이다(그 시각 아들이며 남편이며 아버지인 가장은 모텔에서 다른 여자와 있었다). 시어머니는 자신의 범행을 부인했지만, 어린 손자의 진술에 의해서 범인임이 밝혀졌다. 범행 동기는 너무도 단순했다. 며느리가 아이를 또 낳아서 자신을 괴롭힐 거라 생각하니 화가 치밀어 견딜 수 없었다고 했다.

지구촌 밖에서나 있을 법한 이 이야기, 소설보다 더 소설적인 이 끔찍한 이런 이야기는 지금 우리나라에서 아무렇지도 않게 자행되고 있다. 가족 간의 소통다운 소통은 없다. 오직 서로가 서로를 탓하며 원망하고 있을 뿐이다. 가정의 안전판 장치가 완전히 고장 나 버렸다. 무책임한 아들이 가족들을 외면한 채 밖으로 나도는 사이, 며느리와 시어머니는 차곡차곡 분노를 쌓아오고 있었던 것이다. 문제는 분노로 참극을 저지른 당사자들에게서 끝나지 않는다는 점이다. 아무 죄도 없는 어린 손자가 씻기 어려운 트라우마를 유산으로 물려받게 되었다. 갈등의 골이 깊을수록 상처는 크다. 상처가 클수록 분노는 들끓는다. 시어머니와 며느리의 잠재적인 분노 속에는 증오, 배신, 체념, 피해 의식이 가득했다. 홍수에 댐이 무너지듯 무너져 버리고 말았다. 아들은 아내에게 하루하루 분노를 심어주고, 며느리는 남편으로부터 받은 분노를 그대로 시어머니에게 전이시키고, 시어머니는 분노를 켜켜이 쌓아가다가 결국 며느리를 죽이고 말았다. 그 끔찍한 광경은 손자의 눈동자 속에 죽기까지 각인되어 있을 것이다.

잠재적인 분노 해소법은 여러 가지가 있다. 우선 닫힌 마음의 문을 열어 줄 다정하고 속 깊은 말벗이 필요하다. 좋은 말벗은 닫힌 세계에서 열린 세계로 나아가게 하는 통로의 역할을 한다. 좋은 말벗은 단절된 관계를 소통의 관계로 전환시켜 주는 화해의 중개자 역할을 한다. 사실은 교사에게 복수의 칼을 댄 제자에게도 S부인에게도 시어머니나 며느리에게도, 그뿐 아니라 우리들 모두에게 다정한 말벗이 필요하다 (봉사란 아주 특별한 곳에서만 하는 게 아니다. 내 주위 모든 사람이 봉사의 대상이다. 가장 쉽게 봉사자가 되는 길은 말벗이 되어 주는 것이다).

말벗이 되어 이렇게 인도하면 어떨까? 피해자라고 생각하는 사람이 피해 준 사람을 찾아가 표현하게 하는 것 말이다. 자신을 화나게 한 상대를 찾아가 직접 말로 표현하는 것은 매우 바람직한 분노 해소법이다. 상대가 누구든 두려워하지 말고 그때의 감정을 표현하는 것이다. 이때 상대의 입장에서 먼저 생각하는 공감 대화법은 마음의 문을 여는 데 아주 효과적이다. 사랑의 편지도 상대의 문을 여는 데 효과적이다. 어머니가 차분하게 아들에게 사랑의 편지를 써 보았으면 어땠을까. 틱낫한의 책《화anger》에 나오는 한 대목을 인용해 본다.

사랑하는 아들에게, 나는 네가 말 못할 고통을 당해왔다는 걸
잘 안단다. 엄마로서 나는 책임을 느끼지 않을 수 없구나, 너
에게 내 마음을 제대로 전하지 못했던 게 참으로 미안하구나.
네가 너의 고통을 나한테 제대로 전달하지 못하는 심정이 어
떠했을지 나는 잘 안다. 이제는 모든 걸 바꾸고 싶구나. 이제
부터라도 우리가 서로 도와서 마음의 문을 열어보자.

똑같은 감정으로 며느리에게 사랑의 편지를 썼으면 어땠을까. 아니
면 며느리가 혹은 아들이 각각 사랑의 편지를 썼으면 어땠을까. 편지
쓰기가 힘들다면, SNS로 보내는 한마디의 문자만 주고받았어도 괜찮
았겠다.

부정적인
에너지를
긍정적인
에너지로

분노를 엄밀하게 바라보면 외부의 자극에 관한 과격한 반응이다. 즉 받아들임의 한 태도인 것이다. 과격한 반응이긴 하지만 모멸감에 대한 방어 표현의 태도이며, 위협받는 가치를 보호하고자 하는 의지의 태도이다. 이런 의미로 볼 때 분노가 반드시 부정적인 측면만 있는 게 아니라, 긴장감을 유지시키는 에너지원이 될 수 있음을 알게 된다.

생명수를 떠다가 자기를 버린 아버지의 병을 고쳐준 바리데기 공주 이야기라든가, 아내의 불륜 현장을 목격한 처용이 노래와 춤을 추어 외간 남자를 몰아냈다든가 하는 것은 분노의 에너지를 긍정적인 방향으로 분출하여 화해를 이룬 이야기들이다. 이보다 더 가치 있는 분노 해소법은 없을 것이다.

'그대는 이러이러하게 나를 분노케 했어. 그럼에도 불구하고 나는 그대를 용서해, 그럼에도 불구하고 나는 그대를 감사하게 생각해.' 이러한 태도로 받아들이고, 이런 태도로 살아간다면, 이런 사람은 어떤 환경에서도 자신의 역전 드라마를 쓸 수 있는 사람이다. 언제든 신의 축복을 받을 준비가 되어 있는 사람이라고 할 수 있다.

아니타 팀페는《분노는 나의 힘》이라는 책에서 예수를 분노에 내재된 긍정적인 힘을 가장 잘 발휘한 인물로 든다. 예수는 불의에 대해 분노를 억누르지 않지만 항상 용서가 준비되어 있는 동정심이 가득한 사람이라고 기술한다. 십자가 위에서 자신에게 못을 박는 병사들을 용서해달라는 장면은 분노가 긍정적으로 발휘된 지상 최대의 장면이 될 것이다.

위 저서에 기록된 내용 가운데 특히 독자의 눈길을 끄는 내용은 분노를 긍정적인 에너지로 바꾸는 방법을 기술한 부분이다. 예컨대 자신을 용서하기, 분노 일기 쓰기, 자신의 분노에 전문가 되기, 건강한 자기 가치 의식 세우기의 제안이다.

여기에 기록된 방법들은 모두 분노의 에너지를 긍정적인 방향으로 분출하는 방법이다. 어떤 방법이든 그대로 실천하면 자기 성장에 큰 도움을 얻는다. 자기 성장은 화해의 밑거름이 된다. 이 중에서 한 가지 방법만 고르라면 건전한 자기 가치 의식 세우기를 선택하고 싶다.

*분노
참자,
내일
살아야 하니까

목숨보다
귀한
사랑

소설의 인물은 소설을 감싸는 사회의 어떤 인물을 대표한다. 소설의 인물이 죽는다면 사회의 어떤 공적인 문제와 연결되어 있고, 사랑 때문에 목숨을 바친다면 목숨보다 가치 있는 게 사랑임을 만천하에 선포하기 위함이다. 그래서 소설의 인물은 만난을 극복하고 사랑하며, 어떤 위험도 두려워하지 않고 죽기를 각오하고 싸우며 사랑을 쟁취한다. 사랑을 쟁취하지 못하면 역사적 영웅처럼 목숨을 기꺼이 바친다. 그러므로 소설 속의 인물의 분노는 공적인 분노인 셈이다.

복녀의 얼굴에는 분이 하얗게 발리어 있었다. 신랑 신부는 놀라서 그를 쳐다보았다. 그 광경을 무서운 눈으로 흘겨보면서, 그녀는 왕 서방에게 가서 팔을 잡고 늘어졌다. 그녀의 입에서

는 이상한 웃음이 흘렀다. '자, 우리 집으로 가요.'

김동인, 《감자》

복녀의 분노에 찬 행위는 실정법상으로는 가중 처벌감이다. 그녀는 유부녀로서 다른 남자들과 뻔질나게 성적인 관계를 가져왔으며, 왕 서방의 집에 무단 주거 침입을 했고, 왕 서방 부부에게 폭력을 휘둘렀다. 그럼에도 불구하고 독자는 왜 복녀에게서 연민의 마음을 느끼는 것일까? 복녀의 내면에 숨겨진 사랑 때문이다. 가난을 면하기 위하여 뭇 남성들과 왕 서방에게 수시로 성을 팔았지만, 복녀의 내면에는 한 남자에 대한 사랑이 잠복하고 있었다. 그 대상이 바로 왕 서방이었다. 왕 서방이 새색시를 얻게 되면서 숨기고 있던 사랑이 표면으로 드러난 것이다. 왕 서방을 대상으로 삼각관계에 처하게 된 것이다. 삼각관계는 욕망인 대상을 차지하기 위해 경쟁 관계에 빠지게 되는 관계이다. 경쟁 관계에서 승리하기 위해 대상을 향해 돌진하게 되는데, 대상을 향한 돌진 같지만 사실은 경쟁자를 향한 돌진이다.

누군가를 사랑하며 산다는 것은 인간의 큰 행복이며 권리이다. 사랑하는 사람으로부터 사랑받으며 사는 사람만큼 행복한 사람은 없다. 인간은 모두 이런 삶을 꿈꾼다. 복녀가 꿈꾼 세상도 이런 세상이었다. 그런데 왕 서방이 새색시를 얻는 순간 그 꿈이 허망하게 무너져 버렸다. 그녀에게 사랑 없는 삶은 죽는 것만 못했다. 그녀는 죽음으로 죽음과 맞바꿀 유일한 가치는 사랑이라고 산 사람들에 전해 주고 있다. 목숨보다 귀한 것이 사랑이다. 복녀가 죽음과 목숨을 바꾸며 우리에게 전하고자 하는 메시지는 사랑이다.

로미오와 줄리엣은 집안의 반대에 분노하여 죽음을 선택했고, 춘향이는 탐관오리의 탐욕에 저항하며 죽기를 각오하고 사랑을 지켰다. 백치 아다다는 남편의 변심에 분노하여 돈을 뿌리고 자유의 바다로 떠내려갔으며, 천재 작가 김우진은 윤심덕과 함께 현실의 벽을 사랑으로 뛰어넘어 현해탄에 몸을 던졌다. 그들이 죽음으로 남긴 분노의 가치 또한 '사랑이 전부다'이다.

소설적 인물의 분노가 공적인 분노이듯이 시적 화자의 분노 또한 공적인 분노이다. 불행한 시대일수록 사회는 한쪽으로 심하게 기운다. 그때 의분義憤(의에 찬 공적인 분노)은 한쪽으로 기우는 사회의 균형을 잡아주는 기둥 역할을 한다. 나라가 백척간두의 위기에 처해있을 때 안중근 의사처럼 '이理와 의義에 찬 분노는 없어서는 안 된다(주자).' 이와 같은 공적인 분노는 '도덕과 용기의 무기가 된다(아리스토텔레스).' 사회적 비리와 불의에 대한 비분강개悲憤慷慨가 정의로운 사회 건설의 초석이 되고, 사회적 비리와 불의에 집단적으로 화를 내면 혁명으로 치닫는다(김광수,《감정커뮤니케이션》).' 이 공적인 분노는 공적 세계에 대한 사랑에서 비롯된다. 평범한 사람들도 이런 훌륭한 사람을 만나면 세계관이 달라지고 시대와 역사와 사물을 보는 시각이 달라진다.

아픈
곳이
중심이다

산다는 것은 마음에 상처를 쌓는 일이다. 타자로부터 상처를 받기도 하고, 타자에게 상처를 주기도 한다. 손톱 밑에 가시도 빼내야 편안해지듯, 마음의 작은 상처도 치유해야 편안해진다. 그러므로 몸도 마음도 아픈 곳이 중심이다.

몸에 생긴 상처를 흉터라 하고, 마음에 생긴 상처는 트라우마라 한다. 트라우마는 외상 후 스트레스 장애PTSD를 뜻하는 말로 충격적인 사고를 경험한 뒤 겪는 고통을 가리킨다. 외상 후 스트레스 장애가 개인과 개인 사이에서 일어나는 경우를 개인적 트라우마라 하고, 자연재해·전쟁과 같은 역사적 사건과 개인 사이에서 일어나는 경우를 집단적 트라우마라 한다. 개인적 트라우마든 집단적 트라우마든 상처의 원인을 알고 올바르게 치유하면, 오히려 삶의 질을 향상시키는 기폭제가 된다. 그러나 치유하지 않고 방치하면 만성 우울, 불안, 인격 장애를 일으켜 일상생활에 불편을 초래한다.

산다는 것은 또한 늘 상실을 경험하는 일이다. 상실이 클수록 스트레스 지수는 높아진다. 가족과의 사별, 별거, 이별, 배신, 죽음 등의 상실이 매우 크게 느껴진다. 이 중에도 자녀를 잃은 부모의 상실감은 그 무엇과도 비교할 수 없을 만큼 크다. 창자가 끊어질 만큼 아파서 모원단장母猿斷腸이라고 한다. 그래서 부모가 죽으면 산에 묻고 자식이 죽으면 가슴에 묻는다고 한다. 부모보다 오래 살아야 할 존재인 자식이 먼저 죽었으니 부모는 자신이 살아 있는 한 잊지 못할 것이다.

그리고 무엇보다 자식을 잃은 부모는 자식을 보살펴 주지 못한 죄책감과 죄의식에 시달린다. 자식이 떠난 자리의 공허함과 허탈감은 죄의식과 죄책감과 함께 뒤엉켜 돌덩어리처럼 굳어간다. 때로는 간이 녹아내리고 때로는 저린 가슴을 안고 불면의 밤을 보내기도 한다. 가족 공동체로서 공유해 온 사랑과 희망과 기대를 한꺼번에 상실했기에 기쁜 일이 있어도 슬픔으로 반응한다.

"슬픔은 곧 치유의 감정입니다. 브래쇼는 슬퍼하는 것을 허락받는다면 우리는 자연스럽게 치유된다고 말합니다. 고통의 분출과 표현은 그것이 분노의 외침이든, 장맛비 같은 통곡이 든 부끄러운 것도 나약함의 표시도 아닙니다. 그것은 곧 내가 살아나기 위한 절실한 무엇입니다. 눈물이 죽은 이를 살려내거나 과거를 되돌릴 수는 없습니다. 하지

만 과거와 함께 죽어있는, 살아남았으나 죽은 자처럼 굳은 덩
어리가 되어 있는 나를 녹여내는 일입니다."

이봉희, 《내 마음을 만지다》

슬픔을 충분히 애도해야 한다. 가슴의 밑바닥까지 슬픔을 퍼내야 가슴속의 단단한 덩어리가 녹아내린다. 이때 주변 사람들의 위로는 상처 난 부위를 드레싱하고 약을 바르는 것과 같아서 많으면 많을수록 좋다. 가벼운 위로의 말, 따뜻한 차 한 잔, 포근한 포옹도 훌륭한 위로 방법이고, 함께 있어 주며 필요한 일을 돕는 것도, 함께 울어 주며 눈물을 닦아 주는 것도 슬픔을 나누는 바람직한 위로의 방법이다.

하늘 아래 피조물로 태어난 인간에게는 언제 어떤 일이 닥쳐올지 모른다. 남녀노소 직위 고하를 막론하고 부자든 가난한 자든 항상 좋은 일만 있는 게 아니다. 행복도 불행도 공평하게 온다. 행복은 잠깐 오고 불행은 해일처럼 한꺼번에 밀려온다. 다만 불행한 상황을 어떻게 극복하느냐의 차이가 있을 뿐이다.

말로 표현하기 힘들 만큼 아프고 슬프지만, 현명하고 지혜롭게 치유의 과정을 거쳐야 한다. 그렇지 않으면 부부 사이에 균열이 생기고 가족 구성원과의 사이에도 갈등이 생긴다. 타인과의 소통도 막혀버린다. 특히 자식에게 문제가 생겼을 때 부부간의 관계를 개선하지 않으면 파탄에 이른다. 부실했던 소통을 원활하게 하여 자연스런 부부 관계로 발전시켜야 한다. 솔직한 감정으로 대화하고 스킨십을 자주 하고 함께 기도하고 서로 존중하는 태도를 가져야 한다. 그래야 자식을 잃은 상실의 아픔을 이겨내고 앞으로 나아가는 삶을 살 수 있다.

새로이
나의 눈물을
지어 주시다

대부분의 사람이 슬픔을 애도하며 이겨 낸다면, 작가와 시인은 글쓰기(작품)로 재현하여 이겨 낸다. 상실 후의 비통한 심정을 문학적 형상화 과정을 통해 삭이고, 함축적인 언어로 승화시키는 과정을 통해 슬픔덩어리를 녹여내는 것이다.

유리琉璃에 차고 슬픈 것이 어른거린다
열없이 붙어 서서 입김을 흐리우니
길들은 양 언 날개를 파닥거린다
지우고 보고 지우고 보아도
새까만 밤이 밀려나가고 밀려와 부딪히고
물 먹은 별이, 반짝, 보석처럼 박힌다

밤에 홀로 유리를 닦는 것은
외로운 황홀한 심사이어니
고운 폐혈관肺血管이 찢어진 채로
아아, 너는 산새처럼 날아갔구나!

정지용,《유리창》

　잃어버린 자식에 대한 그리움과 슬픔을 견고한 이미지로 그려 낸 작품이다. 아버지의 비통한 심경을 주제로 하고 있으면서도 절제된 언어와 시적 형상으로 객관화한 점이 돋보인다. 밤에 홀로 유리창 앞에서 잃어버린 자식을 그리워하는 아버지의 모습이 그려진다. 아버지의 허전하고 괴로운 마음이 어둠으로 형상화되어 유리창 너머에서 파도처럼 반복적으로 밀려온다. 유리창에 불어 낸 입김에서 자식이 연상되고, 가냘픈 새의 모습이 쉽게 사라지는 모습에서 자신의 곁을 떠나 버린 자식이 비극적으로 형상화된다. 결국은 산새처럼 날아갔음을 인정하면서 아들을 잃은 상실의 슬픔을 언어미학으로 승화시켰다.

더러는
옥토에 떨어지는 작은 생명이고저……

흠도 티도,
금 가지 않은
나의 전체全體는 오직 이뿐!

더욱 값진 것으로

드리라 하올 제,

나의 가장 나아종 지닌 것도 오직 이뿐!
아름다운 나무의 꽃이 시듦을 보시고
열매를 맺게 하신 당신은,

나의 웃음을 만드신 후에
새로이 나의 눈물을 지어 주시다.

위의 시 〈눈물〉은 김현승 시인이 어린 아들을 잃고 어느 날 문득 쓴 시라고 한다. 시인은 가슴의 상처를 믿음으로 달래려는 심정으로 썼다고 창작 동기에서 밝히고 있다. 그 믿음으로 자신을 달래려는 마음은 '나의 가장 나아종 지닌 것'을 신에게 바치는 마음이다. 신 앞에서의 눈물, 그것은 옥토에 떨어지는 생명이며, 흠 없이 순수한, 나의 전체인 눈물이다. 인간이 신에게 드릴 최후의 것은 신 앞에서 흘리는 눈물인 셈이다. 꽃이 시든 후에 열매를 주시듯 웃음 뒤에도 새로이 지어 주시는 눈물이다. 슬픔이 눈물처럼 투명하고 빛나는 가치임을 역설적으로 받아들인다. 이 받아들임은 슬픔의 극복 의지이며, 슬픔을 눈물로 녹여내는 초극의 이미지이다.

박완서의 《나의 가장 나종 지니인 것》은 김현승의 시 〈눈물〉의 한 구절을 차용하여 제목으로 삼은 중편 소설이다. 그녀는 전쟁과 가난을 주제로 빛나는 작품을 쏟아내면서 독자의 사랑을 받아 왔다. 그러다가 뜻밖에 외아들을 잃고 혼절의 상태에 빠진다. 개인사적 아픔의 충격은 한국 문단을 선두에서 이끌던 자존감도 페미니스트 작가로서의 명망도 모두 삼켜 버렸다. 수도원에 들어가 하느님과 직접 대면하면서 산문집《한 말씀만 하소서》를 펴내고, 그것으로도 애도가 끝나지 않았다. 결국 이 소설을 집필하고 자식 잃은 슬픔의 덩어리를 풀어 버릴 수밖에 없었던 것으로 보인다. 이 소설은 아들을 잃은 어머니가 손위 동서에게 전화로 푸념하는 형식으로 꾸며졌다. 손아래 동서가 푸념하고 손위 동서가 듣는다. 혼자 무대 위에서 두 시간여 독백을 하는 어머니의 푸념이라고 상상하면 이해가 쉽겠다. 아들을 잃고 나서 어머니에게 큰 변화가 온다.

'지금까지 중요하게 생각한 것은 하나도 중요하지 않고, 하나도 중요하다고 생각지 않은 것이 중요해졌다. 전엔 남이 나를 어떻게 볼까가 중요했는데 이젠 내가 보고 느끼는 나가 더 중요하다. 전엔 장만하는 게 중요했는데 이젠 버리는 게 더 중요해졌다.'

타인을 의식하는 삶에서 자기 주도적인 삶으로 바뀌고, 채움의 태도에서 비움의 태도로 바뀌었다. 가장 마지막 보물인 아들을 잃은 후 삶에 대한 기대가 변화한 것이다. 소설의 끝자리에 이르러 마침내 어머니의 울음이 터진다. 내면에 차곡차곡 쌓였던 울음이 봇물처럼 터진다. 아무렇지도 않은 것처럼 꾸며 왔던 지난 세월이 모두 눈물에 녹아 떠내려간다. 눈물은 단단하게 뭉친 응어리를 녹이고 슬픔을 정화시킨다. 그 눈물은 전화를 받고 있는 손위 동서에게도 그대로 전이된다. 일관되게 위엄을 가장해 왔던 손위 동서가 비로소 손아래 동서의 슬픔을 슬픔 그대로 받아들이게 된 것이다. 전화통에 대고 말하는 이와 듣는 이가 함께 울고 있다. 이들의 눈물은 그대로 독자에게 감염된다. 눈물로 너와 내가 함께 이루는 공감과 치유의 소설인 셈이다.

내 안에
울고 있는
아이

우리의 의식계는 의식意識과 무의식無意識으로 나뉘어져 있다. 의식이 빙산의 일각(1/4)에 지나지 않는 데 비하여, 무의식은 바닷물에 잠기는 빙산(3/4)과 같다. 현실에서의 충격적인 사고는 억압되어 모두 무의식의 창고에 저장된다. 지하 저장고와도 같은 곳에 숨어 있으면서 돌덩어리처럼 굳어간다. 틈만 생기면 수면 위로 떠올라 사고 당시의 고통을 재현시킨다. 작은 마음의 상처도 원인을 알아내어 치유해야 하는 까닭이 여기에 있다.

상처는 말로 꺼내면 가슴이 시원하고 글로 풀어내면 머리가 시원해진다. 글쓰기 치료 방법 중 제일 먼저 권하고 싶은 방법이 자동기술법이다. 띄어쓰기, 맞춤법 등 이성적인 글쓰기 규칙을 무시하고 무의식에서 나오는 대로 쓰는 방법인데, 트라우마 치유에 아주 큰 효과를 갖는다. 끓어오르는 감정을 분출하여 카타르시스를 느끼면 더욱 효과적이다. 하루에 20분 정도씩 연달아 4일 쓰거나 일주일에 한 번씩 쓸 경우에도 정해진 시간에 정해진 장소에서 의식을 치르듯 쓰면 좋다. 주제는 자신이 자각하고 있는 고통을 대상으로 삼는 것이 바람직하다. 치유의 커뮤니티를 만들어서 함께 글쓰기를 하면 더욱 효과적이다. 매일매일 혼자서 쓰는 일기도 기록에 의존하지 않고 감정의 해소에 초점을 두어 쓰면 효과적인 치유의 글쓰기가 된다.

내가 진행하는 치유 커뮤니티에 말쑥한 신사가 참여한 적이 있었다. 12번의 나눔이 끝날 때까지도 그는 아무런 문제가 없는 듯이 보였다. 그런데 몇 달 후 우연히 사석에서 그를 만났는데 뜻밖에 나에게 공손히 대한다. 이유인즉, 나눔 커뮤니티에서 자동기술법 글쓰기를 한 후 자신도 몰랐던 치유를 경험했다면서 늘 고마운 마음을 가지고 있던 중이라 했다.

그는 은행원으로 퇴직하고 지금은 어느 대학 겸임 교수로 활동하고 있다. 자기 가정은 매우 평범하여 문제가 없었다고 한다. 그런데 단 한 가지 아내가 밖에서 조금만 늦게 들어와도 남편인 자신이 짜증을 냈다는 것이다. 그게 습관이 되어서 그런 대로 지내 왔는데 나이 50이 넘고 보니 점차 아내가 예민하게 반응하기 시작했단다. 그래서 자기가 왜 그렇게 작은 일을 참지 못하고 짜증을 내는지 원인을 몰랐다가 자동기술적인 글쓰기를 하고 나서 그 원인을 알게 되었다고 했다.

"저의 아버님이 그러셨어요. 어머님이 조금만 늦게 들어와도 호통이 심하셨거든요. 저는 무심코 넘긴 것 같은데 아버지의 그런 행동이 제 무의식 속에 자리 잡고 있었다는 걸 그때 알게 됐어요. 그래서 그 순간 아내에게 미안하다는 사과의 말을 정신없이 써 나갔어요. 동료들 눈치 보느라 겉으로 눈물을 흘리지는 못했지만 속으로는 많이 울었어요. 아, 그런데 말예요. 그렇게 숨 돌릴 틈 없이 쓰고 나니까 속이 후련해지는 거예요."

그런 일이 있은 후에 아내에게 실제로 자초지종을 얘기하고 짜증내서 미안하다고 사과를 하는 일도 어렵지 않았다고 했다. 비로소 가정의 평화를 찾았노라며 기뻐했다. 자신의 내면에 잠복한 트라우마 때문에 아내에게 상처를 준 사실을 발견하고 이를 지혜롭게 치유한 예라 하겠다.

> "사람들은 저마다 내면에 고통받는 아이를 품고 있다. 상처다. 꼭꼭 싸맨 상처라 겉으로 드러나지 않지만, 눈을 감고 조용히 유년으로 거슬러 올라가면 유년의 어느 날에 그 끈이 닿아 있다. 우리는 누구나 어린 시절 한때를 아프게 보냈다고 여기니까. 그것이 트라우마로 나타나 괴롭히기도 한다. 쓰라린 감정과 기억, 고통이 고개를 들면 우린 무시하거나 꾹꾹 눌러 내 안의 깊은 무의식 속으로 처박아 버린다. 왜냐하면 앞으로 겪을 고통이 보이니까. 무슨 일이 있어도 잊고 싶으니까. 우리는 몇십 년 동안 그 어린아이를 들여다보지 않았다. 아니 두려워서 들여다보지 못했다."
>
> 틱낫한,《화해》

왜 어린 시절의 상처는 그렇게 오래도록 지워지지 않는 것일까? 어린이는 어떤 존재인가. 워즈워드는 그의 시 〈무지개〉에서 어린이는 어른의 아버지라 했다. 니체는《차라투스트라는 이렇게 말했다》에서

어린이는 곧 무너질 모래성 쌓는 것을 즐긴다고 했고, 예수는 하늘나라는 어린이와 같은 사람들의 것이라 누누이 강조한다.

하얀 백지처럼 순수하고, 경건하며, 때 묻지 않고, 과거와 현재를 걱정하지 않으며, 오직 현재에 충실한 존재가 어린이라는 뜻이다. 그럼에도 불구하고 어린이는 육체적으로는 약하기에 상처받기도 쉬운 그런 존재이기도 하다. 부모와 공동체의 보호가 절대적으로 필요한 시기이다. 그래서 이 시기에 부모와 주변의 학대와 폭력과 따돌림(편애)과 무관심은 매우 큰 상처로 각인된다. 부모가 알게 모르게 준 상처를 자식은 어른이 되어서도 기억하는 까닭이 여기에 있다.

돌처럼
굳은
상처

외출하고 돌아오니 누님한테서 전화를 받았다고 남편이 알린다. 남편의 심기가 불편해 보였다. 시누님이 어린 시절 어머니한테 매 맞은 이야기를 들어보라며 말을 꺼내려는데 화가 치밀어 쏘아붙였다고 한다.

"그래 누님은 어머니한테 무엇을 잘 해드렸다고 평생 매 맞은 것만 분해하니 매 맞은 것도 매 맞을 짓을 했으니까 맞았지 잘했는데도 맞았단 말이에요? 여러 자식 건사하느라 고생만 하고 일찍이 가신 어머님이 불쌍하지도 않으세요. 나는 지금도 어머니 생각하면 눈물만 나오는데, 누님은 80이 되도록 분한 마음만 간직하고 있으니 큰딸로서 할 도리예요? 전화할 때마다 한 소리 또 하고 한 소리 또 하고 그러니 어느 누군들 좋아

하겠어요."

시누님은 남동생에게 하소연을 늘어놓으려다 동생의 갑작스런 반응에 놀라, "그래, 너 잘났어!" 하고는 전화를 끊었다고 했다.

이야기를 들은 나는 남편한테 '누님 말씀 잘 들어주지 뭘 그렇게까지 했느냐'며 나무랐다. 남편은 그렇게 해봐야 다시는 그런 전화 안 할 것이라고 했다. 나는 왠지 마음이 불편했다. 평생 풀지 못한 한 때문에 마음의 상처가 병이 되어 버린 시누님. 동생한테 마음속에 끓고 있는 한을 풀어 볼까 싶어 전화를 했건만, 어머니한테 매 맞은 얘기가 서두에 나오자 동생이 발끈 화부터 내니까 말도 못하고 전화를 끊고 말았던 모양이다. 믿었던 동생이었기에 애끓는 심정을 다 털어놓고 싶었을 텐데.

그 시절엔 3대가 함께 살고 있는데다 시집간 고모네 식구까지 한데 모아 살게 됐다고 한다. 식구가 많다 보니 불편한 것이 이만저만이 아니었다. 시어머니는 불평도 못하고 벙어리 냉가슴만 앓을 수밖에 없었다. 이런 환경이다 보니 속상한 일이 있기만 하면 애꿎은 당신 큰딸한테 화풀이로 매를 들었다. 자그마한 일이라도 잘못하거나 말대꾸를 할라치면 여지없이 매를 맞았다. 시도 때도 없이 매를 맞으면서 어린 딸의 가슴속에 어머니는 무서운 존재로 각인되었다.

어리고 철없을 때는 철이 없어 맞았다지만 성인이 되어 혼인을 정해 놓고도 하루도 편할 날이 없었다. 시집갈 준비하느라 하얀 천에 십자수를 놓고 있을 때, 어머니가 와락 달려들어 내동댕이쳤다. 비가 주룩주룩 퍼붓는 안마당 한가운데서 눈이 부시게 하얀 천을 부여안고 한없이 울었다. 이날 이후로 모녀 사이의 감정은 악화일로로 치달아 어머니가 생사를 넘나들면 서 화해의 손을 내밀었을 때에도 딸은 받아주지 않았다.

시누님의 어린 시절 매 맞은 이야기와 혹독한 시집살이는 내가 시집갔을 때부터 지금까지 몇 십 년 동안 듣는 단골 레퍼토리이다. 만나면 이야기하고 틈만 나면 전화로도 들려주었다. 맺힌 마음이 얼마나 컸으면 그러실까? 이해는 가지만 같은 소리 되풀이해서 듣는 사람은 짜증이 나기 마련이다. 한참 이야기를 듣다 보면 마치 네댓 살 난 아이가 칭얼대며 우는 소리처럼 들린다.

시누님은 결혼 후 시집살이도 청양고추보다 매웠다. 남편이 군 입대를 하자, 시어머니는 며느리가 양식을 축낸다며 친정으로 보내기 일쑤였다. 친정에서도 처음에는 그냥저냥 받아주었지만, 두 번 세 번 횟수가 잦을수록 눈칫밥이 심했다. 부끄럽기도 하고 면목도 없었다.

할 수 없이 다시 시댁에 가서 죄인처럼 살았다. 믿을 사람은 신랑뿐인데 군대에 가고 없으니 그야말로 사고무친四顧無親이었다. 시어머니의 곱지 않은 눈초리, 시누이들의 싸늘한 표정, 시아버지마저 처음에는 잘 해주시더니 마음이 변하여 며느리를 미워했다. 시집살이의 수위는 점점 높아만 갔다. 한번은 참다못해서 말대꾸를 했다고 한다. 이 일이 있고 난 후 시댁 식구들의 미움은 더욱 심했다. 남편이 휴가라도 나오면 시어머니는 아들 며느리 사이를 갈라놓으려는 이간질이 일이었다. 심지어 아들한테 며느리를 때려 주라고 부추겼다. 그때마다 남편은 마당가에 나가 망연히 하늘만 바라보았다고 한다.

남편이 군 생활을 마치고 직장을 잡아서 도회지로 나오게 되었다. 맨몸이지만 시댁의 소굴을 빠져나오니 하늘을 날 것 같았다. 시댁에서는 며느리가 밉다고 쌀 한 톨도 보탬이 없었다. 친정집의 도움으로 단칸방을 얻어 신접살림을 차렸다. 시댁 대소사가 있을 때마다 잔치 음식을 힘들게 마련해서 이고지고 시댁에 가면 수고했다는 한마디 말도 없이 음식 타박만 했다. 시어머니는 운명할 때에도 며느리와 일부러 눈을 마주치지 않았다 한다.

시누이 남편은 성실하게 일하여 영전을 거듭했고 대도시에서 터를 잡았다. 거기에서 시누이 부부는 5남매를 낳아 훌륭하게 키워냈다. 자식들 모두가 괜찮은 대학을 나와서 누구나 부러워할 직장을 다니고 손자 손녀들도 남부럽지 않게 영민하게 잘 자라고 있다. 그런데 문제는 여기에 있었다. 시누님이 앉은 자리 선 자리마다 아들 자랑 딸 자랑 손자 손녀 자랑을 한다는 것이다. 한숨 섞인 옛이야기에다가 자식 자랑에 손주 자랑까지 레퍼토리가 눈사람처럼 불어난 것이다. 아픈 상처와 자식 자랑을 끊임없이 늘어놓으니까 집안 형제들은 시누님과 아예 만남 자체를 피하게 되었다.

오늘도 시누님한테 온 전화를 내가 받았더라면 시누님은 어릴 적 상처와 매운 시집살이와 아들 자랑 손주 자랑을 한참 동안 했으리라. 그러다가 문득 중학생 손자 밥해주어야 한다고 하시면서 전화를 끊으셨을 것이다.

권희일, 《돌처럼 굳은 상처》 전문

트라우마로 고통받고 있는 당사자와 주변인들이 그를 받아들이는 태도가 어떠해야 하는가를 모범적으로 보여주는 작품이다.

과거의 트라우마가 돌덩어리처럼 굳어져버려 끊임없이 고통을 겪는 80세 할머니. 그 할머니의 단골 레퍼토리는 친정어머니와 시어머니로부터 받은 상처와 자신의 아들 손자 자랑이다. 할머니의 반복되는 이야기는 80세 된 할머니가 하는 소리가 아니라 네댓 살 된 미성숙한 어린아이가 칭얼대는 것이다.

'어린 시절의 상처는 훗날 다른 사람에게 투사되곤 하는데, 이런 감정을 전이 감정이라고 한다. 프로이트가 명명한 전이 감정轉移感情은 과거의 경험이 현재 관계에 부정적인 영향을 끼쳐 상대를 착각하고 오해하게 만드는 현상이다.'(최광현,《가족의 두 얼굴》)

이 글 속의 할머니에게 상처를 준 상대는 친정어머니와 시어머니이다. 그런데 할머니는 친정어머니와 시어머니한테 받은 상처를 형제들에게 전이시키고 있다. 이 얼마나 무서운 상처인가. 친정 식구들이라도 자신의 한을 들어주고 자신의 자랑을 들어주면 좋으련만 한 소리하고 또 한다고 오히려 소외(따돌림)시킨다. 소외당하는 사람은 배신감을 갖게 된다. 할머니의 상처는 점점 덧나서 눈사람처럼 불어난다.

할머니가 과거의 아픔을 자꾸 되풀이하는 것은 할머니에게 그 사건이 그만큼 중요하다는 뜻이다. 자꾸 가족들에게 동조해 주기를 기대하지만, 아무도 들어주지 않고 오히려 소외시키니까 마음속 응어리는 더욱 커지고 단단해질 수밖에 없다. 그 아픔은 타인에 대한 부정적 감정으로 발전하고 확산된다. 주변인들을 가해자처럼 인식하면서 스스로 만든 갑옷 속에 갇히고 만 것이다.

할머니가 가족들에게 아들 자랑 손자 자랑을 되풀이하는 것은 일종의 과시이지만, 실은 자식들과 손자들과 자신을 동일시하는 심리적 방어 메커니즘이다. 가족 구성원으로부터도 따돌림을 받으면서 외로운 처지가 된 할머니의 자랑(자기 과시)일 뿐이다. 자기 과시는 현재 자신이 불행한 상태에 있음을 반증하는 태도이다. 엄밀히 말해서 자식의 성공이나 행복이 부모의 성공이나 행복은 아니다. 자신이 지금 어떤 상태에 있느냐가 중요하지 자기 이외의 누가 어떤 상태에 있느냐는 그리 중요하지 않다.

'과거에 상처받은 이야기를 한참 하다가 중학생 손자 밥해 주어야 겠다면서 전화를 끊었을 것이다.' 이렇게 끝나는 이 작품의 마지막 구절은 이 할머니의 불행한 현재를 있는 그대로 보여 준다. 현재 불행하지 않으면 과거의 상처에 얽매이지 않는다. 이 할머니는 아무리 아들 자랑 손자 자랑을 하지만 여전히 부엌에 갇힌 삶을 살고 있다. 이처럼 과거에서 현재까지 온통 자기 삶을 살지 못하고 누군가를 위해서 살아온 할머니의 무의식의 내면에는 어마어마한 퇴적층과 같은 아픔이 쌓일 수밖에 없다. 이렇게 크고도 단단한 돌덩어리 같은 한이 안에 쌓여 있는데 어떻게 남의 말이 귀에 들어온단 말인가.

아픔을 품고 있는 사람은 남의 말을 들을 줄 모른다. 자기 말밖에 할 줄 모르고, 사랑을 움켜쥘 줄만 알았지 나눠줄 줄 모른다.

이런 누님에게 남동생은 큰딸이면서도 나이 80이 되어가지고 왜 어머니 생각을 못하고 같은 소리만 하느냐고 타박한다. 남동생의 발언은 매우 도덕적이고 이성적이다. 그러나 이와 같은 권위적인 충고성의 말은 성숙하지 못한 내면의 아이가 내내 울고 있는 누님에게 고통을 가중시킬 뿐이다. 혹여 위로의 말이라고 생각하여 무심코 표현하는 교훈적인 말도 아파서 우는 아이에겐 아무 도움이 되지 않는다.

　이 할머니를 위한 1차적인 치유는 듣기이다. 할머니가 듣고 싶어 하는 한마디 공감의 언어이다. 말하는 이의 편견을 버리고 상대의 말에 전적으로 공감하는 태도로 소통하는 언어이다. 그리고 2차적인 치유는 맞장구이다. 과거의 상처 때문에 원망하는 대상을 같이 원망하고, 아들 손자 자랑하면 같이 칭찬해주면 된다.

　할머니의 3차적인 치유는 용서이다. 친정어머니와 시어머니 살아 계실 제 용서했더라면 이토록 오랜 세월 고생하지 않았어도 될 텐데 안타까운 일이다. 할머니가 지금이라도 세상을 떠나기 전에 친정어머니와 시어머니를 용서해야 한다. 그렇지 않으면 할머니의 트라우마가 자식들에게 대물림된다. 미움의 대물림이 바로 업장(카르마)의 대물림이다.

　할머니를 위한 4차 치유는 부엌에서 해방시켜 드리는 일이다. 이는 할머니의 아들, 며느리의 몫이다.

나
다시
돌아갈래

우리 민족은 유달리 집단적 트라우마를 많이 갖고 있다. 우리의 힘으로 근대 국가를 만들기도 전에 식민지 국가로 전락하면서 아직도 식민 트라우마에서 온전히 벗어나지 못하고 있다. 해방은 맞이했지만 곧이어 형제 살육의 전쟁으로 핏금을 그어놓고 지금도 형제의 가슴에 총을 겨누고 있다. 종내는 한 민족이 두 국가로 분단되면서 분단 트라우마를 겪고 있으며, 민주화를 쟁취하는 과정에서 고통받은 파시즘 트라우마 또한 아직까지 미해결된 채로 남아 있다.

영화 〈박하사탕〉은 파시즘 트라우마를 문제 제기의 기초로 삼은 작품이다. 주인공이 역사적 사건에 연관되어 지속적인 상처를 받으면서 영혼과 육체가 파괴되는 과정을 그리고 있는 영화이다. 이 영화의 사건 전개는 과거, 현재, 미래로 이어지는 선형적 구조가 아니라, 현재에서 과거로 거슬러 올라가는 비선형적 구조로 전개된다. 이런 구조는 사건의 인과관계因果關係가 역순으로 진행된다. 결과가 먼저 나오고 원인이 뒤에 밝혀지기 때문에 관객을 영화에 몰입시키는 효과가 있다. 또한 관객으로 하여금 '왜 이런 일이 벌어졌는가'라는 질문을 낳게 하는 효과도 있다. 관객의 적극적인 참여를 유도하는 플롯이라 할 수 있다.

제1장, 1998년 봄. 주인공 김영호는 IMF 사태로 몰락한다. 아내에게 이혼 당하고, 가구점 동업자에게 배신 당하고, 주식으로 남은 돈 다 날리고 나서 무기력과 절망의 극한적인 트랜스에 빠진다. 20년 전 첫사랑 윤순임을 처음 만났던 야유회 장소로 간다. 때마침 20년 전에 공장에서 함께 일했던 동료들이 야유회를 즐기고 있다. 영호는 그들과 건성으로 인사를 하고는 철로 위에 선다. 달려오는 기차를 마주한 영호는 '나 다시 돌아갈래.' 하고 절규하면서 영화가 시작된다. 화면은 기차가 달리는 모습으로 가득 찬다. 이야기가 과거로 거슬러 올라간다는 의미를 기차 화면으로 처리한 것이다. 모두 7장으로 구성되어 있는데 각 장이 끝날 때마다 과거로 거슬러 올라가는 기차가 보인다.

제2장, 영호가 자살하기 사흘 전. 가진 돈을 다 털어 권총을 구입한다. 복수해야 할 상대가 너무 많단다. 뜻밖에 만난 순임의 남편은 영호에게 순임의 부탁이라며 사진기를 건네준다. 그의 손에 이끌려 순임이 누워 있는 병실로 간다. 순임의 남편이 죽어가는 순임 곁에서 박하사탕을 들고 오열한다. 영호는 사진기를 4만 원에 팔아 버린다.

제3장, 1994년 여름. 35살의 가구점 사장 영호는 운전 교습 강사와 바람피우는 아내를 폭행하고, 가구점 미스 리와 바람을 피운다. 음식점에서 과거 형사 시절 자신이 고문했던 남자와 마주친다. 새집을 사서 집들이 하는 날 손님을 초대해 놓고 아내가 기도를 오래 하는 바람에 집을 뛰쳐나온다.

제4장, 1987년 봄. 고문의 달인이 된 프로 형사 김영호. 아내는 만삭이었지만 권태기가 찾아왔다. 그해 4월 잠복근무차 군산으로 출장 간다. 군산에 순임이가 산다는 소식을 들었다며. 만날 순 없지만 그녀가 밟은 땅을 밟고 그녀가 걷는 길을 걸으면 그녀와 함께 있는 것이나 마찬가지라고 말한다. 카페 여종업원 품에 안겨 순임을 부르며 울음을 터트린다.

제5장, 1984년 가을. 신참 내기 형사 김영호는 선배 형사들을 닮아간다. 자신의 순수성을 부인하듯 첫사랑 순임을 마음에서 밀어낸다. 순임이 선물로 준 사진기를 되돌려 준다. 자신을 짝사랑하던 홍자와 결혼한다. 순임을 만난 지 5년째 되는 해였다.

제6장, 1980년 5월. 전방 부대에서 근무하던 신병 김영호. 광주에 긴급 투입 병력으로 차출된다. 출동 준비 중에 관물대에 쌓여 있던 박하사탕이 바닥에 떨어지면서 군홧발에 으깨진다. 그날 순임이 면회 왔다가 되돌아가는 모습을 출동하는 트럭에서 본다. 시민군과 교전하다 다리에 총을 맞는다. 광주역 기차와 기차 사이에서 오발 사고로 여고생을 죽인다. 오직 폭력만이 난무하는 극악한 상황을 겪으며 그는 큰 상처를 받고 삶이 파괴되어 간다.

제7장, 1979년 가을. 구로 공단의 야학에 다니는 갓 스무 살의 영호와 순임은 일행을 따라 소풍을 나왔다. 둘은 서로 좋아했으며 순수한 사랑으로 행복감에 젖었다. 눈부신 햇살 아래 영호는 순임이 건네준 박하사탕이 세상에서 최고로 맛있다고 말한다. 그리고 돈을 벌면 사진기를 갖고 싶다고 한다. 그 후로 순임은 영호에게 보내는 편지에 박하사탕을 동봉하여 보냈다.

작중 주인공 영호의 비극은 역사적 사건으로부터 시작되었다. 그 역사적 사건인 광주민주화운동은 그가 역사적 트라우마를 갖게 된 시초였으며, IMF는 그의 생을 마감하게 한 역사적 사건이었다. 그 두 가지 집단적 트라우마 사이에 폭력 경찰 집단에서 받은 트라우마와 동업자의 배신, 아내와의 이혼 등이 배치되어 있다. 그는 집단적 트라우마와 개인적 트라우마를 중첩되게 갖고 있었으며, 또한 피해자이면서 동시에 가해자였다.

국가와 사회와 개인에 대한 배신으로 말미암아 그는 어떤 사람도 신뢰할 수 없었던 것이다. 배신은 근원적인 신뢰를 빼앗는다. 이런 트라우마로 가득 찬 그는 용서할 힘도 잃었고 배신자가 많아서 복수의 대상을 찾기도 힘든 절망의 밑바닥에 빠져 있다.

영호가 겪은 집단적 트라우마는 영호 개인만의 문제가 아니라는 점에 주목해 보자. 영화 속의 영호는 수많은 영호

중의 한 삶일 뿐이다. 영호와 반대편에 섰던 집단의 욕망과 영호를 사건의 현장에 투입한 집단의 욕망이 부딪치는 과정에서 헤아릴 수 없는 영호가 생긴 것이다. 그러므로 개인적 트라우마의 치유와는 달리 집단적 트라우마의 치료는 전폭적으로 국가와 사회의 차원에서 이루어져야 한다. 용서와 화해의 차원에서 국가와 사회가 나서서 납득할 만한 보상을 해 주어야 한다. 경제적인 보상, 신체적인 보상은 물론 정신적인 보상이 지속적으로 이루어져야 한다. 집단적 트라우마는 역사적 과정에서 집단의 욕망이 좌절되었기 때문에 제대로 치유되지 않으면 시대가 바뀌어도 집단적으로 끊임없이 현재화되기 때문이다.

트라우마는
존재하지
않는다

　　지금까지 외부로부터 상처를 입고 고통받는 사람들이 스스로 치유하는 방법과 주변인들이 어떻게 위로할 것인가에 초점을 두었다. 모든 결과는 원인이 있다는 프로이트의 원인론 입장에서 논의를 전개해 온 셈이다. 상처가 너무 깊어 스스로 치유하기 힘든 이에게는 도움의 손길이 필요하다. 병원으로 인도하고 공동체로 인도하여 사람과의 관계 맺기를 시도해야 한다. 정상적인 듯 보이는 대다수의 사람들이 경증 환자인 치유 대상이다. 다만 중증 환자에 비해 스스로 상처 치유를 할 수 있는 개연성이 높다는 것이다. 이들에게는 트라우마를 전면 부정한 아들러의 목적론을 적극 권장한다.

　　철학자, 아들러의 심리학은 트라우마를 명백히 부정하네. 이런 면이 굉장히 새롭고 획기적이지. 분명히 프로이트의 트라우마 이론은 흥미진진한 데가 있어. 마음의 상처(트라우마)가 현재의 불행을 일으킨다고 생각하지. 인생을 거대한 이야기라고 봤을 때, 그 이해하기 쉬운 인과 법칙과 드라마틱한 전개는 사람들의 마음을 사로잡고 놓아주지 않는 매력이 있어. 하지만 아들러는 트라우마 이론을 부정하면서 이렇게 말했네. "어떠한 경험도 그 자체는 성공의 원인도 실패의 원인도 아니다. 우리는 경험을 통해서 받은 충격-즉 트라우마-으로 고통받는 것이 아니라, 경험 안에서 목적에 맞는 수단을 찾아낸다. 경험에 의해 결정되는 것이 아니라, 경험에 부여한 의미에 따라 자신을 결정하는 것이다."라고.

기시미 이치로의《미움받을 용기》에서 인용한 글이다. 과거의 상처에 의미 부여를 어떻게 하느냐에 따라 삶의 의미가 결정된다. 즉 의미 부여의 선택에 따라 삶의 방향이 결정된다고 할 수 있겠다. 과거의 상처로 고통받는 모든 사람들이 과거의 경험에 긍정적인 의미 부여를 하여 새로운 삶을 살아갔으면 좋겠다. 과거의 수렁을 훌훌 털고 일어나 자신의 삶을 스스로 결정하는 자기 주도적인 사람으로 거듭났으면 좋겠다. 모든 트라우마는 과거형이다. 그것을 진행으로 만드느냐 완료형으로 만드느냐에 따라서 남아 있는 삶의 질이 결정된다. 진행형이냐? 완료형이냐? 나는 끊임없이 완료형을 선택하라고 권유한다. 진행형으로 만들면 여전히 과거의 노예로 살게 되고, 완료형으로 만들면 그 순간부터 내 삶의 주인으로 살게 되기 때문이다.

여보
미안해,
내가
잘못했어

인간이 가장 하기 어려운 일이 다섯 가지가 있다. 남의 말을
듣는 일, 미움을 사랑으로 바꾸는 일, 나의 잘못을 인정하는 일, 죽음
을 받아들이는 일, 남의 잘못을 용서하는 일이다. 이 다섯 가지 중에
도 가장 실천하기 어려운 일이 용서이다. 용서할 권리를 지녔으나 원
수까지도 사랑하는 깊은 사랑이 아니면 행사할 수 없는 권리이기에
역설적이다. 용서, 세상에서 가장 역설적인 말이다. 그래서 용서는 인
간의 몫이 아니라 신의 몫이라고 말한다. 정말 그럴까? 이렇게 어려운
용서도 용서하기로 결심하면 못할 바 없다. 그러나 큰 결심을 하고도
용서할 때를 놓치면 회한을 남긴다.

얼마 전 남편을 저 세상에 떠나보낸 할머니와 이야기를 나눈 적이
있다. 어둠이 시나브로 내려앉는 저녁, 카페 한편 구석에서 할머니는

담담하게 이야기를 펼쳐 나갔다.

"남편의 유품을 정리하다가 청천벽력 같은 일을 경험했답니다. 여기저기 노트가 발견되었는데 도처에 이런 문구가 적혀 있었습니다. '여보, 미안해 내가 잘못 했어. 한번만 용서해 줘.' 세상을 떠났지만 마음 한구석에 남편에 대한 미움은 가시지 않았었는데, 그 문구를 보는 순간 평생 동안 쌓였던 미움이 한순간에 다 사라지는 거 있죠. 살아 있을 때 용서해 달라는 말을 했더라면 얼마나 좋았을까요. 여기저기 써놓은 걸 보면 아마 용서해 달라는 말이 자주 목에까지 올라왔는데 그때마다 도로 삼켜 버렸나 봐요. 자존심이 무척 강했었거든요. 아무리 소중한 말도 밖으로 표현하지 않으면 흙 속의 진주나 마찬가지가 아닐까요? 하기사 저도 그 양반이 살아계실 때는 미움밖엔 없었답니다. 그이의 말 행동 숨 쉬는 것까지 미워했으니까요. 저의 마음은 그이를 받아들일 공간이 전혀 없었어요. 그이 탓만 할 일이 아니지요."

사람들은 왜 쓸데없는 자존심을 그렇게 내려놓지 못하는 것일까. 끝까지 버티면서 불행하게 사는 까닭이 무엇일까. 어디서부터 잘못된 것일까? 마음을 머리에서 가슴으로 단 한번만 내려놓으면 그 몸속에 새로운 공기가 들어갈 텐데. 그러면 분명히 새로운 관계를 맺어 행복하게 살 수 있을 텐데.

미움이 가득 찬 불행한 삶을 다 마치고서야 속생각이 밝혀지는 삶은 정말 쓸쓸한 삶이 아닐 수 없다. 두고두고 회한만 품는 삶을 어느 순간 끊어내지 않으면 살아서 행복할 수 없다. '회한이 남는 삶을 살지 마세요.' 할머니의 목소리가 메아리처럼 울려온다.

알암이
엄마는
왜
머리를 잘랐을까?

이청준의 단편소설 〈벌레 이야기〉(이창동의 영화 〈밀양〉의 원작)는 용서할 권리조차 빼앗긴 여주인공이 결국 죽음을 선택하게 되는 비극적인 스토리를 담고 있는 소설이다.

알암이(초등학교 4학년)의 돌연스런 가출이 유괴에 의한 실종임이 확실시되자 엄마는 약국 문을 닫아걸고 아들 찾는 일에 집중한다. 김 집사가 옆에서 위로하며 알암이 엄마를 지켜준다. 유괴당한 지 20일 만에 약국 근처 건물 지하 콘크리트 밑에서 알암이가 참혹한 주검으로 발견된다. 범인은 면식범이었다. 알암이가 다니던 주산 학원 원장이었다. 알암이 엄마는 범인에 대한 배신감과 증오심으로 혼절 상태에 빠졌다. 김 집사의 끈질긴 설득으로 알암이 엄마가 하느님을 받아들이면서 기운을 차린다. 기도회나 부흥회에도 자주 참석하며 알암이의 영혼을 구원하기 위한 기도에 열중한다. 마침내 가장 고귀한 사랑은 용서임을 깨닫는다. 주산 학원 원장에게 용서한다는 말을 전하기 위해 교도소로 찾아간다. 원장은 너무도 평화로운 모습이었다. 하느님께 용서받고 구원의 은혜를 누리고 있는 모습이었다. 알암이 엄마는 다시 절망에 빠진다.

"그의 죄가 나밖에 누구에게서 용서될 수가 있어요? 그럴 권리가 하느님에게도 있을 수가 없어요. 그런데 하느님은 내게서 그것을 빼앗아 가 버린 거예요. 나는 하느님에게 그를 용서할 기회마저 빼앗기고만 거란 말이에요. 내가 어떻게 다시 그를 용서합니까?"

원장은 눈과 신장을 기증하고 라디오 인터뷰까지 마치고 교수형에 처해진다. 알암이 엄마는 하느님의 섭리와 인간의 존엄성 사이에서 방황하다가 양쪽 모두를 거부하는 방편으로 자살을 선택한다. 영화에서는 미장원에 가서 머리를 자르다 말고 뛰쳐나와 스스로 자기 머리를 자른다. 하수구에 쌓여 있는 머리카락이 클로즈업되면서 엔딩 음악이 흐른다.

다양한 논의의 여지를 담고 있는 이야기이다. 알암이 엄마는 왜 가해자를 용서하러 교도소를 찾아가는가? 알암이 엄마의 말대로 하느님이 용서할 권리조차 빼앗아 갔는가? 알암이 엄마가 소설에서처럼 자살을 선택했어야 옳은가? 아니면 영화에서처럼 새로운 삶을 살기로 마음을 바꾸었어야 옳은가? 결국은 용서의 권리를 가진 알암이 엄마가 그 권리를 어떻게 사용하느냐가 해답의 열쇠가 될 것이라 사료된다. 사르트르는 삶이란 매 순간 탄생과 죽음 사이의 선택(Birth와

Death 사이의 Choice)이라고 했다. 선택한다는 것은 방향을 결정하는 것이다. 용서할 권리를 가진 알암이 엄마가 선택해야 할 방향은 가해자가 있는 교도소가 아니라 자신의 마음으로 향했어야 하지 않았을까? 알암이 엄마가 그냥 마음속으로 혼자서 용서하면 되는 것이 아닐까? 상대방의 평화를 위한 것이 아니라 내 마음의 평화를 위해 하는 것이 용서니까. 내가 살아야 하니까. 자신의 삶을 거꾸로 뒤집어 놓은 사람을 용서하는 일은 실로 어려운 일이다. 그렇더라도 누구를 위해서가 아니라 자신의 마음의 평화를 위해 용서하고 잊어야 한다.

달라이 라마는 '용서는 자신에게 베푸는 선물이니 내가 행복해지기 위해 용서해야 한다(《용서》)'고 역설한다. 용서하지 못할 때 원한과 증오는 독이 된다. 진정으로 용서할 때 독이 제거되어 마음의 평안을 찾게 된다. 이 사건의 주체는 하느님이 아니라 알암이 엄마이다. 그렇다면 하느님이 용서할 권리를 빼앗아 갔다고 판단하는 것은 자신의 권리를 하느님한테 맡겨 버린 것이나 마찬가지이다. 용서는 자신의 몫이지 하느님의 몫이 아니다. 용서의 선택권을 강력하게 행사했어야 한다. 자신이 주체가 되어 당당하게 자신의 권리를 찾아서 의미 부여를 했어야 한다. 왜냐하면 결국은 자신의 인생에 관한 문제이니까.

아들의 죽음에 대한 엄마의 건강한 의미 부여가 있을 때 비로소 마지막 결말 처리의 리얼리티가 살아난다. 만약 이 문제가 하느님의 문제가 아니라 알암이 엄마 자신의 문제라는 주체 의식이 분명했더라면 소설에서처럼 자살의 길을 선택하지는 않았을 것이다. 슬프고 아픈 부정적인 에너지를 긍정적인 에너지로 바꾸어 꿋꿋하게 사는 일이 아들과 자신과 하느님을 위한 새로운 삶이 될 것이다. 그렇게 본다면 소설의 결말이 닫혀 버린 데 비해 영화의 결말은 열려 있다고 할 수 있다.

용서도 살아 있어야 가능하다. 일곱 번씩 일흔 번이라도 용서하라는 비유는 마치 암호처럼 기록되어 있다. 이 말의 표면적인 의미는 490번이라도 용서하라는 뜻이지만, 심층적인 의미는 지속성과 완전성의 의미를 함축적으로 담고 있는 말이다. 490이라는 숫자는 한 번 더, 많이, 무진장, 끝까지 등으로 의미화되는 지속성을 가리킨다. 숫자 7은 완전을 의미한다. 하느님을 상징하는 기호이며, 천지창조, 안식일, 안식년 등을 상징하는 기호이다. 그러므로 7번씩 70번이라도 용서하라는 말은 온전히 마음의 평화를 얻을 때까지 반복적으로 용서하라는 의미이다. 하늘의 아버지도 좋아할 완전한 용서의 메시지인 셈이다.

용서는 일생에 한두 번 일어나는 일이 아니라 평생 계속되어야 하는 일이다.(엘리자베스 퀴블러 로스,《인생수업》) 알암이 엄마가 살아서 마음의 평화를 얻을 때까지 끊임없이 용서하며 살았으면 어땠을까? 알암이의 죽음에 대한 의미 부여를 새롭게 하고 기운을 차려 자신의 삶을 찾았으면 어땠을까. 가령 살아서 알암이처럼 위험에 처한 어린이를 위한 일을 한다든가 꼭 어린이가 아니더라도 타인을 구원하는 일에 집중했다면, 단지 용서하고 잊는 차원보다 훨씬 값진 삶을 살게 되었을 것이다.

여보,
나 한 번만
용서해 주면
안 돼?

'사람은 잘못을 저지르고, 신은 용서한다(알렉산더 포프)'고
했다. 1%의 연민은 바로 사랑의 신이 용서하는 마음이다. 무
한량의 물을 퍼 올릴 수 있는 한 바가지의 마중물과도 같다.
'용서를 통해 우리가 얻는 가장 큰 유익은 바로, 이제 더 이상
과거에 희생되지 않는다고 우리 스스로 확신을 갖고 말할 수
있다는 점이다.'

프레드 러스킨,《용서》

지방법원 민사법정실. 판사와 조정 위원들이 앞자리에 앉아 있다.
그들 앞에는 이혼 소송을 청구한 사십 대 중반의 부부가 마주 보고 앉
았다. 그들 부부는 아들딸 남매를 두었다. 조정위원 한 분이 남편에게

질문을 던졌다.

"왜 이혼을 결심하게 되었나요?"

"저 여자와는 결혼 생활을 더 할 수 없습니다. 저 여자가 교회에 미쳐서 나도 몰래 전세 보증금 4천만 원을 빼내어 교회에 헌금으로 바쳤어요. 그날그날 겨우 먹고사는 우리 형편에 교회에 미친 여자와 어떻게 삽니까? 차라리 이혼하는 게 나을 것 같아서 여기까지 왔습니다."

"아내가 교회 나가면서 자녀 교육과 가정 살림을 모두 등한시했나요?"

"가정 살림이나 자녀 교육은 흠잡을 데가 하나도 없습니다. 그런데 그놈의 교회에 미쳤습니다. 새벽 기도를 하루도 안 빠지고 나가고요, 일요일, 수요일, 금요일 아주 교회에 나가 삽니다. 저게 사람입니까?"

"그걸 모르고 결혼했습니까?"

"알고 결혼했습니다. 결혼 당시 저도 교회에 잘 나갔지요. 지금은 안 나간 지 오래 되었어요."

"만약 이혼하시면 두 자녀의 장래와 교육 문제는 물론 가족 전체에 심리적 타격이 심각하다는 사실을 아셔야 됩니다. 물질적으로 잃는 것보다 훨씬 더 타격이 크지요. 지금은 마음이 아프시겠지만 미운 정 고운 정 다 들었는데 아내와의 결별은 고려해 보심이 좋을 듯하네요."

다른 조정위원이 아내에게 물었다.

"왜 남편과 상의도 없이 전세 보증금 4천만 원을 헌금하여 가정이 파탄 나게 했나요?"

"지금까지 무슨 일을 하든지 되는 일이 하나도 없었습니다. 그래서 마지막으로 하나님께 맡기고, 그분께 매달려 보려고 했습니다. 제가 남편과 상의 안 하고 헌금한 것은 저의 잘못입니다."

"지금이라도 남편에게 용서를 빌어 보시지요."

아내는 한참 허공을 응시하더니, 딱딱한 그 시멘트 바닥에 얌전히 무릎 꿇었다. 그리고 남편을 향해 떨리는 음성으로 용서를 빌었다.

"여보, 당신을 힘들게 해서 미안해, 나 마지막으로 한 번만 용서해 주면 안 돼?"

남편이 지그시 아내를 바라보더니 서서히 다가가 아내의 손을 잡고 일으켜 세웠다. 남편의 눈에서 소리 없이 눈물이 흘러내렸다. 아내는 어깨를 들썩이며 흐느껴 울었다. 그 광경을 지켜보던 판사도 울고 조정위원들도 울고 방청객도 울었다.

법정은 눈물의 홍수로 넘실거렸다. 순하고 순한 부부의 용서하고 화해하는 모습이 아름다웠다. 사랑과 신뢰가 묻어나왔다. 겸손한 자세로 고통을 털어내는 모습이 존경스러웠다.

> 부부가 합력하여 선善을 이룬 모습이 보기 좋았다. 부부의 마음이 하나가 되면 쇠도 끊어진다는데同心斷金, 저들 부부의 앞길에는 어떤 험한 시련도 문제가 될 것 같지 않았다.

임한용,《여보, 나 한 번 용서해 주면 안 돼?》

이 이야기의 가장 큰 미덕은 화해의 중개자가 등장한다는 점이다. 분열의 중개자가 불신의 기둥으로 떠받치는 다리라면, 화해의 중개자는 정의의 기둥이 떠받치고 있는 사랑의 다리이다. 화해의 중개자는 갈등 관계를 화해의 관계로 연결하고, 과거의 세계에서 미래의 세계로 연결한다. 어둠을 빛으로, 절망을 희망으로, 죽음을 생명으로 변화시키고, 무기력을 자신감으로, 미움을 사랑으로, 원망을 용서로 변화시킨다.

이 이야기에서 화해의 중개자는 조정위원들이다. 이혼 소송을 냈던 부부는 조정위원과 문답을 하면서 성문처럼 굳게 닫혔던 마음의 빗장을 푼다. 부인은 남편에게 용서를 빌고, 남편은 부인을 용서한다. 분노의 감정이 연민의 감정으로 바뀌자, 부부는 손을 잡고 눈물을 흘린다. 준엄한 법정은 화해의 장으로 변하여 감동의 눈물로 출렁인다. 위기의 부부는 믿음의 부부로 변하여, 쇠를 끊을 만큼 단단한 믿음의 부부로 새로 태어난다. 부처님도 부러워할 만큼 마음 맞는 부부로 거듭난다.

마하트마 간디는 '약한 자는 결코 용서할 수 없다. 강한 자만이 용서하는 마음을 가질 수 있다'고 했다. 힌두교 경전에는 이런 말도 있다. '용감한 사람을 보길 원하면 용서할 줄 아는 사람을 보라. 영웅을 보기를 원하면 미움을 사랑으로 되돌려 보내는 사람을 보라.' 전후 사정이야 어찌 됐든 이 이야기 속의 남편은 강한 자이고 시대의 영웅이다.

아버지,
저 사람들을
용서해
주십시오

인간의 행적을 기록한 모든 책 중에서《신약 성서》는 '용서'의 가치를 가장 비극적으로 그린 전기傳記라고 할 수 있다. 크리스천 문학가 로이 레신의 말을 빌려 보자.

'사람에게 가장 필요한 한 것이 지식이었다면, 하느님께서 우리에게 선생을 보내 주셨을 것이다. 그러나 사람에게 가장 필요한 것은 용서였다. 그래서 하느님은 우리에게 구세주를 보내 주셨다.'

구세주는 예수의 브랜드 가치를 담고 있는 이름이다. 마태복음 18장 18절부터 35절까지는 예수의 용서에 관한 비유의 담론으로 채워져 있다. 땅에서 풀면 하늘에서도 풀린다는 가설로 시작하여(18절), 일곱 번씩 일흔 번이라도 용서하라는 메시지(21-22절)를 전하고, 무자비한 종이 벌 받는 비유(23-34절)를 한 다음, 형제들을 진심으로 용서하지 않으면 하늘에 계신 아버지도 용서하지 않을 것(35절)이란 말로 끝을 맺는다. 해골산은 사형장이고 십자가는 사형 틀이다. 사형수는 예수이며, 예수의 죄목은 자신을 그리스도 또는 이스라엘의 왕이라 칭하고 백성들을 선동한 죄였다. 가상칠언架上七言(십자가 위에서 예수가 한 일곱 가지 말)은 십자가에 못 박혀 죽기까지의 과정이 실감나게 재현되기도 했지만, 예수의 죽음의 의미가 무한량 저장되어 있다. 신비하게 태어나서 죽을 위기에 처하자 고향을 떠나고 세례 받고 하느님과 하늘나라를 보여 주고자 고군분투했던 그의 전 생애가 이 십자가 위에서 용서의 메시지로 집대성된다.

예수는 하느님께 자신의 몸에 못 박는 원수들을 용서해 달라고 요구한다. 자신이 그들의 죄를 대속했으니 그들을 용서해 달라고 요구한다. 예수의 이 요구 속에는 원수에 대한 연민의 마음이 가득 차 있다. 죄 지은 자는 반드시 죗값을 치르게 하는 분이 하느님이다. 그런 하느님임을 잘 아는 까닭에 예수는 자신의 몸과 피로 대신 죗값을 치르고 그들을 심판하지 말아달라고 당당하게 요구하는 것이다.

원수를 용서함으로 사랑을 완성하는 첫 번째 메시지가 있었기에, 이제 다 이루고 하늘로 돌아간다는 일곱 번째 메시지가 가능해졌다. 십자가 위에서 원수를 용서함으로 하늘나라에서나 볼 수 있는 사랑을 지상에서 보여 주었다. 그러므로 십자가 사건은 용서가 곧 부활에 이르는 다리임을 만천하에 선포한 예수의 마지막 발언인 셈이다.

이 아이를
죽이면
내 아들들의
죽음이
헛된 것이 됩니다

훌륭한 사람을 만나면 사물을 바라보는 시각이 달라지고 삶을 바라보는 시각이 달라진다. 손양원 목사가 그런 분이다. 목사이기 때문에 훌륭한 것이 아니라 용서의 모범을 보여 주었기 때문에 훌륭한 분이다. 두 아들의 죽음에 관한 의미 부여가 원자탄급 감동의 파장을 일으키고 있다.

손양원 목사는 일본 스가모 중학교를 졸업(1921년, 19세)하고 귀국하여 경남성경학교에 입학(1926년, 24세)하여 주기철 강사로부터 순교 신앙을 배운다. 평양신학교 졸업 직후 여수 나환자 병원 애양원 교회 전도사로 부임(1939년, 33세)한다. 신사참배를 거부하다 일경에 의해 체포(1940년, 34세)당하고 5년간 옥살이를 한다. 해방이 되어 석방되자 다시 애양원으로 돌아간다. 6·25 전쟁이 일어난 그해 9월에 예수괴라는 죄목으로 공산군에게 체포당한다. 2주일 후 순교(1950년 9월 13일)하게 되는데 그의 나이 48세였다.

여순 반란 사건 당시 원수를 사랑하는 대목은 손양원 목사 일대기의 절정을 보여 준다. 1948년 10월 19일 제주 폭동 사태를 진압하기 위해서 여수에 집결해 있던 14연대 소속 군인들 중 남로당 계열의 군인 일부가 반란을 일으켰다. 이 반란은 불과 4시간 만에 여수 시내의 주요 기관을 장악하고 삽시간에 순천까지 점령했다. 손양원 목사의 장남 손동인은 순천사범학교 졸업을 앞두고 있었다. 그는 기독학생회 회장으로 활동했다. 좌익 학생들과 갈등을 겪다가 동생 손동신과 함께 체포되어 고문을 받던 중 1948년 10월 21일 좌익 학생들의 총에 맞아 죽는다. 이 사건이 끝난 뒤 손양원 목사는 아들을 죽인 학생을 죽이지 말아달라고 탄원서를 낸다.

"이 아이를 죽이면 내 아들들의 죽음이 헛된 것이 됩니다 …… 이 아이를 회개시켜 내 아들로 삼고 사람 되게 하겠습니다."

두 아들을 죽인 원수를 살려내 양아들로 삼아 동인, 동신을 대신해 그들의 못다 한 일을 다하라고 이름을 손인신이라 지어주었다. 원수를 용서하는 일에 반대하는 가족에게 손양원 목사가 원수를 사랑하라고 던지는 말은 강력한 메시지가 되어 메아리친다.

"그 학생들을 죽여서 우리에게 득이 될 게 무엇이냐. 이데올로기가 다 무엇이냐, 사람이 중하지, 죄는 미워하되 사람을 버려서는 안 된다. 용서만 가지고는 안 된다. 원수를 사랑하라 했으니 사랑하기 위해 아들을 삼으려는 것이다."

용서의 첫 단계는 그들을 다시 인간으로 바라보는 것이다. 실수투성이고 깨지기 쉽고 외롭고 궁핍하고 불완전한 우리 자신과 똑같은 인간으로 바라본다. 용서를 통해 사랑과 접촉하도록 도와주며 평화를 일깨워 주고 영적 정화를 시켜준다(프레드 러스킨,《용서》). 이처럼 손양 원 목사는 아들을 죽인 사람을 인간으로 다시 보았다. 뛰어난 공감 능력을 가진 분이시기에 자식을 죽인 원수라 할지라도 인간 그 자체로 바라볼 수 있었을 것이다. 인간에게 덧칠해진 이데올로기도 제거하고 살인자의 총구도 제거하고 오직 연민으로 바라볼 수 있었을 것이다.

《인생수업》의 저자는 말한다. "용서는 우리에게 상처를 준 사람에 대해서나 우리 스스로에 대해서나 많은 것을 가르쳐 준다. 용서는 다시 한 번 진정한 자신이 될 수 있는 자유를 준다. 그리하여 모두가 관계를 새롭게 시작할 기회를 얻는다. 그 기회는 용서만이 부릴 수 있는 마술이다. 타인과 자신을 용서할 때 우리는 다시 인간으로서의 품위를 되찾게 된다. 부러진 뼈를 치료하면 부러지기 전보다 더 튼튼해지는 것처럼 우리의 관계와 삶도 용서를 통해 상처를 치유함으로써 더 강해질 수 있다."

인간은 태어났을 때는 자유다. 그러나 그 후 도처에서 쇠사슬로 묶여진다(루소). 손양원 목사는 용서의 힘으로 스스로 쇠사슬에서 해방된 진정한 자유인이다. 그리고 공감 능력이 뛰어난 분이다. 상대방의 처지에서 생각하는 이해심과 상대방과 같은 마음으로 용서하는 진정한 스승이다. 분에 넘치는 축복이라며 두 아들의 장례식장에서 기도하는 손양원 목사의 9가지 감사 조건을 들어보자.

> **첫째** 나 같은 죄인의 혈통에서 순교의 자식들이 나오게 하셨으니 하느님께 감사합니다.
> **둘째** 허다한 많은 성도들 중에 어찌 이런 보배들을 주께서 하

필 내게 맡겨 주셨는지 그 점 또한 주께 감사합니다.

셋째 3남 3녀 중에서도 가장 아름다운 두 아들 장자와 차자를 바치게 된 나의 축복을 하느님께 감사합니다.

넷째 한 아들의 순교도 귀하다 하거늘 하물며 두 아들의 순교이리요, 하느님 감사합니다.

다섯째 예수 믿다가 누워 죽는 것도 큰 복이라 하거늘 하물며 진도하다 총살 순교 당함이리요, 하느님 감사합니다.

여섯째 미국 유학 가려고 준비하던 내 아들, 미국보다 더 좋은 천국에 갔으니 내 마음 안심되어, 하느님 감사합니다.

일곱째 사랑하는 두 아들을 총살한 원수를 회개시켜 내 아들 삼고자 하는 사랑의 마음을 주신 하느님께 감사합니다.

여덟째 내 두 아들의 순교로 말미암아 무수한 천국의 아들들이 생긴 것이 믿어지니 우리 아버지 하느님께 감사합니다.

아홉째 이 같은 역경 중에서 이상 여덟 가지 진리와 하느님의 사랑을 찾는 기쁜 마음, 여유 있는 믿음 주신 우리 주 예수 그리스도께 감사 감사합니다.

손양원 목사는 우리에게 용서의 모범을 보여 주었을 뿐 아니라 감사의 모범을 보여 주었다. 그의 사랑은 원수까지 용서하여 사랑으로 품는 완전한 사랑이었다. '만약에 이렇게 해 준다면 감사합니다'가 아니고, '이렇게 해 주었기 때문에 감사합니다'도 아니고, 오직 '그럼에도 불구하고 감사합니다'인 것이다. 사랑과 용서가 절실한 이 시대에 우리의 어깨에 무겁게 얹혔던 짐을 벗게 해 주고, 우리로 하여금 납덩이처럼 짓눌렸던 근심과 걱정을 내려놓게 해 준다.

다시......봄

PART 5
_____

#자존감 #희망

나를
도울
단 한 사람

과거는
바꿀 수 없지만
미래는
바꿀 수 있다

성공 경험을
자주
가지면

어느 대학 평생교육원 문예창작과 봄 학기 첫 강의 시간이었
다. 출석을 부르는데 어떤 아줌마가 한참 후에 "제가 ○○○인
데요" 하면서 얼굴이 빨개진다. 늘 누구의 엄마 누구의 아내
로만 불리다가 정작 자기의 이름이 불리니 자기의 이름이 남
의 이름처럼 낯설었단다. 나는 그날 준비해 왔던 강의 노트를
접고 '잃어버린 자아 찾기'라는 주제로 첫 강의를 대신했다.
한 학기를 즐겁게 보낼 수 있었던 것은 첫 시간의 강력한 만남
때문이었던 것 같다. 그해 겨울 눈이 하얗게 쌓이는 날이었다.
한통의 전화가 울렸다.

"교수님, 저 ○○○인데요. 태어나서 처음으로 원고료 받았어
요. 교수님께 커피 한잔 대접해드리고 싶어서요."

약속 장소는 그녀의 조그마한 사무실이었다. 그녀는 작은 절구통에 원두를 두어 숟갈 넣더니 앙증맞은 절구로 잘게 부순다. 분쇄된 커피 조각들이 저마다 짙은 향으로 사무실을 가득 채운다. 그녀는 깔때기에 여과지를 넣고 커피 가루를 쏟는다. 뜨거운 물을 한 방울 떨어뜨리자 커피의 표면이 베이글 빵처럼 부풀어 오른다.

"어느 회사 홍보 잡지에 수업 첫날 있었던 일을 글로 적어 보냈는데 당선이 됐지 뭐예요."

잠시 후 여과지를 통과한 커피 물이 서버에 한두 방울 떨어진다. 그녀는 주전자의 뜨거운 물을 빙빙 돌리면서 붓는다. 커피 가루와 물이 슬몃 한 몸이 되는가 싶더니 연한 갈색의 커피 물이 깔때기 밑으로 쪼르르 흘러내렸다. 그녀는 서버의 눈금을 확인한 후 깔때기에 남아 있는 커피 찌꺼기를 얼른 다른 서버 위에 올려놓는다. 서버에 담긴 커피를 예쁜 잔에 따른다.

"드시지요."

쓰지만 부드럽고 고소하면서도 달콤한 맛이 혀를 감싸고 돌았다. 맛도 맛이지만, 그녀가 커피를 분쇄하고 추출해서 내어놓는 과정은 믹스 커피만 마셔오던 나에게는 충격 그 이상이었다. 한 동작 한 동작 정성이 배어 있는 커피였기에 새롭게 느껴졌다. 갑자기 나의 품격이 높아진 듯한 느낌이 들었다. 그녀가 자존감에 꽉 찬 마음으로 커피를 내리는 모습은 나의 커피 바리스타 도전에 강력한 동기로 작용했다.

권희돈, 《나의 커피 바리스타 도전기》

이야기 속의 주인공은 이상적 자아(욕구=목표)를 작게 잡아서 거듭 성공을 거둔 인물이다. 그녀는 처음에는 학력 열등감을 벗기 위해 문예 창작반에 수강 신청을 했었다. 그런데 뜻밖에 첫 강의 시간에 자신의 잃어버린 이름을 찾았다. 이름을 찾게 된 것은 잃어버린 자아를 찾는 계기로 작용했고, 잃어버린 자아를 찾으면서 자존감을 찾는 사람으로 성장했다.

자신의 이름을 찾은 것은 건전한 현실적 자아를 찾는 매개체였으며, 그를 바탕으로 목표를 한 단계씩 높일 수 있었다. 성공의 횟수가 거듭될수록 자존감도 커져간 경우라고 할 수 있겠다.

20년 후의 그녀는 자라면서 부모로부터 차별 받던 때의 참담한 모습과 전혀 다른 모습이었다. 오히려 자신을 여자라 차별하던 부모를 용서하는 용사勇士로 변해 있었다. 현실에서 당당하게 자기 길을 실현해 가는 자기 주도적인 인물로 변해 있었다.

$$자존감 = \frac{성공(success)}{욕구(need)}$$

분모인 욕구(목표)가 작을수록 성공할 확률이 크다. 욕구를 작게 가지고 한 단계씩 성취해 가는 방식이 자존감 향상의 바람직한 길이다. 현실적으로 실현 가능한 일부터 시작해야 다음 단계의 목표에 도달할 수 있다.

독서는
열등감
극복의 길

　　자존감이 낮은 사람은 열등감이 높다. 열등감이란 자신을 남보다 못한 무가치한 존재로 생각하는 삶의 태도이다. 심리학자 멜츠 박사에 의하면 세상 사람의 95%가 열등감을 갖는다고 한다.

　사람은 누구나 자기 나름대로의 열등감을 갖고 있다. 실직, 능력, 학력, 집안, 외모, 가난, 비만 등 자신에게 결핍된 부분에 대한 열등감으로 고민한다. 자신감도 부족하고 자기 가치감도 낮다. 공감 능력이 부족하며 자기 자신 속에 갇혀 산다. 무기력에 빠져 자신이 무가치하다고 생각한다. 매사 거절하지 못하고, 늘 타인과 비교하고, 항상 남의 탓을 많이 한다. 청소년 시절에는 특히 외모에 대한 열등감이 매우 크게 느껴진다.

키 작은 소년이 있었다. 소년은 작은 키 때문에 늘 주눅 들어 지냈다. 소년은 가정 형편이 어려워 초등학교 졸업하고 2년 후에야 중학교에 입학했다. 고등학교 졸업 때까지 출석 번호는 늘 1번이었다. 나이는 많았지만 키가 작아서 교실에서나 운동장에서나 그의 자리는 맨 앞줄이었다. 어딜 가나 '쥐방울만한 놈'이라는 수식어가 따라다녔다. 친구들이나 선생들이 아무렇지 않게 툭툭 던지는 말이 소년의 가슴엔 대못처럼 박혔다.

소년에게 유일한 위안은 책이었다. 학교 도서실에는 책이 빼곡히 꽂혀 있었다. 책 속에는 키 작다고 놀리는 사람도 없었고 재미있는 이야기도 많았으며 인류 역사를 빛낸 위인들의 말을 들을 수 있었다. 그곳에서는 역사적 위인들을 언제든지 호출하여 대화할 수 있어 좋았다. 소년이 중학교 2학년이던 어느 여름《백범일지》에서 가슴 뛰는 구절을 발견했다.

'얼굴상이 좋은 것은 신체가 좋은 것만 못하고, 신체가 좋은 것은 마음이 좋은 것만 못하다相好不如身好, 身好不如心好.'

청년 김구가 이 구절을 읽고 외모 열등감에서 벗어났으며, 마음 좋은 사람이 되기로 결심했다는 내용이었다. 마음이 좋다는 것은 마음가짐을 올바르게 갖는다는 뜻이었다.

독자는 자기 소망대로 책의 내용을 받아들이는 속성이 있다. 소년은 마음이 좋다는 의미를 마음의 키로 받아들였다. 순간 소년은 온몸에 소름이 돋는 감동이 일었다. '그렇구나, 신체적인 키보다 마음이 큰 사람이 진짜 큰사람이구나. 큰마음을 가지려면 큰사람을 만나야겠구나.' 그로부터 소년은 키의 열등감으로부터 벗어날 수 있었다. 키의 열등감을 벗어나자 가난의 열등감으로부터도 자연스럽게 해방되었다.

거친 보리밥, 바닥 뚫린 운동화, 빛바랜 교복, 가난에 피는 버즘 그 어느 것도 문제가 되지 않았다. 《백범일지》가 소년의 삶의 방향을 결정해 준 셈이었다.

책 속에 길이 있다는 말은 아무리 강조해도 지나침이 없다. 책 속에서는 현실에서 만날 수 없는 훌륭한 인물들을 만날 수 있다. 훌륭한 사람을 만나면 자아를 보는 눈이 달라지고 사물을 보는 시각이 달라진다. 책 속의 훌륭한 인물들도 책을 통해 열등감을 극복하고 이상적 자아로 성장했다. 열등감을 극복해야 자존감이 높아진다. 열등감을 극복하기 위하여 다음 여섯 가지 지침을 꼭 새겨두자.

> 자신의 꿈을 낮게 잡는다.
> 자신의 가치를 분명히 잡는다.
> 성공의 경험을 자주 가져 본다.
> 자신의 현실을 냉철하게 바라본다.
> 자신을 비난하지 말고 칭찬해 준다.
> 타인과 비교하지 말고 어제의 나와 비교한다.

자존감이 높은 사람은 자신에 대한 만족도가 높다. 나약함과 착함을 구별할 줄 안다. 자신의 가치가 분명하고 자신감이 높아 집단의 리더가 된다. 자신을 사랑할 뿐만 아니라 타인의 감정을 파악하는 공감 능력이 탁월하다.

실패한
자식에게
잔치를 베풀라

꾸지람과 더불어 살아가는 아이

그는 비난하는 법을 배운다

적개심과 더불어 살아가는 아이

그는 싸우는 법을 배운다

관용과 더불어 살아가는 아이

그는 인내하는 법을 배운다

격려와 더불어 살아가는 아이

그는 자신감을 배운다

칭찬과 더불어 살아가는 아이

그는 감사하는 법을 배운다

인정과 더불어 살아가는 아이

그는 자신을 사랑하는 법을 배운다

도로시 로우 놀트, 《아이들은 무엇으로 사는지를 배운다》

부모의 자존감은 그대로 자녀에게 반영된다. 자존감을 가진 부모가 자녀에게 자존감을 심어 준다.

'사랑받고 있음을 확인할 때, 가족의 일원임을 느낄 때, 능력을 인정받을 때, 가족이 믿어 줄 때, 독립심을 인정받을 때, 하느님과의 관계를 분명하게 맺어 줄 때,'(데이빗 칼슨, 《자존감》) 자녀는 자존감이 생긴다고 한다.

어떤 사람의 아들이 아버지의 재산을 가지고 먼 곳으로 가서 탕진을 했다. 농장에 가서 돼지가 먹는 쥐엄나무 열매로라도 배를 채워 보려 했다. 그러나 아무도 그에게 먹을 것을 주지 않았다. 그제야 정신이 들어 이렇게 중얼거렸다.

"아버지 집에는 양식이 많아서 그 많은 일꾼들이 먹고도 남는데 나는 여기서 굶어 죽게 되었구나. 어서 아버지께 돌아가 '아버지, 제가 하느님과 아버지께 죄를 지었습니다. 이제 저는 감히 아버지의 아들이라고 할 자격이 없으니 저를 품꾼으로라도 써 주십시오' 하고 사정해 보리라."

마침내 그는 거기를 떠나 자기 아버지 집으로 발길을 돌렸다. 아버지는 좋은 옷을 입히고 제일 좋은 신발을 신겨 주고 금가락지를 끼워 주고 살찐 송아지를 잡아 성대한 잔치를 베풀었다. 형은 재산을 탕진하고 돌아온 동생에게 잔치를 베풀어 준다고 투덜거렸다. 아버지는 큰아들을 달래었다.

작은아들이 방탕한 생활 끝에 회개하고 낮은 자세로 돌아온다. 제자리로 돌아오는 모든 것은 아름답다. 빨래가 마르는 때, 어부가 그물을 거두고 돌아오는 때, 탕자가 아버지의 집으로 돌아오는 때. 그때는 잃었던 자존감을 회복하는 때이다. 피조물인 인간은 누구든 넘어진다. 넘어지지 않으려고 하는 사람보다 넘어진 후 다시 일어서는 사람이 아름답다. 그런 인물이 세상의 모든 이야기에 주인공이 된다. 이 이야기의 주인공도 넘어졌다가 다시 일어선 작은아들이다.

실패한 아들에게 잔치를 베푸는 아버지의 태도가 우리를 감동케 한다. 아버지는 실패하고 돌아온 아들의 과거를 묻지 않았다. 현실을 있는 그대로 받아들인다. 매를 들지도 않는다. 다만 아들이 돌아왔다는 사실만을 기쁘게 여겼다. 아들에게 새 옷을 입히고 금가락지를 끼워주고 살찐 송아지를 잡아 잔치를 베푼다. 작은아들이 가족임을 인정해 주고 사랑을 확인시켜 주었다. 그로 말미암아 작은아들의 자존감이 온전히 회복되었다.

큰아들은 자기 친구들이 오면 염소 한 마리 잡지 못하게 하면서 창녀와 놀아나느라고 재산을 탕진한 동생에게 성대한 잔치를 베푼다고 투덜댔다. 하지만 아버지는 그런 큰아들에게 너는 늘 나와 함께 있고 내 것이 모두 네 것이 아니냐고 달랜다. 동생과 비교하여 잠시 마음이 흔들렸던 큰아들의 자존감도 자애로움으로 회복시킨다.

아버지로서의 꿋꿋한 자리 지킴이 있었기에 두 아들의 자존감 회복이 가능했다. 아버지의 자리에서 흔들리지 않았기에 탕자인 작은아들이 돌아올 수 있었으며, 큰아들도 아버지를 믿고 의지하며 동생을 받아들일 수 있었다. 아버지가 자존감을 잃지 않았기에 두 아들의 자존감을 세워 주고 그들의 관계도 회복시킬 수 있었던 것이다.

자식의 자존감은 부모의 자존감 및 자녀의 양육 방법과 밀접한 관련이 있다. 부모가 원인이고 자식은 결과이다. 부모 자식 간의 인연의 끈은 어머니 몸속에서부터 아니 그 이전부터 시작된다.

'어머니가 임신했을 때, 어떤 병에 걸려 있었거나 계속적인 스트레스를 받고 있었다면, 또는 부모 중 어느 한 사람이 유년 시절에 질병을 앓았거나 만성적인 우울증에 걸려 있었다면 자살할 확률이 높다.'(폴임,《책 속의 책1》)

부모는 자식이 어머니 몸속에 있을 때부터 잘 돌봐야 하고, 부모가 되고자 할 때부터 자신의 몸가짐을 바르게 가져야 할 까닭이 여기에 있다.

우리의 가정에서도 실패한 아들에게 잔치를 베풀면 어떨까. 우리의 학교에서도 꼴찌에게 상을 주면 어떨까. 우리의 회사에서도 실적이 가장 나쁜 사원에게 보너스를 준다면 어떤 일이 일어날까. 사람마다 각각 가진 것과 못 가진 것이 있듯이, 사람마다 가진 재능이 있고 못 가진 재능이 있다. 만약에 어느 곳에든지 윗사람이 탕자의 아버지처럼 한다면 그곳의 구성원들은 자존감이 넘치고 평화롭고 신명 나는 공동체가 될 것이다.

성민이만의
선생님

오늘 이 시대는 자존감이 높은 교사를 필요로 하는 시대이다. 가르치는 사람인 동시에 어버이와 같은 선생이 요구된다. 물론 대다수 학생을 대상으로 하는 보편적인 인성 교육도 중요하다. 하지만 학생마다 각기 다른 결핍성 혹은 특수한 아픔을 치유하는 교육이라면 더욱 좋겠다. 특히 심한 우울증에 시달리는 학생의 손을 잡아 주어 죽음에서 건져 내는 일은 이 시대가 학교에게 거는 가장 큰 기대일 것이다. 시골 중학교 L교사가 들려준 이야기다.

중학교 2학년인 성민이는 수업 시간에 잠만 잤다. 의사가 처방해 주는 약에 취해 자는 줄을 선생님들은 몰랐다. 성민이는 반 아이들이 노는 모습을 바라만 볼 뿐 그들과 어울리지 못했다. 또래 아이들은 성민이를 친구로 받아들이지 않았다. 오히려 그들은 성민이를 놀리고 때렸다. 그때마다 성민이는 그 흔한 욕 한번 소리 내어 지르지 못하고 울기만 했다. 그리고 언제나 혼자서 중얼중얼 아무도 들어주지 않는 말을 흘리듯이 내뱉는 것이었다. 자존감이 무너질 대로 무너져 있는 성민이었다.

L교사가 어느 날 하교 후 성민이를 불러서 이런저런 말을 시켜 보았다. 말을 무수히 내뱉는데 분명치가 않았다. 성민이에게 한 가지 제안을 했다.

"성민아 운동장에 나가서 친구들하고 공 차고 놀래, 아니면 선생님하고 같이 실습장에 가서 풀을 뽑을래?"

성민이는 풀을 뽑겠다고 했다. 한 학기 동안 이런 날이 계속되었다. 풀을 뽑으면서 가족 관계며 친구 관계며 채소와 잡초들에 관한 이야기며 많은 이야기를 나누었다. 하루하루 성민이가 말하는 단어들이 분명해져 갔다. 실습장의 채소 이름을 하나하나 숙지하고 조금씩 조금씩 친구들과의 관계도 좋아졌다.

L교사는 단지 지식을 전달하는 교사 이상의 역할을 했다. 그는 학급 전체 학생들의 담임이면서 동시에 성민이에게는 '그 아이만의 단 한 사람(권영애 지음)'이었다. 탕자의 아버지가 자존감이 높아 아들을 치유했듯이 L교사 또한 자존감이 높아 우울증으로 고생하는 학생을 치유할 수 있었다. 이처럼 자존감이 높은 교사는 바로 시대가 요구하는 적합한 교사상이다. L교사는 성민이에게 운동장에 나가서 뛰어 놀아라 하지 않고 함께 풀을 뽑았다. 함께 풀을 뽑으면서 성민이의 말을 마음으로 들어주고 감정을 읽어 주었다. 성민이와 함께 풀 뽑는 일을 지속

적으로 해 갔다. 남의 자식이지만 내 자식처럼 여기지 않았다면 그리고 성민이의 아픔에 공감하는 능력이 떨어졌다면 불가능한 일이었다.

성민이가 운동장에서 공 차고 노는 친구들을 바라보기만 하지 말고, 친구들과 함께 즐겁게 공놀이 하는 장면으로 끝났다면 성민이 이야기는 진짜 해피엔딩이 되었을 것이다. 건강한 사람에게도 운동이 중요하지만, 특히 성민이처럼 마음의 감기를 앓고 있는 이에겐 즐거운 운동이 가장 효과적인 치유 방법이다.

　L교사가 성민이와 함께 풀 뽑기를 하여 성민이의 몸과 마음에 평화를 주었듯이, 누군가는 또 다른 성민이를 놀이의 공간으로 이끌었으면 좋겠다. 누군가는 성민이의 손을 잡아 주었으면 좋겠다. 그 누군가가 선생이라면 좋겠다. 달리기를 하든 공놀이를 하든 성민이에게 목표치를 낮게 두어서 성공 경험을 자주 갖도록 했으면 좋겠다. 오늘 우리의 학교는 이런 학교로 바뀌어야 한다. 가정에서 할 수 없는 치유와 소통이 학교에서 이루어져야 한다. 한 개인이 변화하여 자아의 신화를 새롭게 창조하듯이, 학교도 이렇듯 지식 전달에만 그치지 말고 치유와 소통의 장으로 변화하여 학교의 신화를 새롭게 창조해야 할 것이다.

당신을
도울 사람은
당신뿐입니다

로버트 드 보드의 책《토드를 위한 심리 상담》은 고전 동화 〈버드나무에 부는 바람〉을 패러디한 심리 우화이다. 지은이는 자신을 방어하고 상담자를 의심하고 화를 내다가 울기도 하는 내담자들을 보면서 토드와 헤런 박사를 탄생시켰다고 밝히고 있다.

상담사 헤런 박사는 세 가지 미덕을 지니고 있었다. 첫째는 경청의 대가였다. 잘 듣는다는 것은 말은 절제하되 상황에 따라 꼭 필요한 말을 할 줄 아는 사람이다. 때로는 울다가 때로는 웃다가 때로는 자기를 의심하고 말이 분명치 않으며 논리도 없이 내뱉는 토드의 말을 끝까지 귀 기울여 듣는다. 둘째는 상황에 맞는 말을 잘했다. 내담자가 스스로 마음을 열고 자신을 쏟아내도록 질문을 잘하는 사람이다. 셋째는 상담 중 내담자가 스스로 깨닫게 하는 능력이다. 깨달음은 어두운 감정들을 일거에 불살라 버린다. 그 빈자리를 자신감과 자존감으로 채운다.

　이야기는 우유부단한 토드가 갑자기 찾아온 우울증에 시달리는 것으로부터 시작된다. 자신은 무가치(트랜스)한 존재라는 느낌에 빠져 있었다. 갑자기 달라진 토드를 본 친구들이 반강제로 헤런 박사에게 끌고 간다. 여기에서 토드는 놀라운 경험을 한다. 생전 처음 자신의 이야기에 귀 기울여 듣는 사람을 만났다. 자신의 말을 정신없이 쏟아내면서 생전 처음 자신의 고통스런 내면과 마주한다. 이기적이고 차가운 아버지에 대한 분노심, 아버지의 눈치만 살피는 어머니에 대한 아쉬움, 집안의 지나친 기대에 무거워진 짐이 그의 내면에 가득했었다. 그것은 대부분의 사람이 가지고 있는 내면 아이의 울음과 같았다. 다만 토드의 내면 아이는 좀 더 크게 울고 있을 뿐이었다. 그 아이는 애착, 분노, 슬픔, 공포, 불안, 초조, 배고픔, 외로움의 상태에 머무르면서 어린 시절의 감정만을 되풀이하고 있었던 것이다.

　토드는 헤런 박사와 열한 번의 심리 상담을 거쳐 점점 자존감이 커가는 자신을 발견한다. 헤런 박사는 토드가 자신의 마음을 열게 하여 이야기를 털어놓도록 했다. 그리고 내면 아이의 아픔을 같이 토닥여 주었다. 토드가 자신의 진면목에 맞닥뜨리게 도와주고, 토드 스스로 깨닫도록 돕는다. 결정적인 순간에는 토드의 깊은 내면을 터치하여 잠자던 자아를 일깨운다. "냉정하게 들릴지 모르겠지만, 당신 자신을 도울 수 있는 사람은 당신 외엔 아무도 없습니다." 토드는 자신이 화를 내지 않는 것은 겉으로 표현하지 않는 분노에 불과했음을 깨달았다. 화를 내되 자신의 화를 알아차리고 통제할 수 있게 되었다. 자신의 주장을 논리 정연하게 펼치고, 마침내 자신이 하고 싶어 하는 일을 찾아냈다.

자존감이
높아야
거절을
잘한다

이영숙 씨는 아주 착한 시인이자 논술 교사이다. 얼마 전에 내가 하고 있는 커뮤니티에 나와 한 학기만 도와 달라고 부탁했다. 당연히 예스라고 답할 줄 알았다. 지금까지 그녀가 거절하는 것을 본 적이 없었기 때문이다. 그런데 나의 부탁을 일언지하에 거절한다. 무슨 사정이 있겠거니 하고 이유를 묻지 않았다. 그런 일이 있고 나서 얼마 후에 그녀가 한 권의 시집을 들고 나타났다. 나는 내 손에 들어온 따끈따끈한 책장을 술술 넘길 때 행복감을 느낀다. 시집의 중간쯤에 박힌 시를 보면서 나는 그녀가 왜 나의 청을 거절했는지를 알았다.

낙타는 제 어미의 어미처럼
짐꾼 앞에 무릎 꿇고 등을 주지만

사자는 제 어미의 어미처럼
그 누구에게도 몸을 굽히지 않는다

채찍을 기억하는 낙타는
채찍 안에서 자유를 찾지만

정글을 기억하는 사자는
자신에게서 자유를 찾는다

낙타는 짐꾼을 기억하며 무릎을 꿇고
사자는 초원을 기억하며 무릎을 세운다

사자는 절대로 짐을 지지 않는다

이영숙, 《사자는 절대로 짐을 지지 않는다》

이 시 속에는 채찍 안에서 자유를 찾지 않고 자신에게서 자유를 찾는 삶을 살겠다는 선언적인 의미가 담겨 있었다. 이상적인 자아를 찾은 듯한 자존감이 넘치는 선언이었다. 인쇄 냄새가 가시지 않은 시집의 페이지를 넘기면서 이영숙 시인의 내면 세계가 이 시집을 중심으로 새롭게 변화한다는 사실을 실감했다. 착한 사람 콤플렉스를 벗어나서 자기 주도적인 사람으로의 변화인 것이다.

대부분의 사람들은 변화를 두려워한다. 낯선 삶보다는 낯익은 삶을 살고 싶어 한다. 그런 삶을 사는 한 발전은 없다. 누구든지 발전하려면 낯선 삶으로의 변화가 필요하다. 낯선 삶의 꼭짓점은 자유일 것이다.

행복도 자유로워야 진정한 행복에 다다른다. 자유롭다는 것은 시간의 속박을 벗어나고 타인의 시선에서 벗어나야 가능한 일이다. 그런 삶이라야 자신이 자신의 주인이 되어 사는 삶이라 할 수 있다. 이처럼 자기 삶의 주인이 되어 자기 주도적인 삶을 살아가는 사람은 자존감이 높은 사람이다. 거절은 자기 주도적인 삶을 사는 데 결정적인 마음가짐이라 할 수 있다.

세상에는 세 가지 유형의 사람이 있다. '하려는 사람'과 '하지 않으려는 사람', 그리고 '할 수 없다는 사람'이 그것이다. 첫 번째 유형인 '하려는 사람'은 자신이 바라는 모든 것을 성취한다(존 맥스웰,《태도, 인생의 가치를 바꾸다》).

위 세 문장을 이렇게 바꾸어 보면 어떨까. 세상에는 세 가지 유형의 사람이 있다. '거절하려는 사람'과 '거절하지 않으려는 사람', 그리고 '거절할 수 없다는 사람'이 그것이다. 첫 번째 유형인 '거절하려는 사람'이 자아 존중감이 높은 사람이다.

자기
주도적인
삶이라야
행복하다

100만 년 동안 산 고양이가 있었습니다. 100만 번이나 죽고 100만 번이나 살았던 것이죠. 정말 멋진 얼룩 고양이었습니다. 100만 명의 사람이 그 고양이를 귀여워했고 고양이가 죽었을 때 울었지만 고양이는 단 한 번도 울지 않았습니다.

…… (중간 생략)

고양이는 처음으로 자기만의 고양이가 되었습니다. 길고양이가 된 자신이 무척 좋았습니다. 멋진 이 고양이 주위에 암고양이들이 몰려들었습니다. 모두들 아끼는 선물을 주며 구애를 했지만 고양이는 거만하게 비웃으며 시큰둥했습니다.

"나는 100만 번이나 죽었다가 살아난 고양이야. 우스꽝스럽게 이런 게 다 뭐야!" 하고 고양이는 자신의 존재를 뽐내며 자만했습니다.

그런데 이런 고양이를 본 척도 않는 흰 고양이가 있었습니다. 고양이가 다가가 '난 100만 번이나 죽어봤다'며 갖은 자랑을 늘어놓아도 반응이 없습니다. 궁궐에도 살아봤고 뱃사공의 고양이로도 살아봤다며 한껏 뽐내도 흰 고양이는 "그러니?" 하고 시큰둥하게 대답할 뿐 도도하리 만큼 아무런 반응도 보이지 않았습니다.

고양이는 그런 흰 고양이에게 반했고 사랑에 빠졌습니다. 둘은 늘 함께 다녔고 귀여운 새끼 고양이를 많이 낳았습니다. 고양이는 더는 "나는 100만 번이나…"라는 말을 하지 않았습니다. 자신밖에 모르던 고양이는 흰고양이와 아기 고양이를 더 많이 사랑하게 되었답니다.

세월이 흘러 흰 고양이가 먼저 세상을 떠납니다. 999,999번을 죽으면서 한 번도 울지 않았던 주인공 고양이는 백만 년 만에 처음으로 눈물을 흘립니다. 며칠 밤낮을 울다 흰 고양이 곁에서 조용히 움직임을 멈춥니다. 그리고 두 번 다시 살아나지 않았습니다.

사노 요코, 《100만 번 산 고양이》

이 이야기는 자기 주도적인 삶이라야 행복하다는 철학적인 내용을 담고 있는 동화이다. 고양이는 999,999번을 살면서 한 번도 자기 삶을 살지 못하다가 100만 번째 삶에 이르러서야 자기의 삶을 살게 되었다는 것이다.

아무리 호사스럽고 풍요로운 삶도 타인에게 예속된 삶은 삶다운 삶이 아니었다. 그러기에 고양이는 999,999번 살면서 한 번도 울지 않았다. 길고양이로 살면서 사랑했던 흰 고양이가 죽었을 때 단 한 번 눈물을 흘린다. 자기다운 삶이 얼마나 소중한 삶인지, 사랑하며 사는 삶이 얼마나 행복한 삶인지를 깨닫는다.

속박에서 벗어나 100만 년 만에 처음으로 자신만의 온전한 삶을 살게 된 셈이다. 사람의 손에서 놓여나서 길고양이로 다시 태어났을 때 비로소 고양이는 자유를 획득한 셈이다. 그 자유를 얻었을 때 비로소 사랑받는 고양이에서 사랑하는 고양이로 변한 셈이다. 사랑받기보다 사랑할 때 행복하다는 사실을 깨닫게 된 셈이다. 100만 년 만에 처음으로 한 사랑의 죽음 앞에서 흘리는 눈물과 그 옆에서 숨을 거두는 모습이 숭고해 보인다.

> 춤춰라, 아무도 보고 있지 않은 것처럼
> 사랑하라, 한 번도 상처 받지 않은 것처럼
> 노래하라, 아무도 듣고 있지 않은 것처럼
> 일하라, 돈이 필요하지 않은 것처럼
> 살라, 오늘이 마지막인 것처럼

알프레드 디 수자의 시 〈사랑하라, 한 번도 상처받지 않은 것처럼〉은 어떻게 사는 것이 자기 주도적인 삶인지를 함축적으로 담아내고 있는 시이다. 타인의 시선을 의식하지 않은 삶, 과거의 경험이나 기억에 얽매이지 않는 삶, 돈을 벌기 위한 일이 아닌 일 자체가 즐거운 삶, 내일을 염려하지 않고 오늘에 충실한 삶이 곧 자기 주도적인 삶이고, 그런 사람이 곧 자기 주도적인 사람self-initiated이라 할 수 있다. 자기 주도적인 사람이 된다는 것은 지금 이 순간에 충실할 때 가능한 일이다.

타인의 눈 속에 갇혀 살지 마라. 도덕이나 이론의 지배도 받지 마라. 시간의 노예 상태에서 벗어나라. 과거는 이미 지나갔으니 깊은 상처일지라도 잊어라. 미래는 아직 돌아오지 않았으니 미리 걱정하지 마라. 이 모두를 종합하면 자존감이 높은 사람은 지금 '이 순간에 충실한 사람'이라는 뜻이 되겠다.

내가
변해야
세상이
변한다

내가 변하면 희망이 보인다. 내가 변해야 주변이 변하고 세상이 변한다. 그러니 타인더러 먼저 변하라고 요구하지 말고 내가 먼저 변해 보자. 내가 변하여 세상에 대한 훌륭한 안목을 가지게 되면, 변해야 한다고 생각하는 무엇이든 변화시킬 수 있다.

내가 살아 있어서 좋은 것은 내가 변할 수 있다는 가능성 때문이다. 세상에서 나를 변화시킬 수 있는 사람은 오직 나뿐이다. 내 삶을 살아 줄 사람은 나밖에 없다. 결국 나의 문제를 해결해 줄 사람은 나밖에 없다. 이것이 내가 먼저 변해야만 하는 참된 이유이다.

때로 우리는 자신이 맺고 있는 관계들에 어떤 부분이 달라진
다면 행복해질 것이라고 생각합니다. 그렇게 바라는 이유는
관계를 통해서 행복해지고 싶기 때문입니다. 배우자를 바꾸
거나 관계를 변화시키면 완벽해지고 행복해지리라고 생각합
니다. 하지만 이것은 실로 어리석은 생각입니다.

엘리자베스 퀴블러 로스, 《인생수업》

타인이 변하길 바라지 말고 내가 먼저 변하자. 나와 가장 가까운 관
계에서부터 시작하여 차츰차츰 다른 사람들과의 관계에서 내가 먼저
변해 보자. 그러다가 나는 변하는데 상대방이 변하지 않아 괴로워질
때가 오더라도 꾸준히 인내하면 상대가 거짓말처럼 변하게 되는 것을
느끼게 될 것이다. 그때 감동이 온다. 가슴 벅찬 감동이 올 때, 머리에
서는 암세포도 죽인다는 기적의 호르몬 다이도르핀Didorphin이 분비되
는 것을 느낄 것이다.

가끔 자신은 변하는데 상대편이 변하지 않는다고 하소연하는 이들
이 있다. 그들에게는 이렇게 답해 준다.

"인내의 뒤에는 반드시 희망이 기다리고 있으니 끝까지 버티세요."
어정쩡하게 변해서 그러니 변할 바에는 번데기에서 나오는 나비처럼
확실하게 변하면 좋겠다고 권해 보자. 그렇게 변화할 수만 있다면, 그
런 삶은 마치 춤추는 나비와도 같이 가볍고 즐거운 삶을 살게 될 것이
다. 나비는 네 번의 탈바꿈羽化을 하며 살아간다. 인간의 시간은 늘 후
회가 따르지만, 나비의 시간은 후회를 남기지 않는다. 무덤 같은 번데
기도 그 안에서 근육을 키우고 날개를 키우는데 온 힘을 쏟는다. 껍데
기가 벗겨지는 순간 또 다른 세계에서의 삶에 충실할 뿐 과거를 되돌

아보지 않는다. 그 가벼운 영혼이 부러웠을까. 장자는 '나비가 되어 나는 꿈'을 꾸고, 부처는 브라만 경전에서 배운 것보다 나비한테서 더 많이 배웠다고 고백한다.

선가禪家의 〈전등록傳燈錄〉에 이런 이야기가 있다. '사람들은 전도몽상顚倒夢想을 보고 있다.' 실제의 산은 본질이고 호수에 뒤집혀 있는 산은 현상(그림자)이다. 그런데 사람들은 호수 속에 뒤집혀 있는 산 그림자를 보듯 타인을 거꾸로 본다는 것이다. 자신은 바로 서 있어서 완전한데, 타인은 거꾸로 서 있어서 불완전하다고 여긴다는 것이다. 나는 옳은데 타인이 잘못되어 있다고 믿는다는 것이다. 나는 잘못이 없는데 타인 때문에 힘들다고 한다는 것이다.

이렇게 사람들은 자기는 변하지 않고 자기를 위해 타인이 변해 주길 바란다. 자기를 위해서 변해 주지 않는다고 원망하고 분통을 터트린다. 그러니까 타인을 호수 속에 거꾸로 서 있는 산(그림자)처럼 보지 말고, 호수 밖의 산(실체)을 보듯 보라는 뜻이다. 이렇게 타인의 현상을 보는 나에서 타인의 실체를 보는 나로 변하는 것이 근원적인 변화이다. 상대를 그림자로 보는 것은 상대를 있는 그대로 바라보는 것이 아니라 내가 바라는 대로 바라보는 것과 같다. 상대를 있는 그대로 바라보는 눈으로 변해야 나비처럼 자유롭게 살 수 있다. 그렇게 변하지 않으면 여전히 과거나 미래에 묶여 살게 된다. 타인을 원망하고 미워하며 살게 된다. 그런 삶은 시간(과거와 미래)의 노예 혹은 타인의 노예로 사는 것이나 마찬가지다.

*희망
과거는
바꿀 수 없지만
미래는
바꿀 수 있다

희망의
물결을
잡는 한

청춘이란 인생의 어떤 기간이 아니라
마음가짐을 말한다.
장미의 용모, 붉은 입술, 나긋나긋한 손발이 아니라
씩씩한 의지, 풍부한 상상력, 불타오르는 정열을 가리킨다.
청춘이란 인생의 깊은 샘의 청신함을 말한다.

…… (중간 생략)

영감이 끊기고, 마음이 싸늘한 냉소의 눈에 덮이고
비탄의 얼음에 갇힐 때
20세라도 인간은 늙는다.

머리를 높이 치켜들고 희망의 물결을 붙잡는 한
80세라도 인간은 청춘으로 남는다.

사무엘 울만,《청춘》

청춘의 마음가짐에 대한 의미 부여가 노년에 접어든 사람에게도 큰 희망을 주는 시이다. 사람은 나이를 더해가는 것만으로 늙는 게 아니라고 한다. 이상과 열정Passion을 잃을 때 마음이 시들며, 고뇌하고 공포에 시달리고 포기하고 절망할 때 기력은 땅에 떨어지고 정신은 먼지가 된다는 것이다. 청춘이란 아름다운 용모나 붉은 입술 나긋나긋한 손발이 아니라, 삶에 대한 깊은 관조와 성찰의 청신함을 뜻하고, 씩씩한 의지, 풍부한 상상력, 불타오르는 열정을 가리킨다고 했다.

의학은 최근 한 세기 동안 인간의 수명을 100세로 늘려 놓았다. 이제 웬만하면 누구나 한 세기를 살아야 한다. 인생은 짧고 예술은 길다는 히포크라테스의 명언이 뒤바뀌었다. 예술은 짧고 인생은 길어졌다. 지금 50세인 사람도 앞으로 50년을 더 살아야 한다. 50년이란 시간은 어떤 꿈이든지 이루어 내기에 충분한 시간이다. 남은 삶이 50년 남았다는 사실은 생각만 해도 행복하다. 그런데 희망의 물결을 붙잡는 한 80세라도 꿈을 이루어 내기에 충분하다니 더더욱 행복하다.

희망은
절망 속에서
피는 꽃

희망이 숨어 있다고 해서 사라진 것은 아니다. 보이지 않는다고 해서 낙망할 일이 아니다. 희망은 역설적이게도 절망絶望, 즉 희망이 끊어진 자리에서 피어난다. 어두운 밤하늘에 별이 빛나듯 희망은 절망 속에서 싹이 트는 거다. 희망은 어두운 세상을 비추는 빛이다. 세상에 빛을 밝게 비추기 위해서는 희망을 잃지 말아야 하지만, 자신이 절망 속에서 다시 일어서기 위해서라도 희망을 잃지 말아야 한다. 병원에서 꿈도 희망도 없이 잠만 자는 청년에게 한 사람이 찾아갔다. 하고 싶은 것은 무엇이고 먹고 싶은 것은 무엇이냐고 물었더니, 피아노를 치고 싶고 피자가 먹고 싶다고 했다. 방문객이 말하기를 돌아오는 성탄절 날 교회에서 피아노를 치게 해 줄 터이니 잘 준비해서 피아노를 치면 피자 잔치를 하겠다고 권했다.

그 후로 놀라운 일이 벌어졌다. 그 청년이 벌떡 일어서서 병원에서 빨리 나가기만을 기다렸다. 의사가 깜짝 놀랄 정도로 건강이 좋아져서 성탄절을 며칠 앞두고 퇴원했다. 성탄절 날 '엘리제를 위하여'를 연주하는 그 청년의 손가락이 피아노 건반 위에서 생선처럼 펄떡였다.

한 방문객으로 말미암아 청년은 절망에서 희망을 찾았다. 절망 가운데서 희망을 스스로 찾을 수 없다고 해서 포기해 버리면 그 순간 한 인간의 드라마는 거기서 끝이 나고 만다. 그러니 절망에 빠져 있을 때 희망을 찾자. '희망함'이 절실할 때 프란치스코 교황의 말씀처럼 '희망은 절망의 해독제'가 된다.

과거는 바꿀 수 없지만 미래는 바꿀 수 있다. 희망은 미래를 바꾸는 치료약이다. 절망에 빠져 있다면 희망을 다시 찾고 이어가자. 반드시 무언가를 소망하고 무언가를 희망하고 무언가의 꿈을 꾸어 보자. 소망하는 것이 없으면, 희망하는 것이 없으면, 꿈이 없으면, 다시 만들어 보자. 절망에 깊이 빠져 있을지라도 너무 절망스러워 희망과 소망이 보이지 않을지라도 억지로라도 만들어 보자. 왜냐하면 더 이상 꿈꿀 수 없다는 것은 살아 있어도 죽은 것이나 마찬가지이기 때문이다.

*희망
과거는
바꿀 수 없지만
미래는
바꿀 수 있다

희망을
버리는 것은
죄악이다

헤밍웨이의 《노인과 바다》는 포기하지 않고 자아의 꿈을 열정적으로 실현해 가는 과정을 보여준 소설이다. 주인공은 산티아고라는 이름의 노인인데, 84일 동안이나 고기를 잡지 못하자 노인을 도와 함께 일했던 소년이 다른 배로 떠난다. 노인은 혼자서 물살이 센 해협으로 나간다. 그곳은 아무도 가지 않은 위험한 곳이었다. 캄캄한 밤 거센 풍랑과 싸우는 중에 큰 물고기가 노인의 낚시 바늘에 걸렸다. 큰 물고기를 작살로 찍자 바닷물이 피로 물든다. 물고기와 싸워 이기기는 했지만, 물고기의 살점을 떼어가는 상어 떼와 다시 싸우다 작살을 빼앗긴다. 큰 물고기를 끌고 새벽녘까지 노를 저어 부두에 도착한다. 비록 큰 물고기의 앙상한 뼈와 머리만 남았지만 노인은 승리했다. 이처럼 노인이 승리할 수 있었던 것은 삶에 대한 열정 때문이었다. 어느 누구도 삶에 대한 열정을 가지고 있는 한 희망을 잃지 않는다. 산티아고 노인의 힘찬 외침이 아직도 우리의 귓전을 때린다.

> 희망을 갖지 않는 것은 어리석다.
> 희망을 버리는 것은 죄악이다.
> 인생은 파괴될지언정 패배하지 않는다.

희망을 간직하고 사는 게 인간이니 희망을 버리는 것은 어리석은 자이며, 신의 마지막 선물인 희망을 버리는 것은 죄악이다. 그러므로 희망을 버리지 않으면 인생길이 아무리 험해도 패배하지 않는다. 산티아고 노인이 희망을 포기하지 않을 수 있었던 것은 항구에 도착한다는 목표가 분명했기 때문이다. 목표가 분명했기에 희망을 포기하지 않고 거센 풍랑 거대한 물고기와 싸워서 이길 수 있었다. 이처럼 목표가 분명하게 서면 어떤 난관도 극복할 수 있으며, 어떤 시련이 와도 포기하지 않고 앞으로 나아가게 된다. 희망의 불빛이 보이기 때문이다. 희망의 불빛이 보이기 시작하면 그때부터 행복해진다.

여우가 어린 왕자에게 말한 구절이 생각난다. '네가 내일 오후 4시에 온다면, 나는 오늘 3시부터 행복해질 거야.' 어린 왕자는 늘 꿈과 희망을 주니까 여우는 어린 왕자의 방문을 생각하는 것만으로도 행복해지는 것이다. 꿈을 잃은 채 잠만 자던 청년에게 피아노 연주와 피자가 희망의 불빛이었듯이.

#희망
과거는
바꿀 수 없지만
미래는
바꿀 수 있다

희망은
신의
마지막 선물

프로메테우스는 신의 뜻을 거역하고 인간 세계에 불을 훔쳐다 주었다. 제우스는 프로메테우스를 코카서스 바위 절벽에 매달아 놓고 독수리가 간㫪을 쪼아 먹게 했다. 그리고 프로메테우스의 동생 에피메테우스에게 상자 하나를 보냈다. 상자 뚜껑에는 절대 열어 보지 말라는 경고 문구가 붙어 있었다. 그런데 에피메테우스의 부인 판도라가 호기심을 억제하지 못하고 상자 뚜껑을 살짝 열어 보았다. 상자 속에서 질병, 가난, 굶주림, 노화, 분노, 증오, 전쟁 등 인간이 겪게 될 온갖 재앙이 쏟아져 나왔다. 판도라는 겁에 질려 황급히 상자 뚜껑을 닫았다.

상자 속에서 누군가 소리쳤다. "문 좀 열어 주세요. 숨 막혀 죽겠어요." 판도라가 물었다. "너 누구야?" 그러자 상자 속에서 "저 희망이에요."라는 소리가 들렸다. 판도라는 희망이 나오지 못하도록 상자 뚜껑을 꽁꽁 묶어 놓았다.

그리스 신화에 나오는 〈판도라 상자〉 이야기이다. 불확정성不確定性이 높아서 다양한 해석이 가능하다. '희망은 신이 인간에게 내려 준 마지막 선물이다'라는 해석이 첫 번째로 눈에 띈다. 인간은 온갖 재앙에 시달리면서도 희망만은 고이 간직하며 살아야 한다는 의미를 담고 있기도 하다. 마음속에 꼭꼭 숨어 있는 게 희망이라는 해석도 가능하고, 숨어 있으나 삶에 힘과 용기를 주는 마음가짐이라는 해석도 가능하다. 인간이 겪는 모든 재앙과 시련을 견디어 내는 인내의 뒤에는 희망이 있음을 암시하기도 하고, 캄캄한 어둠과 같은 절망 가운데서 별처럼 반짝이는 것이 희망이라는 뜻을 암시하기도 한다. 그리고 희망은 자신에게 다가온 고난을 슬기롭게 이겨 내는 힘이며, 오늘을 힘차게 살아갈 수 있는 원동력이기도 하다.

희망은 날개를 가졌다. 태양 가까이 가도 녹지 않고, 절망의 늪에서도 솟구쳐 나오는 날개를 가졌다. 희망을 가질 때 생로병사의 고통을 딛고 일어서며, 절망 가운데에서 간절한 마음을 꽃피운다. 희망 없는 삶을 인내하기는 불가능하나, 희망을 붙잡고 있는 삶은 어떤 불가능도 이겨 낸다. 내가 희망을 버리지 않으면 희망도 나를 버리지 않는다. 인내의 뒤에는 반드시 희망이 기다리고 있다. 희망은 앞날을 예측할 수 없는 인간에게 신이 마지막으로 내려 준 선물이다. 희망을 가질 때 신에게 가까이 다가갈 수 있다. 그러므로 희망을 버리는 것은 신神을 상자 속에 가두는 일이다.

마치는 글

지금은 '나'를 바꿀 최적의 시간이다

　서로 차이를 인정하고, 비교하되 어제의 나와 비교하거나 시선을 아래로 두어 비교하고, 상대방이 듣고 싶어 하는 말을 하며, 편견 없이 남의 말에 귀 기울여 들어주는 사람으로 변하면 좋을 것이다. 늘 미소 띤 얼굴로, 그럼에도 불구하고 감사할 줄 알며, 따뜻한 가슴으로 포옹하고, 타인의 아픔에 연민을 가지고 애도하는 사람으로 변해도 좋을 것이다. 나보다 타인을 먼저 생각하고, 자신을 존중할 줄 알며, 화내기를 하루쯤 늦출 줄 아는 사람으로 변한다면 얼마나 좋을까?

　'지금 이 순간'에 집중하여 진정 오늘을 사는 사람, 과거의 트라우마에 새로운 가치를 부여할 줄 아는 사람으로 변하는 것도 좋고, 내 안의 우상을 비워 낼 줄 알고, 죽음을 두려워하지 않고 사랑하는 사람으로 변하는 것도 좋겠다. 인생이란 자기 스스로 선택하는 것임을 아는 사람으로 변하면 좋을 것이며, 용서할 권리와 행복의 특권을 행사할 수 있는 사람으로 변하면 더욱 좋을 것이다.

이 모든 변화의 주제는 내 안의 변화를 통해서 오는 기쁨으로 진정한 행복을 주는 것들이다. 어떤 주제를 선택하여 살든 자신이 선택한 주제는 열정적으로 실천해야 참된 변화의 길이 열린다. 사무엘 울만은 그의 시 〈청춘〉에서 열정의 마음가짐을 희망이라고 말한 바 있다. 《연금술사》로 우리에게 잘 알려진 파울로 코엘료 또한 《흐르는 강물처럼》에서 특별히 자기 안의 열정을 강조한다.

> 누구에게나 이뤄내야 할 자아의 신화가 있다. 그것이 우리가 이 세상에 존재하는 이유이며, 자아의 신화는 그것을 이루고자 하는 열정熱情을 통해 구현된다.

그렇다면 자아의 신화를 이루기 위하여 열정을 발휘해야 할 때는 언제일까?

바로 지금이다. 지금은 열정을 발휘해야 할 최적의 시간이다.

어떻게 사는 게 잘사는 거냐고 묻는다면, 나는 타이밍을 잘 맞추어 사는 게 잘사는 거라고 주저 없이 대답할 것이다. 빨래가 마르는 때, 씨앗을 뿌릴 때, 꽃이 질 때, 탕자가 회개하고 돌아오는 때, 어부가 그물을 거두고 돌아오는 저녁, 결혼 적령기, 욕심을 과감히 내려놓아야 할 때, 죽음의 순간. 이처럼 세상의 모든 일엔 '제때(골든타임)'가 있는 법이다.

그러나 열정을 발휘해야 할 시간은 바로 지금 이 순간이다. 지금 이 순간이 더 나은 삶을 위한 살기 위해 한 발짝 나아가는 순간이 된다면, 어제의 나보다 한 발짝만 더 나아가는 순간을 만든다면, 그야말로 멋진 타이밍Timing 구원의 순간이 되는 셈이다.

사람은 누구나 생生의 어느 시점에서 스스로에게 물음을 던진다. 이것이 진정 내가 원하는 삶일까? 비극은 인생이 짧다는 것이 아니라 정말 중요한 것이 무엇인가를 늦게서야 깨달았다는 것이다.

엘리자베스 퀴블러 로스,《인생수업》

회광반조回光返照라는 말이 있다. 촛불이 타서 꺼지기 직전 마지막으로 한 번 확 타오르듯, 태양이 지기 직전 화려한 색깔을 내뿜듯, 사람은 늙어서 죽기 직전에 얼굴 화색이 돌면서 정신이 맑아진다는 뜻이다. 이 맑은 정신으로 지나온 자기 일생을 돌아보며 반성한다. 회광반조의 시간을 '지금 이 순간'으로 앞당겨 보자.

우리는 누구나 자신의 삶을 걸작품으로 만들어 갈 수 있는 능력을 갖고 있다. 자신은 자신이 생각하고 있는 것보다 훨씬 능력 있는 사람임을 명심하자. 지금 이 순간부터 내 삶에 숨어 있는 반전을 찾아 나의 각본을 다시 써 보자.

사람을 배우다

초판 1쇄 인쇄 2018년 1월 12일
초판 1쇄 발행 2018년 1월 18일
초판 2쇄 발행 2019년 2월 20일

지은이 | 권시우
펴낸이 | 임종관
펴낸곳 | 미래북
편   집 | 정광희
표지 디자인 | 김윤남
본문 디자인 | 디자인 [연:우]
등록 | 제 302-2003-000026호
주소 | 서울특별시 용산구 효창원로 64길 43-6 (효창동 4층)
마케팅 | 경기도 고양시 덕양구 화정로 65 한화 오벨리스크 1901호
전화 02)738-1227(대) | 팩스 02)738-1228
이메일 miraebook@hotmail.com

ISBN 979-11-88794-02-7 03810